Kontaktadresse nach EU-Produktsicherheitsverordnung:
produktsicherheit@droemer-knaur.de

Von Sabine Kuegler außerdem bei Knaur lieferbar:
Dschungelkind (77873)
Ruf des Dschungels (77972)

Über die Autorin:
Geboren 1972 in Nepal, kam Sabine Kuegler mit fünf Jahren in den Dschungel von West-Papua, wo ihre Eltern, deutsche Sprachwissenschaftler, einen neuen Wirkungskreis gefunden hatten. Zusammen mit ihren beiden Geschwistern verbrachte sie dort ihre Kindheit und Jugend fernab der Zivilisation. Mit 17 Jahren kehrte Sabine Kuegler nach Europa zurück. Die Sehnsucht nach dem Dschungel und seinen Menschen ließ sie seither nicht mehr los.

Sabine Kuegler

Jägerin und Gejagte

Knaur Taschenbuch Verlag

Aus Gründen der Diskretion
sind einige Namen handelnder Personen
im Text geändert worden.

Besuchen Sie uns im Internet:
www.knaur.de

Vollständige Taschenbuchausgabe April 2011
Knaur Taschenbuch

Lektorat: Ingrid Grimm
Fotos Seite 7, 107: privat
Foto Seite 199: © Stephan Sahm
Umschlaggestaltung: ZERO Werbeagentur, München
Umschlagabbildung: Stephan Sahm
Satz: Adobe InDesign im Verlag
Printed in Germany
ISBN 978-3-426-78232-3

2 4 5 3 1

Für Wolfgang.

Danke.

I

Das Ende

Prolog

Ein kleines Zimmer, kalt und dunkel. Nur eine Tischlampe mit matter Glühbirne. Ich spüre den harten Stuhl nicht, auf dem ich sitze. Meine Augen nehmen das Licht, das in langen, schmalen Strahlen durch die Fenster fällt, nicht wahr, ebenso wenig wie das Gesicht, aus dem mich jemand anspricht, den flimmernden Computer neben mir und die Papiere, die sich auf dem Metalltisch auftürmen und umzukippen drohen. Alles ist leer, dumpf, unecht. Das, was von mir übrig ist, fühlt nichts mehr, ich bin benommen, abgestumpft, empfinde keine Angst, keinen Hass, keine Hoffnung, keine Panik, nur Leere, die sich wie eine bleierne Wolke über mich legt, mich erdrückt und noch den kleinsten Funken Leben aus mir herauspresst. Auch der letzte Hoffnungsschimmer ist erloschen, meine Seele scheint in diesem Moment ihren letzten Atemzug zu tun, meine Flügel sind gebrochen, mein Herz ist in viele kleine Teile zertrümmert. Zurück bleibt ein Nichts, endlose Einsamkeit und tödliche Kälte.

Ich nicke, wiederhole, was mir gesagt, unterschreibe,

was mir vorgelegt, und schlucke, was mir gereicht wird. Ich bin zu einem Etwas geworden, das nur noch aus einer leeren Hülle besteht, mein Inneres ist gestorben.
Sie bringen mich in ein anderes Zimmer, zwei weiße Betten mit jeweils einem Nachttisch daneben. In der Ecke ein Waschbecken. Dusche und Toiletten seien auf dem Flur, sagt mir eine Stimme aus der Ferne. Ich nicke, ziehe mich mit automatischen Bewegungen aus, streife mir ein Nachthemd über und falle in ein kaltes, fremdes Bett. Ich starre auf die weiße Decke; Licht von einer Straßenlaterne scheint herein, wirft tanzende Schatten auf die Wände. Ich beobachte, wie sie Formen annehmen und wieder verschwinden. Stundenlang starre ich, aber ich fühle nichts, denke nichts.
Sie haben mir alles genommen, mich verfolgt, mich in einem Netz aus Vermutungen und Unterstellungen gefangen, bis ich schließlich zusammengebrochen bin. Und dann haben sie das bisschen Leben, das noch in mir war, erstickt.
Jetzt gibt es kein Entkommen mehr.

Er hat vor mir gesessen, mich mit seinen Augen durchbohrt, mit seiner Kälte vereist und mit seiner harten, leisen Stimme willenlos gemacht.
»Du hast zwei Möglichkeiten«, flüsterte er drohend, »entweder du gehst freiwillig, oder ich lasse dich einweisen.«
»Aber warum«, fragte ich verzweifelt zurück, »kannst du nicht verstehen, dass es mir in dieser Situation nicht gutgehen kann.«

»Du brauchst Hilfe, weil du nicht mehr leben willst. Du bist eine Gefahr für dich selbst. Also, entscheide dich. Wenn ich dich einweisen lasse, werde nur ich entscheiden können, wann du wieder herausdarfst. Wenn du freiwillig gehst, wirst du ein Mitspracherecht haben.«
Mit gesenktem Kopf nickte ich: Ich werde freiwillig mitgehen. Ohne Widerstand packte ich einen kleinen Koffer, ging zum Auto und starrte bald gedankenlos auf die dunkle Landschaft, die an mir vorbeiflog. Ohne mich umzusehen, ging ich die Treppen hinauf, klingelte und trat ein in die Abteilung: Geschlossene Psychiatrie.

Das war Anfang Dezember, glaube ich. Ich weiß es nicht mehr genau. Die Erinnerung ist so schwach, so weit weg von der Welt, in der ich jetzt lebe. Ich habe sie verdrängt, diese Erinnerung, habe sie in einer dunklen Ecke versteckt und eine dicke Mauer um sie herum gebaut. Alles war so schwer zu ertragen. Langsam baue ich die Mauer ab, schaue dahinter und sehe Dinge, die ich lieber vergessen möchte. Schreie aus Schmerz, Tränen aus Hoffnungslosigkeit, Angst und Verzweiflung sind darin gefangen. Warum tue ich mir das an, warum lasse ich diese Gefühle nicht da, wo sie schon seit Jahren gelegen haben, verdrängt, gehasst und gefürchtet?
Weil die Mauer nicht ausreichte, so hoch ich sie auch gebaut hatte. Immer wieder sickerten Schuldgefühle, Stimmen, die mir mein Versagen vorhielten, hindurch und quälten mich. Sie begleiteten mich Jahr um Jahr, verhöhnten mich und raubten mir jegliche Lebensfreu-

de. Aber es war doch nicht meine Schuld, ich war doch nur ein Kind gewesen, unschuldig, voller Vertrauen und ohne Wissen von der Welt, in der ich lebte.
Diese Schuldgefühle, wie schrecklich sie mich quälen, wie grausam sie Besitz von mir ergreifen.
Ich hatte Zuflucht gesucht in der Welt, in der ich aufgewachsen bin, in der ich Halt gefunden und eine stabile Identität; wollte eine Welt wiederfinden, in der ich mich glücklich und frei fühlte. Langsam jedoch begreife ich, dass auch diese Welt sich allmählich verflüchtigt. Ich werde dazu gezwungen, mir ein neues Zuhause und ein neues Leben aufzubauen, um endlich wieder zu mir selbst zu finden und den Qualen für immer ein Ende zu bereiten.
Deshalb habe ich mich entschieden, von mir zu erzählen, die Geschichte meines Lebens, nachdem ich den Dschungel verlassen hatte.

1

Ich lebe in einer Zivilisation, in der Krieg herrscht, ein schrecklicher Krieg. In diesem Krieg fließt kein Blut, werden keine Kriegsgräber mitten in der Landschaft ausgehoben; dieser Krieg ist unsichtbar – einer, der die Seele der Menschen zerstört.

Ich sehe Menschen mit leeren Augen, verwundet, aggressiv, kalt und verloren. Sie sind hilflos, allein, ihre seelischen Wunden bleiben unbeachtet. Mütter kämpfen gegen Väter, Kinder gegen Eltern, Junge gegen Alte, Frauen gegen Männer, Arme gegen Reiche. Wer nicht kämpft, geht unter, und wer kämpft, ist allein und riskiert es, seine Identität zu verlieren.

Ich möchte davon erzählen, wie ich meine Seele verlor, wie mich eine grausige Kälte ergriff, wie ich versuchte, meine Einsamkeit zu verdrängen, meine Angst durch Härte zu ersetzen und meinen Durst nach schneller Anerkennung zu stillen. Aber ich will auch davon erzählen, wie ich anfing zu kämpfen und wie ich von der Gejagten zur Jägerin wurde.

Ich will wieder leben, wieder unmittelbar fühlen und

wieder lernen zu fliegen. Will die einfachen Dinge im Leben genießen, spüren, wie es ist, geliebt zu werden und selbst zu lieben, die Freiheit wieder spüren. Eine Freiheit, von der ich als Kind im Zusammenleben mit einem einfachen Volk erfahren habe, einem kleinen Stamm, der nach unseren westlichen Maßstäben wahrscheinlich als unzivilisiert gilt. Doch jetzt frage ich mich, welche Zivilisation dem Menschen zuträglicher ist.

Ich weiß, dass es keine perfekte Welt gibt, weder hier noch im Urwald. Aber wenn man, wie ich, im Urwald die Freiheit der Seele erfahren hat, dann riskiert man in der modernen, westlichen Welt den Absturz.

Ein Blitz zuckte am Himmel, der Regen prallte auf das Aluminiumdach. Schwarze, schwere Wolken bedeckten den Urwald und alles um uns herum versank im Nebel. Die Tiere am Boden suchten Schutz im Unterholz, Vögel, Insekten und Schmetterlinge flüchteten sich ins dichte Gebüsch, um das Ende der Flut abzuwarten. Die Eingeborenen des Fayu-Stammes, bei denen wir lebten, kehrten fast alle in ihre Sumpfgebiete zurück. Die wenigen, die im Dorf blieben, verbargen sich in ihren Hütten. Die Regenzeit hatte wieder einmal begonnen.

Unser kleines Holzhaus, oder besser gesagt unsere Hütte, lag am Ende des Dorfes, direkt am Fluss, der mit jeder Minute stieg und bald alles zu überschwemmen drohte.

Es war kühl geworden, eine Kerosinlampe verbreitete mattes Licht in dem Raum. Ich hockte auf unserer

Holzbank und schaute aus dem mit einem Fliegengitter geschützten Fenster hinaus. Wie so oft in dieser Zeit langweilte ich mich. Wir hatten kaum Spiele, keinen Fernseher oder andere elektronische Geräte. Die paar Bücher, die wir besaßen, kannte ich in- und auswendig. Die Kassetten hatte ich so oft gehört, dass sie schon kaputtgingen, so, als wüssten sie, dass sie ihre Schuldigkeit getan hätten.

Ich muss ungefähr zehn gewesen sein, mein Bruder Christian acht und meine ältere Schwester Judith zwölf. Wir lebten im Urwald von West-Papua, Indonesien, wo meine Eltern als Sprachforscher und Missionare arbeiteten.

Sie beschäftigten sich mit dem kleinen Fayu-Stamm, der 1978 entdeckt worden war. Anfang 1980 zogen wir als Familie in ihr Gebiet, um mit ihnen zu leben und ihre Sprache zu erforschen. Während meine Eltern ihre Zeit damit verbrachten, diese sehr fremde Sprache von Grund auf zu lernen und zu analysieren, spielten wir Kinder mit den Fayu-Kindern im Dschungel. Wir schwammen im Fluss, erforschten die Wildnis, erlebten spannende Abenteuer. Wenn aber die Regenzeit begann, änderte sich unser Leben dramatisch.

Unser Alltag wurde farblos und endlos langweilig.

Wie alle anderen Lebewesen warteten wir darauf, dass die Sonne zurückkäme, wir nach draußen laufen und uns wieder in der bunten und spannenden Welt verlieren könnten.

An diesem Tag jedoch war die Welt nur grau und ausdruckslos. Stundenlang hockte ich auf meinem Platz, starrte teilnahmslos vor mich hin. Jeder Tag war genau wie der Tag davor und der danach, dieselbe Aussicht, dasselbe Essen, dieselben Menschen und, wie ein treuer Begleiter, dieselbe quälende Langeweile.

Irgendwann machte Judith dann das, was sie auch an den Tagen zuvor gemacht hatte: Sie ging in den Nebenraum, holte ihre kleine Sammlung von Kohlestücken, die sie sich sorgfältig aus dem Feuerplatz draußen herausgeklaubt hatte, begab sich zu einem Teil der Wand, der noch frei war, und fing an zu malen. Christian und ich schauten ihr einige Zeit zu, doch dann drehten wir uns wieder um und beobachteten weiter den Regen. Einmal versuchten wir, die Regentropfen zu zählen, doch bald gaben wir auf, es waren zu viele, und uns brummte nur der Kopf.

Ein anderes Mal veranstalteten wir einen Wettbewerb: Wer kann am meisten Moskitos zerquetschen, ohne sich von der Stelle zu bewegen. In einer halben Stunde hatte ich etwa zwanzig zerdrückt. Auch das war bald uninteressant, und so kehrten wir zu unserer Hauptbeschäftigung zurück. Wir starrten aus dem Fenster. Vielleicht dachten wir, dass wir dadurch die Sonne schneller herauslocken könnten.

Wenn ich jetzt daran zurückdenke, weiß ich genau, dass es auch an diesen dunklen Tagen immer etwas zu bewundern gab. Die Regentropfen zum Beispiel, die runde Wellen auf der Wasseroberfläche des Flusses verursachten, oder der Blitz, der aus einer schwarzen Wolke heraussprang und alles in weißes Licht tauchte, oder der kleine Bach, der sich zu einem sprudelnden Fluss

verwandelte, auf dem kleine weiße Feen über das Wasser tanzten.
Manchmal versammelten wir uns auch alle um unseren Holztisch und spielten zum hundertsten Mal eines der zwei Spiele, die wir besaßen: Mensch-ärgere-dich-nicht oder Scrabble. Oder wir erzählten uns Geschichten, die sich meistens um das eine Thema drehten, das uns in diesen dunklen Tagen zum Träumen brachte: Deutschland.

»Stimmt es wirklich, dass die Straßen dort mit Schokolade bedeckt sind?«, fragte Christian.
»Natürlich nicht«, antwortete Judith, die noch fleißig malte, »du solltest nicht immer glauben, was Sabine dir erzählt.«
»Doch es stimmt«, fügte ich mit einem Lachen hinzu.
»Sabine, das ist eine Lüge«, rief Christian, »und lügen darf man nicht!«
»Aber es stimmt, dass man überall in Deutschland Schokolade bekommen kann«, sagte ich mit erhobener Stimme, »und nicht nur Schokolade, sondern auch Spielsachen, Playmobil, Lego, Puppen …«
»Seit wann interessieren dich Puppen?«, unterbrach mich Judith mit ironischem Lächeln.
»Das tun sie ja nicht, aber es gibt Autos, die von ganz alleine fahren, oder unechte Tiere, die sich ganz von alleine bewegen. Ich würde mir einen Hund aussuchen, der mir überallhin folgt und mein bester Freund werden könnte«, sagte ich verträumt.
»Und ich möchte ganz viel Playmobil haben, ein ganzes

Zimmer, voll bis oben zur Decke.« Das war Christians Wunsch.
»Ich würde mir einen großen Block weißes Papier aussuchen, so weiß wie eine Wolke. Und echte Farben, mit denen ich malen kann.« Judith sah ein bisschen traurig auf ihre Kohle.
»Und Bücher! So viele Bücher, dass ich nicht mehr weiß, wie sie alle heißen«, rief ich schnell.
»Und ich möchte zehn Tafeln Schokolade haben, alle nur für mich.« Christians Augen leuchteten.
»Nicht teilen ist auch falsch«, antwortete ich frech.
»Das stimmt nicht!«, Christian schrie fast.
»Fangt nicht schon wieder an, euch zu streiten«, kam die strenge Stimme von Mama aus dem Nebenraum.
»Mama«, rief Judith hinüber, »erzähl uns was über Deutschland.«
»Ja, bitte«, sagte ich aufgeregt, »darüber, wie Erdbeeren und Himbeeren schmecken.«
Mama seufzte, setzte sich zu uns und begann mit ihren Geschichten.
Zuerst sprach sie über die Zeit, als sie mit den Diakonissen lebte. Über die Streiche, die sie sich während ihrer Ausbildung als Krankenschwester ausgedacht hatten. Sie beschrieb die Landschaft, die sie in ihrer Jugend mit einem Fahrrad durchquert hatte, in den schönsten Farben. Sie redete vom Winter und versuchte uns das Gefühl von Schnee in der Hand zu erklären, und dass die Hand taub vor Kälte werden konnte, schwärmte von Weihnachten und geschmückten Tannenbäumen in ihrer Kindheit und dann davon, wie sie unseren Vater

kennengelernt und ihn immer beim Tischtennis geschlagen hatte. Das ließ Papa von seiner Arbeit hochblicken und laut dementieren, was uns Kinder zum Lachen brachte.
Am ausführlichsten erzählte sie uns von der phantastischen Vielfalt an Essen und Trinken.

Erst viele Jahre später ist mir bewusst geworden, wie viel Heimweh meine Mutter gehabt haben muss, so weit weg von ihrem Zuhause, tief im Urwald, wo das alltägliche Leben ein Kampf ums Überleben war. Wo die einfachsten Aufgaben zu großen Herausforderungen wurden, die man irgendwie bewältigen musste. Wo es weder Geschäfte noch die einfachste Infrastruktur gab und ein Plastikeimer einen unvorstellbaren Wert darstellte. Wo die Hitze so intensiv werden konnte, dass man es kaum noch wagte, sich zu bewegen.
Als Kind aber interessierte mich das alles nicht. Schließlich lebte ich in einer Welt, die meine Heimat war. Ich war voll und ganz damit beschäftigt, Spaß zu haben, den Dschungel zu erforschen, Freundschaften zu schließen. Ich kannte ja nichts anderes als unser Dorf in West-Papua.

Auch an diesem regnerischen Tag drehte ich mich wieder zum Fenster, hörte meiner Mutter zu, während ich die dicken Tropfen beobachtete, und träumte vor mich hin.
Wie schön Deutschland sein muss, wie aufregend und spannend, und wie fröhlich die Menschen.

Ich stellte mir vor, wie sie in ihren wunderschönen Kleidern durch die Straßen spazieren. Wie sie einander anlächeln und sich freundlich begrüßen. Wie sie sich einen Berg aus Erdbeeren oder einen großen Becher Eis teilen. Wahrscheinlich waren sie die glücklichsten Menschen der Welt mit dem ganzen Wohlstand, der sie umgab.
Doch bald war die Regenzeit vorbei, die Sonne strahlte wieder aus blauem Himmel, wir liefen nach draußen und das Thema Deutschland war vergessen bis zur nächsten Regenzeit.

Ich habe in zwei Welten gelebt, die nicht unterschiedlicher hätten sein können.
Als Kind wuchs ich in einer Kultur auf, in der hauptsächlich der innere Wert des Menschen zählte. Eine Frau wurde ich in einer Kultur, wo das Äußere sehr wichtig war. Wobei für mich die äußere Welt alles ist, was wir sehen, die innere, alles, was wir fühlen. Die Eingeborenen nennen sie die sichtbare und die unsichtbare Welt.
Wenn mich jemand fragt, was denn der größte Unterschied zwischen dem Leben im Urwald und dem in der westlichen Welt ist, fallen mir zuerst diese beiden Extreme ein. Das äußere und das innere Leben.
Wenn wir uns in Deutschland verletzen, einen Unfall haben oder krank werden, kommt ein Krankenwagen mit ausgebildetem Personal. Jedes Jahr werden Millionen Euro für neue Medikamente ausgegeben, Tausende von Ärzten werden ausgebildet, und in jeder Stadt gibt

es Einrichtungen, um Kranke und Verletzte aufzunehmen.
Selbstverständlich bin ich – inzwischen Mutter von vier Kindern – sehr dankbar für Antibiotika, für Krankenhäuser und Ärzte. Ich habe das Leid in den sogenannten armen Ländern durchaus wahrgenommen und versucht, zu helfen. Aber ist diese »gute Versorgung« alles?
Wenn wir hier seelisch verletzt werden, wenn eine geliebte Person stirbt oder wir das Gefühl haben, unter einer schwierigen Situation zusammenzubrechen, wer ist dann für uns da? Wenn wir leiden, weinen, vor Schmerz taub werden, uns alleine und verlassen fühlen, in Depression verfallen, wer kommt dann, um uns zu »retten«?
Wenden wir uns an Freunde oder Familienmitglieder, heißt es oft, wir sollten doch endlich über die Situation hinwegkommen und nicht andere dauernd mit unseren Problemen belasten. Und wenn wir Hilfe bei Psychologen suchen, werden wir gleich als schwach oder labil eingestuft.
Wir werden mit unseren psychischen Verletzungen weitgehend alleingelassen, müssen selbst damit zurechtkommen. Wir verdrängen unsere Schmerzen, um nach außen stark zu wirken. Irgendwann aber werden wir dann körperlich krank, gehen zum Arzt und lassen uns Medikamente verschreiben. Der Kern des Problems aber bleibt, und wir wundern uns, warum wir immer aufs Neue krank werden. Wir sind wie in einem Laufrad, das nicht anzuhalten ist.

Wir sind es nicht gewöhnt, Gefühle offen zu zeigen. Weinen ist für Schwache.
Was ist ein Versprechen wert, wenn es nicht als Vertrag auf Papier dokumentiert ist?
Was ist Freundschaft? Nur eine flüchtige Begegnung?
Erfolg ist an die Redensart »über Leichen gehen« gekoppelt. Ohne Bedenken werden Menschen »beurteilt«, mit Worten, die zerstören können, die weh tun, und das alles, um selbst voranzukommen, um »Sensationelles« zu schaffen.
Was zählt, ist das Äußere. Welches Auto wir fahren, ist wichtig, wie wir angezogen sind, welches »standing« wir in der Gesellschaft haben, wie schön oder hässlich, reich oder arm wir sind, wie erfolgreich oder erfolglos, wie gebildet oder ungebildet. Die Liste ist endlos.
Zeitschriften schaffen Schönheitsideale mit computerkorrigierten, jungen, dünnen Frauen und empfehlen die neueste Diät, die uns zu dieser Traumfigur verhelfen soll. Perfekte Haare, perfekte Figur, perfektes Gesicht, perfekter Partner, perfekte Kinder, perfektes Haus, perfekter Job, perfektes Leben – sollten wir mit all dem Wissen, Fortschritt und Luxus nicht die glücklichsten Menschen der Welt sein?
Was aber, wenn Traurigkeit, Kälte, Missachtung, Misstrauen, Unfreundlichkeit, Habgier, Unverständnis, Stolz, Bitterkeit, Einsamkeit, Hoffnungslosigkeit, Existenzangst, Stress, Depression, Alkoholismus, Burnout-Syndrom, Neurodermitis oder Herzinfarkt über uns kommen? Wenn nur noch Flucht hilft? Flucht und immer wieder Flucht?

Was aber, wenn das Äußere vernachlässigt wird und nur der innere Wert des Menschen zählt?
Ich habe erlebt, was dann geschehen kann.

Im Urwald von West-Papua, Indonesien, lebte ein junges Ehepaar. Sie gehörten zu den Iyarike, einer der vier Gruppen des Fayu-Stammes. Die Iyarike-Gruppe war klein, hatte nur knapp hundert Mitglieder.
Ihr Gebiet erstreckte sich über viele Kilometer und bestand aus dichtem Urwald, sumpfigem Boden und mehreren Flüssen, die sich, wie lange dünne Finger einer Hand, vom Hauptfluss aus verzweigten.
So wie alle Fayu, hatten auch sie vier Hütten, die einige Kilometer voneinander entfernt lagen. Drei Monate verbrachten sie in einer Hütte, jagten und sammelten alles Essbare in der Umgebung und zogen dann zur nächsten Hütte. Wenn ein Jahr vergangen war, befanden sie sich wieder in der ersten Hütte, wo inzwischen alles nachgewachsen und Beute leicht zu erlegen war. Jahr für Jahr wiederholten sie diesen Vorgang, lebten in Einheit mit der Natur, holten sich nur das, was sie für den Tag brauchten. Ein, aus unserer Sicht damals, paradiesisches Leben.
Bunte Vögel und Schmetterlinge, die hoch in den tiefblauen Himmel flogen, die Sonne, die Wärme und Licht schenkte, der Urwald mit seinen riesigen Bäumen, die wie ein grüner Teppich über der Erde lagen, Flüsse voll mit Fischen und anderem Getier. Tropische Orchideen, die sanft über dem fließenden Wasser baumelten, und Sonnenuntergänge, die wie ein riesiges Feuerwerk

Farben über den Abendhimmel verteilten. In dieser Pracht lebten Menschen, die immer füreinander da waren und alles, was sie besaßen, miteinander teilten. Hatte jemand ein Wildschwein oder einen Kasuar erlegt, fanden sie zusammen und aßen gemeinsam das Fleisch. Die Frauen ernteten Sago oder Brotfrucht, die Männer jagten oder saßen beieinander und erzählten sich Jagdgeschichten. Freundschaft und Treue waren ihre höchsten Tugenden, bis zum Tod hielten sie zueinander.

Wenn jemand traurig war, kam die ganze Gruppe zusammen, um zu trösten, denn nichts war schlimmer als seelisches Leid. Gefühle, Ehre, Ehrlichkeit, geteiltes Besitztum, das waren ihre wichtigsten Werte. Stehlen, Untreue, Mord wurden mit dem Tod bestraft, eine andere Bestrafung gab es nicht.

Innerhalb ihrer Gruppe gab es eine geregelte soziale Struktur. Der Häuptling konnte jederzeit abgewählt werden, wenn er nicht dem Wohl der Gruppe diente. Entscheidungen wurden gemeinsam getroffen. Die Fayu lebten in einer Welt, in der die Zeit stehengeblieben war. Sie jagten mit Pfeilen und Bogen, fällten Bäume mit der Steinaxt, um Einbäume oder Hütten zu bauen. Bambus wurde verwendet, um Feuer zu machen oder Fleisch zu schneiden, Baumrinde zu Tragenetzen und Seilen verarbeitet. Es gab kein Geld, kein Eigentum, keine Geheimnisse, keine Lügen. Jeder identifizierte sich durch die Gruppe, ein Privatleben gab es nicht. Je jünger man war, desto niedriger war man auf der sozialen Leiter. Mit dem Alter verdiente man sich

Respekt, Ehre und Anerkennung. Reichtum wurde an der Anzahl der Kinder und Wildschweine gemessen. Frauen waren bis zu ihrem Lebensende abgesichert. Wenn ihr Ehemann starb, erbte der Bruder oder Onkel die Witwe und ihre Kinder. Er sorgte für sie, ging jagen für sie, und ihre Kinder waren jetzt auch seine. Sie heirateten nicht aus Liebe, sondern aus Überlebensnotwendigkeit, holten sich Liebe, Stärke, Zuneigung und Bestätigung aus Freundschaften, die vom Kindesalter an bestanden und bis zum Tod hielten. Ihre Seelen konnten sie ungeschützt entfalten, denn sie wurden von Ihresgleichen geschützt, geliebt und gepflegt.
Und so lebte dieses junge Iyarike-Paar vom Fayu-Stamm ein scheinbar perfektes Leben, vergessen von der Außenwelt, ohne jeglichen Kontakt oder Einfluss zu der, sich immer schneller entwickelnden, Zivilisation und fernab fremder Kulturen. In Wahrheit aber war diese Welt alles andere als ein Paradies.

2

In meiner Kindheit habe ich in einem Gebiet gelebt, in dem Krieg herrschte, ein schrecklicher Krieg. Von diesem Krieg war jeder betroffen, man sah die Erde befleckt vom Blut, Wunden, die Körper verunstalteten, und Leichen, die in den Hütten verwesten. Es war ein Krieg, der die Körper der Menschen zerstörte.

Irgendwann und irgendwie fing es an, keiner wusste genau, warum.

Vielleicht war einem Mann seine Frau gestohlen worden, oder jemand hatte einen Mord begangen. Oder es wurde, wie so oft im Leben, aus einem einfachen Streit, aus einem Missverständnis, eine große Vergeltungsaktion. Vielleicht traf diese Rache sogar eine unschuldige Familie, die zurückschlagen musste, weil sie die Ungerechtigkeit nicht ertragen konnte – und schon war die Spirale der Gewalt geboren, eine Situation, die regelrecht explodierte.

Der Stamm teilte sich in vier Gruppen, die begannen, sich gegenseitig zu bekämpfen.

Aus Berichten von anderen Stämmen und nach der

Größe ihres Gebietes zu urteilen, ging hervor, dass die Fayu ursprünglich einem Stamm von mehreren tausend Mitgliedern angehörten. Bei unserer Ankunft gab es schon diese vier Fayu-Gruppen, und es waren nur noch vierhundert Menschen am Leben.

Damals bekriegten sich die Fayu nicht nur untereinander, sie hatten auch heftige Auseinandersetzungen mit den Stämmen, die an das Fayu-Gebiet angrenzten.
Jeder, ob Mann, Frau oder Kind, der sein Gebiet verließ, war in Gefahr, getötet zu werden. Die Greueltaten, die sie verübten, waren unbeschreiblich. Hier ging es ja nicht um Macht, Besitztum oder irgendeine religiöse oder politische Überzeugung, hier ging es ausschließlich um Rache und Vergeltung. Ohne Ende.

»Er hat einen von unseren Kriegern getötet, also müssen wir einen aus seiner Gruppe oder seinem Stamm erlegen, egal, wen, denn Rache muss sein.«
»Seine Frau wurde von dem Nachbarstamm gestohlen, also muss Vergeltung geübt werden.«
»Ein Junge ist gestern gestorben, er muss einem Fluch zum Opfer gefallen sein, ausgesprochen von der Gruppe, die wir letzte Woche angegriffen haben. Wir müssen uns versammeln und unsere Pflicht tun.«

Die Fayu waren überzeugt, dass ein Mensch nicht auf natürliche Weise sterben kann. Der Tod kommt einzig und allein durch einen Pfeil oder einen Fluch.
Aber auch jede Krankheit wurde mit einem Fluch er-

klärt, und ein Versuch, den Kranken zu heilen, war für die Fayu unlogisch. Wie hätte man denn Flüche heilen können?
Aus diesem Teufelskreis schien ein Ausweg unmöglich, weil jeder an dieser Blutrache beteiligt war.
Über die Jahre war auch die Geschichte der Fayu verloren gegangen, weil die Kunst des Lehrens oder des Weitergebens an die nächste Generation im Tumult des Krieges untergegangen war.
Es entwickelte sich eine Kultur, die einzig mit der Gegenwart zu tun hatte; Vergangenheit und Zukunft waren vor dem Hintergrund der Gewalt nicht wichtig genug.

»Wen interessiert schon die Vergangenheit, sie ist vorbei, kann nicht verändert werden. Warum über die Zukunft nachdenken, wenn wir nicht wissen, ob wir morgen noch leben?«

Eine Ausnahme gab es jedoch: Kein Faju vergaß, wer wen umgebracht, wer wessen Frau gestohlen oder wer wen mit einem Fluch belegt hatte. Bei jedem Streit wurden diese Geschichten wieder lebendig und als legitimer Grund für einen Angriff benutzt. Die Kultur begann, sich zurückzuentwickeln, es gab weder eine Schrift noch Musik, Feierlichkeiten, Kunst oder historische Erinnerung; das Wissen war begrenzt auf das, was man notwendig zum Überleben brauchte.
Sie zählten nur bis drei, danach kam eine Handvoll, das bedeutete aber nicht unbedingt fünf. Die Sonne war ein

Tag, der Mond ein Monat. Es gab nur einen Gott oder Geist, der war böse und verantwortlich für die Flüche, die das Leben aus dem Menschen aussaugten.
Wenn ein Sturm über das Land hereinbrach, Blitze den Himmel erleuchteten und Donner über den Urwald rollte, zitterten die Fayu vor Angst: Der böse Geist Tohre war gekommen, um sie für ihre bösen Taten zu bestrafen. Wenn ein Erdbeben ihr Gebiet erschütterte, drängten sie sich dicht aneinander, glaubten, Tohre wäre wütend, und stampften auf den Boden, wie sie es auch beim Kriegstanz taten.
Einen guten Geist gab es nicht.
Zu alldem kam ihr alltäglicher Überlebenskampf. Es herrschte, für uns kaum vorstellbar, akuter Essensmangel bei den Fayu. Das Jagen war extrem anstrengend, und meistens kamen sie ohne Beute nach Hause. Außerdem waren die Männer ja hauptsächlich mit dem Krieg beschäftigt, also jagten sie nicht täglich. Gemüse- oder Tierzucht kannten sie nicht. Das Ernten von wildwachsendem Sago war mühsam, und nach vielen Stunden harter körperlicher Arbeit reichte es nur für einen Fladen in der Größe eines Brotes. Brotfrucht und die alle paar Jahre reifen Lychees waren das Einzige, was es zusätzlich gab. Ab und zu fanden sie auch essbare Wurzeln oder Wildkürbis und Kochbananen. Im Sumpfgebiet wuchsen zu der Zeit weder Papaya noch Süßkartoffeln oder andere essbare Früchte, denn durch die hohen Berge, die das Tal einschlossen, wehten die Samen nicht in das Sumpfgebiet.
Das Leben war bestimmt von Tod und Vernichtung.

Die Lebenserwartung war auf fünfunddreißig Jahre gesunken, die Kindersterblichkeit auf sechzig Prozent gestiegen.

So kämpfte auch das junge Iyarike-Ehepaar ums tägliche Überleben. Seine Hütte war einfach gebaut. Vier dicke Holzstangen hielten eine Plattform ungefähr ein bis zwei Meter über dem Boden, darüber war ein aus Palmen geflochtenes Dach, Wände gab es keine. Nachts machten sie manchmal ein kleines Feuer unter der Plattform, um sich vor Moskitos zu schützen und ein wenig Wärme zu erzeugen, was besonders während der Regenzeit kaum möglich war. Dann wurde es kalt, und der Mangel an Essbarem trug zur Unterkühlung bei. Oft ging auch das Feuer aus – trockenes Holz war schwer zu finden –, also kauerte man sich zitternd aneinander und hoffte, dass der Regen bald ein Ende finden würde. Dazu kam, dass die Fayu keine Kleidung trugen und auch keine Decken besaßen, mit denen sie sich hätten wärmen können. Auf die Idee, sich etwas aus Grashalmen oder Baumrinde zu basteln, kamen sie nicht.
Nachts wurden sie von Moskitos, Kakerlaken oder anderem Ungeziefer gequält. In manchen Nächten war es so schlimm, dass sie die ganze Zeit aufblieben, um ihre Haut zu schützen. Tagsüber kam dann die Sonne und brannte unerbittlich auf sie herab. Ihre Füße waren meistens zerschnitten und mit kleinen Infektionen übersät. Wenn sie Glück hatten, heilten die Wunden von selbst, wenn nicht, war es eben ein Fluch gewesen, und es musste wieder Rache genommen werden. Das

Gesetz der Natur wurde hier nicht gebrochen, nur die Starken überlebten; die Schwachen wurden ihrem Schicksal überlassen.
Trotz dieses schweren Lebens waren diese Menschen fröhlich und lachten viel, auch wenn die Angst sie täglich plagte, schienen ihre Seelen vor Verletzungen geschützt.

So war auch bei dem jungen Ehepaar die Freude groß, als die Frau bemerkte, dass sie ihr erstes Kind bekommen würde. Und als die Zeit der Geburt gekommen war, zog sie sich alleine in den Urwald zurück und gebar einen Sohn.
Leider war die Freude kurz. Es stellte sich heraus, dass ihr Sohn körperlich behindert war – ein Todesurteil im Dschungel. Doch obwohl die Natur offensichtlich gegen ihn war, überlebte der kleine Junge, und als er seine ersten Zähne bekam, gaben die Fayu ihm den Namen Ohri.

Dann verlor Ohri seine Eltern während eines Überfalls. Wann und genau von wem sie ermordet wurden, weiß niemand. Sofort wurde das Waisenkind von einer anderen Familie aus seiner Gruppe aufgenommen.
Viele Monate weinten die Eingeborenen mit Ohri, trauerten um seine Eltern, deren Leichen sie sorgfältig neben dem kleinen Jungen aufbahrten. Sie sangen ihre ganzen Erinnerungen laut heraus, alles was sie mit den Verstorbenen erlebt hatten, und hielten so das junge Ehepaar für einige Zeit am Leben.

Wochenlang hielten sie die Hand von Ohri, brachten ihm zu essen und zu trinken, sorgten dafür, dass ein Feuer ihn nachts wärmte, und schützten ihn vor der glühenden Sonne des Tages. Sie trockneten seine Tränen, und als Zeichen der Trauer beschmierten sie sich mit Erde oder der Flüssigkeit, die von den Leichen abgesondert wurde.

Über die Monate erholte sich Ohri von seinem Schock, die seelischen Wunden verheilten mit der Zeit, und als die Trauerzeit vorüber war, war nur noch eine kleine seelische Narbe zu erkennen. Für die Fayu war Ohri jetzt gesund.

Und dann, von einem Tag auf den anderen, existierten seine Eltern nicht mehr, sie gehörten jetzt der Vergangenheit an, einer Vergangenheit, über die nie mehr gesprochen wurde. Nicht einmal ihre Namen durften erwähnt werden.

Damit war aber auch Ohris Schicksal besiegelt: Keiner würdigte ihn mehr eines Blickes. Er war ein Krüppel und somit zum Sterben verdammt.

Als wir Ohri das erste Mal sahen, waren wir von seinem Anblick erschüttert. Er war nur noch Haut und Knochen, bewegte sich auf dem Boden kriechend, konnte seine Beine kaum bewegen und war übersät mit Infektionen. Wir nahmen ihn in unsere Familie auf, und schon bald wurde er ein wichtiger Teil unseres Lebens. Natürlich waren wir am Anfang schockiert von der Kälte und der Gefühllosigkeit der Fayu. Doch im Laufe der Jahre verstanden wir, wie sie dachten.

Ohri hatte eine körperliche Behinderung und würde nie jagen gehen, nie ein großer Krieger werden oder Kinder zeugen können. Er hatte keinen Wert für die Gruppe, und da es ihm seelisch gutging, machte sich keiner die Mühe, ihm körperlich zu helfen. Sie ignorierten ihn, als wäre er schon tot. Und es dauerte lange, bevor sie begriffen, dass er nicht sterben würde. Ohri hat überlebt, dank seiner unglaublichen Willenskraft. Er erholte sich, fing sogar an zu laufen und wuchs zu einem besonderen Mann heran.

Ohri hat den Angehörigen seines Stammes ihr Verhalten nie übelgenommen. Er war auch nicht betrübt oder deprimiert, noch trug er andere seelische Belastungen mit sich herum.

Während dieser Zeit machten wir eine erstaunliche Entdeckung: Es gibt unter den Fayu keine Depressionen oder psychischen Krankheiten oder Behinderungen. Und das, obwohl sie fast immer im Kriegszustand leben. Die Kinder, die zum Teil Greueltaten mit angesehen hatten, litten nicht unter Schockzuständen oder Verhaltensstörungen. Denn sosehr sie körperliche Verletzungen oder Krankheiten ignorierten und vielleicht, nach unseren Maßstäben, brutal darauf reagierten, änderte sich ihr Verhalten vollständig, wenn es um die Seele ging. Die größten und gefährlichsten Krieger brachen wie kleine Kinder in Tränen aus, wenn sie traurig waren, Frauen trösteten und trauerten mit unglaublichem Eifer, Kinder entwickelten Freundschaften und schützten einander bis zum Lebensende. Treue, Freundschaft, Würde, Ehrlichkeit, Vertrauen und seelische Unterstützung waren und sind bis heute ihre höchsten Werte.

Ich kam kurz nach meinem siebten Geburtstag zu den Fayu, lebte mit ihnen, begann, wie sie zu denken, zu fühlen und zu handeln. Schnell lernte ich, mich körperlich zu schützen. Sie brachten mir das Jagen bei, erklärten mir, wo die Gefahren im Urwald lagen, welche Tiere giftig und welche ungiftig sind. Ich konnte bald, wie sie, Schmerzen ignorieren und machte mir wenig aus Verletzungen.

Denn auch für mich bekam das innere Leben einen immer größeren Wert, während das äußere an Bedeutung verlor. Ich wurde eine Expertin dafür, meinen Körper vor Unheil zu bewahren, meine Seele jedoch war offen, war frei und von den Menschen, mit denen ich lebte, geschützt. Wenn ich traurig war, tröstete mich immer jemand, wenn ich etwas Schweres erlebte, wurde ich auf Händen getragen, umsorgt und gepflegt, bis ich wieder glücklich war. Von meiner Familie und meinem Stamm geliebt, fühlte ich mich geborgen, sorgenfrei und nie alleine.

Ich erlebte eine Kindheit wie aus dem Bilderbuch, denn ich hatte alle Vorteile zweier Welten, der, die für innere, und der, die für äußere Werte stand. Da wir als Familie nicht zu einer Fayu-Gruppe oder zu einem verfeindeten Stamm gehörten, war ich nicht in der Gefahr, von Blutrache bedroht zu werden. Im Gegenteil, ich wurde

von dem Fayu-Stamm geliebt und später wie eine der Ihren aufgenommen.
Im Gegensatz zu ihnen hatte ich aber den Vorteil, dass meine Eltern aus dem Westen kamen und ich medizinische Versorgung, wenigstens eine rudimentäre Ausbildung und ein Haus mit Wänden, Moskitonetz, Kleidung und Schuhe (die ich kaum trug) erhielt. Ich litt nicht unter Hunger und brauchte nicht, wie die Fayu-Kinder, unter Angst vor Angriffen zu leben, und ich erhielt mehr Zuneigung und Aufmerksamkeit von meinen Eltern als sie von ihren. Diese meine Kindheit ist für mich noch heute ein Synonym für Freiheit.

Das Leben im Urwald zu beherrschen, lernten die Fayu-Kinder ausschließlich durch das Beobachten und das Nachahmen älterer Mitglieder, Unterricht oder Erklärungen gab es nicht. Und ich beobachtete und lernte fleißig mit.
Für dieses Leben war es aber nicht nur wichtig, mit Pfeil und Bogen umgehen zu können oder zu lernen, wo Gefahren lauern und wie man sich davor schützen könnte, es ging hauptsächlich um Instinkte.
Durch Veränderung in der Atmosphäre, durch die kleinsten Nebengeräusche oder das Fehlen dieser Geräusche waren Gefahren im Voraus zu spüren. Jedes Tier hat seinen bestimmten Laut, ein Rascheln, ein Sirren oder Summen. Anhand dieses Lautes konnte auch ich bald erkennen, ob es sich um ein gefährliches oder ungefährliches Tier handelt. Ich wusste, wie sich das Rasseln anhört, das eine Schlange verursacht, wenn sie

sich durchs Unterholz schlängelt, das Krachen, das ein Wildschwein oder Kasuar im Vorbeigehen macht, das Planschen eines Krokodils oder Fisches im Fluss. Ich fühlte, wie sich die Luft verändert, den kleinen Windstoß, der dem Sturm vorauseilt, oder die Ruhe vor einem Erdbeben. Alles hatte eine Bedeutung, war Warnung oder Entwarnung. Sogar der Geruchssinn spielte eine wichtige Rolle, der Geruch eines Wildschweins, der Geruch eines Nests, der Morgengeruch, der verriet, ob es ganz heiß oder erträglich heiß werden würde. Riechen, Hören, Spüren, Schmecken, alles Sinne, die für das Leben im Urwald überlebensnotwendig waren. Ich entwickelte sie mit enormer Intensität, zusammen mit den Fayu-Kindern.

Ich habe den Morgenduft geliebt und den Duft von Moskitos gehasst. Der Duft von Wildschweinblut kündigte ein baldiges Festmahl an, der Duft der Menschen um mich herum bedeutete Schutz. Ich liebte den Gesang von gewissen Vögeln, der Ruhe für den Tag bedeutete, wurde aufmerksam, wenn sie schwiegen oder der Tonfall sich änderte. Ich wachte morgens vom Gesang der Vögel auf, erkannte am schrillen Lied der Grillen, dass Mittag war, und schlief nachts mit dem Orchester des Frosches ein. Alles hatte seinen Platz, seine Zeit, seine Ordnung. Die Sonne, der Mond, die Pflanzen, die Tiere und die Menschen, alle hatten ihren Platz, ihre Aufgaben. Alle waren in einen festgelegten Ablauf eingebunden: die Umwelt, der Mensch, die Tiere. Ein Leben, das sich sehr langsam, aber geordnet abspielte.

Je älter ich wurde, umso mehr entwickelten sich meine Instinkte, und die Welt um mich herum war geordnet wie ein perfektes Puzzle. Angst kannte ich nicht, denn ich fühlte mich in meiner Welt sicher, hatte beobachtet, nachgeahmt und geübt, um meinen Selbstschutz zu perfektionieren. Bewusst tat ich es nicht, denn wie die Kinder im Westen lernen, in ihrer Umwelt zurechtzukommen, so war es eben bei mir im Urwald. Bei mir aber entwickelten sich andere Fähigkeiten, ein anderes Bewusstsein, eine andere Gefühlswelt und andere Instinkte. Das galt auch für meine Fähigkeit, meine Mitmenschen einzuschätzen, sie zu verstehen, Reaktionen einzuordnen und genau zu wissen, wie ich in jeder Situation zu reagieren hatte. Alles war für mich aufeinander abgestimmt und auf engste Weise miteinander verbunden. Wahrscheinlich lebte ich schon damals zwischen zwei Welten und bezog das Beste aus beiden.

Als ich langsam heranwuchs, wurde ich mit der Realität konfrontiert, die ich noch nicht kannte. Bis zu diesem Zeitpunkt hatte ich nur das Beste bekommen, aber jetzt musste ich aus dem Ei schlüpfen, das aus den beiden Welten bestand, der imaginären westlichen und der Fayu-Welt. Und genau wie für meine Fayu-Freunde begann auch für mich eine neue Zeit.

Ein Fayu-Mädchen hat nur ein Ziel im Leben: Sie muss überleben, bis sie ins heiratsfähige Alter kommt, um endlich einen Platz in der Gesellschaft zu erlangen und damit ein bestimmtes Ansehen im Stamm. Eine Freundin nach der anderen wurde verheiratet, manche bekamen schon bald danach ein Kind. Ich jedoch wusste plötzlich nicht mehr, wohin ich gehörte. Solange ich ein Kind war, hatten die Fayu meine wilden Eigenschaften geduldet: das Jagen, meine Übungen mit Pfeil und Bogen oder andere Aktivitäten, die nur für Männer bestimmt waren.

Jetzt aber wurde das alles nicht mehr akzeptiert, und ich wurde immer deutlicher von der Männerwelt, die zum Teil aus meinen Kinderfreunden bestand, ausgeschlossen. Ich fühlte mich verloren und vollkommen unsicher. Dazu kam das übliche Pubertätsdilemma: Wer bin ich? Was will ich? Und wohin gehöre ich eigentlich?

Mir wurde plötzlich bewusst, dass ich weiß bin. Ich begann mich zu fragen, ob ich vielleicht doch zu einer anderen Welt oder einem anderen »Stamm« gehöre. Ich hatte gelernt, dass nur die Gruppe zählt, dass die Zugehörigkeit das Wichtigste im Leben ist, und nun hatte ich das Gefühl, nicht mehr ein Teil des Fayu-Stamms zu sein. Wo war mein Wert, wohin passte ich in dieser Struktur?

Einige Zeit hielt mich die Liebe für das Land und die Menschen noch fest. Doch dann kam der Tag, an dem Ohri starb.

Der Angehörige eines anderen Stammes hatte Tuberkulose in unser Gebiet eingeschleppt und ihn angesteckt. Wir waren gerade in der Hauptstadt, in Jayapura, und wussten nichts davon. Und als wir zurückkamen, war es zu spät.

Ohri war mein Halt gewesen, jemand, mit dem ich mich

identifizieren konnte, denn wir waren beide anders als die anderen. Als meine Mutter ihn in den Armen hielt, und er seinen letzten Atemzug tat, ging etwas in mir kaputt, und ich hatte nur noch einen Gedanken: Ich will hier weg!

»Sabine, bist du sicher, dass du wegwillst?«, fragte meine Mutter immer wieder, und immer wieder sagte ich ja. Das ging wochenlang so.

Dann erzählten mir meine Eltern von einem Onkel, der in Berlin wohnte. Er machte sich schon lange Sorgen um mich, sagte immer, das Kind werde im Urwald verwildern, und bot an, mich auf ein Internat in die Schweiz zu schicken, damit ich dort einen Schulabschluss mache.

Ich nahm das Angebot an, und im Oktober 1989, ein Jahr nachdem meine Schwester Judith uns verlassen hatte, um in England eine Ausbildung als Künstlerin anzufangen, begann meine Reise in den Westen.

Christian hat ein Jahr nach mir auch den Dschungel verlassen, um eine Highschool in Amerika zu besuchen.

Die Fayu ahnten wohl gleich, was bevorstand, denn ihre Trauer wurde bei jedem Abschied intensiver. Sie trauerten einer Familie nach, die von Deutschland aus in die Berge des Himalaya gegangen war, sich in die Sumpfgebiete von West-Papua durchgekämpft hatte, Unglaubliches erleben durfte und sich im Kampf mit einem Kulturwechsel langsam auflöste.

Hilflos schauten sie zu, konnten uns nicht beschützen, nicht helfen. Denn wer den Kreis der Gruppe oder des

Stammes verlässt, hat, in ihrer Welt, keine Überlebenschance.

Die Fayu weinten, sangen Trauerlieder in der schwülen Mittagshitze. Die Sonne brannte ohne Erbarmen, die Luft schien zu stehen und erschwerte das Atmen.
»Ohhh, Sabine ... warum verlässt du uns?«
»Schwester, wie traurig werden wir sein, wenn du weg bist.«
»Ohhh, was sollen wir ohne dich machen?«
Mit Tränen in den Augen lief ich ohne einen Blick zurück den kleinen Pfad entlang, hinunter zum Fluss. Sie standen alle dort, vor mir, hinter mir und neben mir – sangen ihr Trauerlied, als ob ich gestorben wäre. Aber ich wusste genau, dass ich, sobald ich weg war, der Vergangenheit angehören würde. Die Tränen würden im Nu verschwinden, und das alltägliche Leben seinen Lauf nehmen. Vielleicht würden sie ab und zu nach mir fragen, denn ich war ja nicht tot, und deshalb könnten sie an mich denken.
Als ich jedoch auf dem Boot saß, das mich zu der kleinen Landebahn brachte, von wo aus ich abgeholt und nach Jayapura gebracht werden sollte, hatte ich einen flüchtigen Gedanken: Die Fayu brauchen nicht traurig zu sein. Ich geh doch nur für eine Weile fort.
Denn trotz meines Verlangens, die andere Welt kennenzulernen, war es für mich damals unvorstellbar, dass ich vielleicht nie wieder in West-Papua leben würde. Wer verlässt schon seine geliebte Heimat und kehrt nie wieder zurück? Ich wollte doch nur zu mir selbst finden,

um vielleicht dadurch einen neuen Platz in der Fayu-Gesellschaft einnehmen zu können.

Die Reise in den Westen konnte beginnen!
Erdbeeren, Himbeeren, Geschäfte, guter Kaffee, Wurst, Käse, Städte, Kleidung, und das Allergrößte, fließend heißes Wasser – was für ein Luxus!

3

Im Rückblick ist alles, was ich sehe, ein schwarzes Meer an Erinnerungen. Mit geschlossenen Augen versuche ich, Bilder lebendig werden zu lassen, Menschen, Ereignisse, aber ohne Ergebnis. Ich frage mich, warum ich die Vergangenheit nicht da lasse, wo sie war, verborgen, vergraben im tiefsten Keller meines Bewusstseins. Ein Knoten bildet sich in meinem Magen, alles sträubt sich gegen diesen Weg, auf dem ich langsam zurückschreite. Ich habe ja diese Mauer um mich herumgebaut, diesen Schutz gegen Angriffe, gegen Verletzungen. Aber ich weiß, dass ich sie durchbrechen muss, dass ich diesen Weg gehen muss, um endlich Frieden mit mir selbst zu schließen, um endlich die Freiheit wiederzufinden, die im Tumult der letzten achtzehn Jahre verlorengegangen ist.

Wie sehr fühle ich mich zu Orten hingezogen, wo die Sonne scheint, dort, wo mein Herz und meine Gefühle sich aufgehoben fühlen. Aber ist dieses Gefühl von Sicherheit nicht nur eine Illusion, eine Flucht aus der Realität? Ich lebe nicht mehr im Urwald, ich lebe nicht bei den Fayu, ich lebe nicht in der Vergangenheit, ich lebe im Jetzt, im Westen, in einem Land, das mir lange fremd war, in einer Kultur, die mich viele Jahre in Angst und Panik versetzt hat. Ich werde mir selbst einen Spiegel vorhalten, denn indem ich das tue, halte ich auch meiner Welt den Spiegel vor.

Es war ein sonniger Tag, die Berge ragten weit in den blauen Himmel hinein. Mit großen Augen schaute ich auf diese Bilderbuchlandschaft, vergessen war die angsterfüllte Reise mit dem Zug in die Schweiz. Meine Haut kribbelte vor Aufregung auf das neue Leben, das mich hier erwarten würde. Immer wieder hatte ich die Prospekte des Schweizer Internats, »Château Beau Cèdre«, bis ins kleinste Detail studiert, hatte mir jedes Bild eingeprägt und versucht, mir vorzustellen, wie es sein würde, mit weißen Mädchen in meinem Alter zusammenzuleben. Ich machte mir Sorgen um meine Kleidung, denn die war bei weitem nicht so modern wie die der Mädchen, die mich auf den Fotos anstrahlten. Wie würden sie wohl mit mir umgehen? Würden sie nett zu mir sein? Freundschaft mit mir schließen?

Ich stand vor der großen Eingangstür, mehr ein Tor als eine Tür. Das Internat, ein kleines Schloss, das mein neues Zuhause sein würde, lag direkt am Genfer See und war eine »Finishing School«, eine Schule für heranwachsende Mädchen, die auf das Leben an der Seite eines noch zu findenden Ehemanns vorbereitet werden sollten. Mein Onkel hatte sie ausgesucht mit der Begründung, dass ich hier nicht nur meinen Highschool-Abschluss würde machen können, sondern gleichzeitig eine Ausbildung zu einer modernen jungen Frau bekäme. Was er damit meinte, verstand ich damals nicht. Aber ich war glücklich über sein Angebot und empfand es als gute Möglichkeit, diese andere Welt kennenzulernen.

Mit Herzklopfen trat ich ein. Dicke Teppiche bedeckten den Boden, wunderschöne Tapeten und Ölgemälde schmückten die Wände. Im Flur entdeckte ich eine Wendeltreppe, die sich elegant nach oben schlängelte und mir das Gefühl gab, ich wäre in einem anderen Jahrhundert gelandet. Eine junge Dame begrüßte uns auf Französisch, eine Sprache, die mir neu war. Ich lächelte freundlich, wurde in ein Zimmer begleitet und setzte mich vorsichtig auf einen Sessel, der so weich gepolstert war, dass ich tief hineinsank. Die Dschungelwelt, aus der ich gekommen war, existierte für mich nicht mehr. Alles sah genauso aus, wie ich es mir erträumt hatte.

Ich teilte ein Zimmer im obersten Stockwerk mit zwei Mädchen, mit denen ich mich auf Anhieb gut verstand. Leslie kam aus Australien und Susanne aus Deutschland. Die beiden merkten schnell, dass ich viel Nachholbedarf hatte in allem, was gesellschaftliche Umgangsformen betraf. Sofort beschlossen sie, mich zu zivilisieren. Sie zeigten mir eine Welt, die weniger tropisch nicht hätte sein können: Kinos, Bars, Geschäfte, Restaurants, Jungs, Busse und, unseren Lieblingsaufenthaltsort, eine

Billardbar. Dort machte ich meine ersten Männerbekanntschaften, lernte viel über Musik und Videos und hörte gespannt zu, wenn sich die anderen über Schauspieler oder Filme unterhielten.
Ich begriff schnell, dass ich einen großen Mangel an »Wissen« hatte, und wollte so viel wie möglich lernen. Jede Woche kaufte ich mir Stapel an Zeitschriften und versuchte mir die Namen von Sportlern, Schauspielern und Musikern zu merken. Zeitungen dagegen mied ich, die hatten zu wenige Bilder, und mein Deutsch ging nicht über das Niveau von Asterix und Obelix, die wir im Dschungel mit Begeisterung verschlungen hatten, hinaus. Bald wusste ich auch, wie man einen Drink bestellt, wie man sich in einem Bus verhält und gegenüber anderen Menschen, und dass man niemanden sofort anfassen darf. Das könnten besonders die jungen Männer falsch verstehen.
Ich verlor mich in einem Wirrwarr von Farben, von Geschehnissen, neuen Technologien und in einer Landschaft, die so anders war als die, die ich zurückgelassen hatte. Aber ich fühlte mich gut aufgehoben, denn ich war wieder in einem System, das feste Regeln kannte und einer Stammesstruktur glich. Es gab ein Häuptlingspaar: den Direktor und seine Frau. Ihm folgten einige Älteste, unsere Lehrer und Aufpasser. Danach kamen die Schülerinnen, fünfzehn Mädchen. Unter denen waren viele eng befreundet, unterstützten sich gegenseitig und schützten einander.
Der Ablauf unserer Tage war immer gleich, wir lebten abgeschieden in einer Welt, die ich als heil empfand.

Hinzu kam, dass die Mädchen aus aller Herren Ländern stammten, und deshalb viel Verständnis für meine ungewöhnlichen Angewohnheiten zeigten. So klopfte ich zum Beispiel jeden Morgen meine Schuhe aus, um sicherzugehen, dass sich kein giftiges Tier darin eingenistet hatte. Und ich begrüßte jeden, der mir auf der Straße begegnete; sonst könnte der ja denken, ich wäre ein Feind, und mich angreifen. Mit der Zeit legte ich auch diese Angewohnheiten ab und wurde zu einer jungen, modernen Frau, zumindest äußerlich.

Natürlich aber machte ich auch Erfahrungen mit der Welt außerhalb des Internats, die nicht so glatt verliefen. So ging ich, als mein Reisepass erneuert werden musste, zum deutschen Konsulat in Genf. Eigentlich eine einfache Aufgabe für mich, denn ich hatte schon in Indonesien Erfahrung auf dem Gebiet »Behördengänge« gesammelt. Dort ging man hin, legte eine kleine »Spende« zwischen die Dokumente, und kurze Zeit später war alles erledigt. Ich stand also vor dem Schalter beim deutschen Konsulat, die Papiere waren ordnungsgemäß ausgefüllt, und legte eine kleine »Spende« von fünfzig Schweizer Franken in meinen Pass. Vorher hatte ich noch überlegt, ob das genug wäre, denn ich kannte die »Verhältnisse« hier nicht. Dann gab ich die Papiere bei der ahnungslosen Frau mir gegenüber ab und lächelte sie zufrieden und freundlich an, so wie früher. Was als Nächstes passierte, verstand ich überhaupt nicht, und es verwirrte mich sehr. Als die Frau das Geld entdeckte, wurde sie wütend, fing an, laut zu schimpfen. Entsetzt glaubte ich im ersten Moment, meine »Spen-

de« wäre vielleicht zu gering gewesen und sie wäre jetzt beleidigt. Darauf brach ich in Tränen aus und wusste nicht mehr, was ich machen sollte.
Als die Frau einen Blick auf meinen Reisepass geworfen hatte, beruhigte sie sich aber sofort, und mit einem Schmunzeln führte sie mich in ein kleines Zimmer zu einem Tisch. Sie setzte sich zu mir und gab mir ein Taschentuch, damit ich meine Tränen abwischen könnte. Danach erklärte sie mir, dass dies im Westen als Bestechung angesehen würde und sogar verboten sei. Ich verstand damals nicht, was das bedeutete, hakte es aber für mich mit der Begründung ab, dieses sei ein fremdes Land, mit anderen Verhaltensweisen und Geboten. Ich war erleichtert, dass ich trotz meines »Vergehens« noch mal davongekommen war.

Das Leben im Internat lief ungestört weiter, bis ich meine ersten Erfahrungen mit dem anderen Geschlecht machte. Es fing an mit einer spontanen Bekanntschaft. Ich saß mit einigen Freunden in einer Bar und bemerkte einen jungen Mann, der sich an den Nebentisch setzte. Er war ungewöhnlich attraktiv, hatte dunkle Haare und blaue Augen, sein Körper war gut gebaut, und sein Lächeln verschlug mir den Atem.
Wie ich später erfuhr, war er Fotomodell. Die vielen romantischen Geschichten, die ich im Urwald als Teenager gelesen hatte, kamen mir wieder in den Sinn. Und er entsprach nahezu perfekt dem Bild des Mannes, der in diesen Geschichten Heldentaten vollbrachte. Kurz danach machte ich seine Bekanntschaft. Mein Herz

klopfte, in meinem Bauch schien irgendetwas herumzuflattern, und ein Gefühl, das ich zuvor noch nie gespürt hatte, überkam mich. Ich war zum ersten Mal verliebt, und als er mich fragte, ob ich mit ihm etwas unternehmen wolle, dachte ich, die Welt bliebe stehen. Von da an waren wir unzertrennlich.

Einige Wochen später sagte er mir, dass er mich liebe. Da war ich sicher, dass ich mit diesem Mann den Rest meines Lebens verbringen würde. Schließlich hatte er seine Gefühle mir gegenüber klar geäußert und, wie in den Romanen, die ich gelesen hatte, bedeutete diese Tatsache, dass er mich heiraten wollte.

Ich rief meine Großmutter an und erzählte ihr, dass ich heiraten würde und dass dieser Mann für mich bestimmt sei. Ihre Reaktion verstand ich damals nicht. Sie freute sich nicht mit mir, sie mahnte mich zur Vorsicht. Auch die Mädchen im Internat warnten mich, zu weit zu gehen, aber was wussten die schon von diesem unglaublich tollen Mann.

Kurz darauf sagte er, dass er mit mir schlafen wolle, um mir zu zeigen, wie sehr er mich liebe. Ich war zu der Zeit noch Jungfrau und zögerte. Er aber erklärte mir immer wieder, dass ich, wenn ich es ehrlich mit uns meinte, ihm seinen Wunsch erfüllen würde. Irgendwann gab ich nach, war sicher, es könnte nicht falsch sein, meine Jungfräulichkeit einem Mann zu schenken, mit dem ich für immer zusammenbleiben würde. Das schlechte Gewissen nagte zwar an mir, denn ich war in einer christlichen Familie aufgewachsen, und Sex vor der Ehe war verboten, doch was kümmerte mich das jetzt noch. Meine Eltern waren Tausende von Kilometern entfernt, und unser Verhältnis hatte sich ohnehin abgekühlt. Ich hatte angefangen, mich gegen ihre strenge Erziehung zu sträuben.

Wir verabredeten uns an einem Samstagmorgen, und er nahm mich mit in eine kleine Wohnung. Ich freute mich, dass er mich endlich zu sich nach Hause brachte. Noch ein Beweis, dass er anständig war. Kaum waren wir angekommen, begann er mich zu küssen, zu umarmen, zu streicheln und zog mich schließlich auf ein Bett. Plötzlich hatte ich das Gefühl, als würde ich das, was als Nächstes passierte, eher als Beobachterin denn als Hauptperson erleben. Ich sträubte mich ein wenig, aber er war zu schwer, zu stark, und ich wollte ihn ja nicht beleidigen. Also hielt ich still, hoffte auf das große Gefühl und spürte nichts als eine große Leere.

Nach einigen Versuchen bekam er, was er wollte, sprang anschließend sofort auf und verschwand ins Badezimmer. Ich lag da, verwirrt, allein, ein wenig schmutzig, sehnte mich nach der Liebe, der Zärtlichkeit, der Wärme, die ich jetzt empfinden sollte.

Als er zurückkam, sagte er, ich solle mich bekleiden, denn sein Freund, dem die Wohnung gehöre, würde bald zurückkehren. Wie unter Schock zog ich mich an und wollte nur noch zurück ins Internat. Er sagte mir noch, dass ich mich tapfer gehalten hätte und dass er sich bei mir melden werde, nächsten Samstag würde er mich abholen.

Die ganze Woche dachte ich an nichts anderes und malte mir die Zukunft mit ihm aus. Unsere Beziehung war ja jetzt besiegelt, er hatte mich »gestohlen«, wie die Fayu es taten, wenn sie eine Frau zur Ehefrau nahmen. Bei denen jedoch musste es dem Mann gelingen, die Frau für drei Tage im Urwald festzuhalten. Wenn er es schaffte, waren sie verheiratet, keine Zeremonie, keine großen Feiern oder bürokratischen Formalitäten. Wenn sie zurückkamen ins Dorf, wurden sie von allen als Paar akzeptiert, auch wenn der Vater des Mädchens vorher gegen die Verbindung gewesen war. Was könnten meine Eltern also noch gegen uns haben?

Am nächsten Samstag wartete ich vor dem Internat. Vergeblich. Nach einigen Stunden bat mich eines der Mädchen endlich, wieder ins Haus zu kommen. Ich verstand die Welt nicht mehr, machte mir vor, er wäre in einen Unfall verwickelt oder selbst schwer verletzt, oder etwas ungeheuer Wichtiges hätte ihn aufgehalten.

Einige Tage später, als ich am Nachmittag in der Stadt war, traf ich ein Mädchen, das ihn kannte. Sie erzählte mir, dass mein Freund verheiratet sei und ein Kind habe. Ich starrte sie an, fühlte nichts mehr außer dem Verlangen, irgendwo zu verschwinden und nie wieder mit jemandem reden zu müssen.

Im Internat verkroch ich mich in der Dusche, drehte das heiße Wasser auf und weinte so sehr, dass ich einen Waschlappen in meinen Mund stopfte, um meine Schreie zu unterdrücken. Was hatte ich getan? Wie hatte ich nicht merken können, dass er ein Betrüger war? Was würde jetzt mit mir passieren? Ehebruch war eine Sünde, bei den Fayu wurde sie mit dem Tod bestraft.

Meine Freundinnen trösteten mich und sagten mir, dass

ich ihn vergessen solle. Zum Glück gelang mir das bald.
Jahre später traf ich ihn wieder. Er entschuldigte sich bei mir. Aber da war schon so vieles geschehen, dass ich ihm nichts mehr übelnahm. Da hatte ich schon entdeckt, dass diese Welt, von der ich als Kind geträumt hatte, alles andere als ein Paradies war.

Das Schuljahr ging vorbei, vertraute Schülerinnen wie Leslie und Susanne verließen das Internat, und ich bekam neue Mitbewohnerinnen. Inzwischen war ich achtzehn und wechselte in das Haus gegenüber, das für die älteren Mädchen reserviert war. Wieder waren wir ein bunter Haufen aus den verschiedensten Ländern und Erdteilen. Wir durften übers Wochenende wegbleiben, und ich machte erste Erfahrungen mit Discos, Alkohol, Sex, ohne verliebt zu sein, und erlebte eine Freiheit, die ich zuvor nicht gekannt hatte. Wir Mädchen hielten zusammen, passten aufeinander auf, lachten gemeinsam über unsere Erfahrungen und Erlebnisse, von denen wir am Sonntagabend bei unserer Rückkehr ins Internat erzählten. Im Winter fuhren wir besonders gerne in die Skigebiete, wo es nur so von Touristen wimmelte, und obwohl wir gar nicht Ski fahren konnten, wurden wir zu den besten Partys eingeladen und ließen kaum eine aus.
So verging ein weiteres Jahr, und obwohl ich eigentlich unbeschwert und zufrieden war, bekam ich plötzlich Heimweh. Inzwischen sah ich zwar aus wie die anderen Mädchen, aber irgendwie fühlte ich mich trotzdem

fremd. Die Sehnsucht nach dem Urwald, nach meiner Familie und meinem Stamm wurde mit jedem Tag größer, bis mir klar wurde, dass ich doch nicht hierhergehörte. Dass ich zurück musste in das Leben, das ich verlassen hatte, das Leben, für das ich geboren war. Das Schicksal aber hatte etwas ganz anderes mit mir vor.

Einige Wochen vor meinem Schulabschluss wurde ich zu einer Party in »Harrys Bar« eingeladen, einer Bar, wo junge Erwachsene und Studenten aus reichen Familien sich gerne aufhielten. Ich erinnere mich nicht mehr, was der Anlass war, nur daran, dass ich an diesem Abend ein weißes Kleid trug. Es war ein Samstag, und in der Bar waren viele, die ihre letzten Tage noch genießen wollten. Meine Schwester Judith war aus England gekommen, um mich zu besuchen, und wir hatten uns ein Zimmer in einem nahe gelegenen Hotel genommen.

Es muss schon spät gewesen sein, als ich im Tumult einen jungen Mann entdeckte, der mich ganz offensichtlich beobachtete. Er war bei weitem der Attraktivste an diesem Abend, dunkel und groß, mit einem bezaubernden Lächeln. Ich nahm mir vor, ihn kennenzulernen, und fragte herum, ob jemand wüsste, wer er sei. Irgendwann erfuhr ich, dass er Tom heiße, an der Universität in Montreux gewesen sei, seinen Abschluss schon hinter sich habe und jetzt für eine internationale Firma arbeite. Noch war ich aber zu schüchtern, ihn direkt anzusprechen. Nach einigen Gläsern Champagner hatte ich dann genug Mut und drängte mich durch die Menge, aber da fand ich ihn nicht mehr. Enttäuscht

kehrte ich zu meiner Schwester und den anderen Mädchen zurück.
Als die Bar schloss, wurden wir eingeladen, die Party in einem Privathaus fortzusetzen. Im völlig verrauchten Wohnzimmer entdeckte ich ihn dann. Was für ein Glück. Diesmal ging ich direkt auf ihn zu, setzte mich neben ihn und hörte nicht mehr auf, mit ihm zu sprechen.
Als ich am nächsten Morgen aufwachte, lag ich nackt neben ihm, hatte einen Kater und musste dringend in das Hotel, damit meine Schwester sich nicht beunruhigte. Tom brachte mich hin, und wir frühstückten gemeinsam.

Mit meinen Eltern hatte ich immer weniger Kontakt, aber da sie so weit weg waren, störte mich das nicht. So konnten sie mich nicht kontrollieren oder mir predigen, dass ich mich für meinen zukünftigen Mann aufbewahren solle. Aber dafür war es ja sowieso zu spät. Schließlich hatten hier alle Sex, und was könnte schon Schlimmes passieren. Wir hatten uns mit einem Kondom geschützt, und da ich vorhatte, bald wieder nach West-Papua zurückzukehren, würde niemand von Tom und mir erfahren. Für mich war das hier nur ein vorübergehender Aufenthalt, ähnlich einem Urlaub, aus dem man äußerlich unversehrt nach Hause zurückfährt.
Tom rief mich immer wieder an, wir trafen uns regelmäßig und entdeckten viele Gemeinsamkeiten. Er war freundlich und sanft und gefiel mir. Er brachte mich

zum Lachen, zeigte mir Gegenden in der Schweiz, die ich bis jetzt noch nicht kannte. Wir sprachen nicht über die Zukunft oder über unsere Beziehung, denn ich hatte ja nicht vor, in Europa zu bleiben.

Mit einer großen Feier, für die meine Eltern extra aus Indonesien gekommen waren, endete meine Zeit im Internat. Einerseits freute ich mich über meinen Schulabschluss, andererseits aber trauerte ich um das Ende einer spannenden und interessanten Zeit. Ich hatte viele neue Freunde gefunden, die nun in ihre Heimat zurückkehren würden. Auch meine Abreise war schon geplant, ich wollte nur noch ein paar Tage mit diesem phantastischen jungen Mann verbringen.
Meinen Eltern erzählte ich, dass ich mit einer Freundin einige Tage in der Nähe von Genf den Abschied aus der Schweiz feiern wolle. Ich wusste schließlich nicht, ob ich sie jemals wiedersehen würde.
Tom holte mich ab, und ich blieb bei ihm bis zur Abreise nach Deutschland. Von dort aus sollte ich nach Indonesien fliegen und vorher meine Eltern treffen. Ich erzählte Tom nichts von meinen Plänen, denn ich wusste, dass er sehr traurig sein würde. Ich hatte vor, es ihm am letzten Abend zu sagen, und wollte die Zeit bis dahin nur genießen.
So sollte es aber nicht kommen, denn schon seit einiger Zeit merkte ich, dass etwas mit meinem Körper nicht stimmte. Zunächst hatte ich gedacht, ich wäre schwanger. Diese Vermutung verflog zwar, als ich meine Tage bekam, aber dieses eigenartige Gefühl blieb. Tom schlug

vor, einen Arzt zu konsultieren, und da ich in der Schweiz noch krankenversichert war, ging ich zum Schularzt. Der machte einige Tests, und als ich eine Woche später bei ihm war, um die Ergebnisse zu erfahren, brach im ersten Moment eine Welt für mich zusammen: Ich war schwanger!

Wie das denn sein könne, fragte ich den Arzt. Er konnte es auch nicht erklären und sagte, dass wahrscheinlich ein kleines Loch im Kondom gewesen sei. Warum ich drei Tage vor meiner Periode noch schwanger geworden bin, hat er nur mit einem Schulterzucken beantwortet.

Wie betäubt verließ ich die Arztpraxis und spazierte ohne Ziel am Genfer See entlang. Der Arzt hatte eine Abtreibung empfohlen, ich sei doch noch zu jung, um ein Kind zu bekommen. Doch das kam für mich nicht in Frage. Wie könnte ich dieses Kind, das in mir wuchs, abtreiben? Und außerdem: nach der Fayu-Kultur war ich mit achtzehn Jahren nicht mehr jung. Doch wie würde ich das Kind ernähren, wo würden wir wohnen?

Wie würden meine Freunde, meine Familie reagieren? Und wie die Fayu? Uneheliche Kinder gab es bei ihnen nicht, denn am Anfang, als wir dort ankamen, wurde Sex außerhalb der Ehe noch mit dem Tod bestraft. Wie würde ich ihnen gegenübertreten können, mit einem Kind, aber ohne Mann? Ich wusste natürlich, dass sie mich nicht umbringen würden, aber wie sehr würde ich mich schämen! Ihre Worte würden verstummen, aber ihre Augen würden mehr als tausend Worte sprechen.

Ich wäre für die Gemeinschaft eine Schande, ein dunkler Fleck auf dem gesunden Stamm.
Ich lief weiter, ohne zu denken, sah nichts mehr, spürte den Weg nicht mehr. Das Wasser, die Berge, die Menschen verschwammen zu einem Bild der Verzweiflung, das mich anfing zu erdrücken und mich langsam in ein Loch, in die Dunkelheit zog, von der ich noch lange festgehalten werden sollte.
Mein Leben, meine Träume, meine Ziele zerplatzten wie eine Luftblase vor meinen Augen, und zurück blieb eine große Leere.
Es war nicht das ungeborene Kind, das mich zur Verzweiflung trieb, denn tief im Herzen freute ich mich auf dieses Wunder. Ich wusste nur nicht mehr, was ich tun sollte, denn eines wurde mir klar: Ich konnte nicht nach West-Papua zurück, ich schämte mich zu sehr. Doch wie sollte ich hier, in diesem fremden Land, überleben, ohne den Schutz meines Stammes, ohne die Kultur, die ich kannte?
Heute sehe ich das alles mit anderen Augen. Was hätte es schon für mich bedeutet, wenn die Fayu geredet, mich mit höhnischen Blicken verfolgt hätten, irgendwann wäre das vorbei gewesen, und dann wäre ich wieder ein Teil der Gemeinschaft gewesen, wäre mit meinem Kind ein Teil ihres Lebens geworden. Aber damals sah ich nur die Scham, die Erniedrigung und den Verlust der Ehre und war verzweifelt.
Das Internat, ein Leben, das mir Schutz gab, hatte ich verlassen. Deutschland kannte ich kaum, hatte weder eine Vergangenheit dort noch eine Zukunft. Dieses Land

war nicht meine Heimat, Deutschland war für mich nur ein Wort, das in meinem Pass stand.
Tom, der selbst noch sehr jung war und am Anfang seiner Karriere stand, war von meinen Problemen vollkommen überfordert. Wir redeten lange miteinander. Er war schließlich für Abtreibung und verstand nicht, warum ich das auf keinen Fall wollte.
So kehrte ich mit schwerem Herzen zurück nach Deutschland, um meinen Eltern die Botschaft zu überbringen, dass sie ohne mich nach West-Papua aufbrechen sollten. Die Zugfahrt zu ihnen war ein einziger Alptraum. Meine Gedanken türmten sich auf und fielen immer wieder in sich zusammen. Ich überlegte mir, wie ich in Worte fassen könnte, dass ich ein Kind von einem Mann, den ich kaum kannte, erwartete. Ein Studium vorzuschieben oder einfach den Wunsch, in ihrer Heimat zu bleiben, erschien mir als unglaubwürdig. Zumal ich mit meiner Mutter besprochen hatte, dass ich die Universität in Jayapura, der Hauptstadt von West-Papua besuchen würde. Was genau ich studieren wollte, hatte ich noch nicht gewusst, es war mir egal gewesen, solange ich nur im Land bleiben könnte. Jetzt mit achtzehn würde ich ein eigenes Visum brauchen und eine Begründung für meinen Aufenthalt angeben müssen, um es zu bekommen. Aber es hatte sich ja alles geändert. Ich hatte keinen Boden mehr unter den Füßen, keinen Halt, keine Pläne.

Meinen Eltern verheimlichte ich die Schwangerschaft zunächst, wich ihnen aus, gab keine Antworten auf ihre

Fragen nach meinen Plänen. Doch irgendwann erzählte ich meiner Mutter alles. Sie nahm es gefasst auf, schlug mir vor, das Kind selbst großzuziehen für den Fall, dass ich es nicht haben wollte. Sie war froh, dass ich mich gegen eine Abtreibung entschieden hatte, und versicherte mir, dass es immer eine Lösung gebe. Ich fühlte mich zwar erleichtert, war aber trotzdem wie in einer schweren, dunklen Wolke gefangen.

Meine Mutter erzählte mir später, dass mein Vater sehr geweint habe, als er von der Schwangerschaft erfuhr. Aber er verhielt sich mir gegenüber stark, nahm mich in den Arm und sagte mir, dass er mich liebe. Ich aber trauerte, weinte stundenlang, jeden Tag, jede Nacht, um eine Welt, die ich vielleicht nicht wiedersehen könnte. Dann versuchte meine Mutter mich zu überreden, trotz der Schwangerschaft mit ihnen zurückzukehren. Sie malte mir ein Leben aus, in dem ich nicht alleine zu sein brauchte, in der ich mein Studium fortführen und in ihrem Haus in Jayapura leben könnte. Aber ich empfand die Schande, die ich über meine Eltern und meinen Stamm bringen würde, immer noch als zu groß, und ich blieb bei meiner Entscheidung für den Westen.

»Geht ihr zurück zu den Fayu«, sagte ich immer wieder, »die brauchen euch, ich schaffe es schon alleine hier.«

Jahre später, wenn ich nachts nicht schlafen konnte oder das Gefühl hatte, es nicht einen Tag länger aushalten zu können, dachte ich an diese Zeit zurück und sehnte mich danach, wieder vor dieser Entscheidung zu stehen. Ohne zu zögern wäre ich mit ihnen gegangen.

Heute versuche ich, die Lage anders zu sehen: Wäre ich gegangen, wäre ich nicht die, die ich jetzt bin. Ich hätte meine anderen Kinder nicht bekommen und wahrscheinlich keine Bücher geschrieben. Meine Erfahrung wäre begrenzt gewesen durch ein Leben, das vielleicht einfacher gewesen wäre, aber mir nicht die Stärke und Willenskraft beschert hätte, die ich heute habe. Meine Mutter hat mir immer wieder gesagt: »Du weißt nicht, was dir dort passiert wäre. Ob du glücklich geworden wärst oder nicht. Aber deine Tochter hätte wahrscheinlich ihren Vater nicht kennengelernt, was nicht gut für sie gewesen wäre. Denn ein Kind braucht sowohl eine Mutter wie auch einen Vater.«
Damals dachte ich an all diese Möglichkeiten überhaupt nicht, denn meine wichtigste Frage war: Wo sollte ich bleiben?

In Hamburg lebte eine Cousine von mir. Birgit war ein paar Jahre älter als ich und hatte eine Wohnung. Ich verstand mich gut mit ihr, und sie war, neben meiner Großmutter und meiner Tante, die einzige Bezugsperson, die ich in Deutschland hatte. So machte ich mich eines Morges auf, sie zu besuchen. Ich fühlte mich einsam, schämte mich und glaubte, dass sich niemand auf das Kind freute. Und obwohl ich verstand, warum kaum jemand mit Wärme auf mich reagierte, war ich sehr traurig.

Birgit hatte Brötchen geholt, und wir saßen zusammen in ihrem Wohnzimmer an einem schön gedeckten Frühstückstisch. Schließlich platzte ich mit der Neuigkeit heraus: Ich erwarte ein Kind. Auf vieles war ich gefasst, auf Unverständnis, Traurigkeit oder Mitleid. Stattdessen aber sprang Birgit mit einem Jubelschrei auf, gratulierte mir und nahm mich in die Arme. Für diese Reaktion bin ich ihr bis heute sehr dankbar. Ich fühlte keine Ablehnung, keine Scham, ich hatte einfach jemanden gefunden, der mir Mut gab.

Schnell war klar, dass ich bei ihr bleiben könnte und dass sie mich unterstützen würde. Aber ebenso wie ich hatte Birgit keine Ahnung von Geburten, Babys und von allem, was uns erwartete. Noch heute lachen wir über die Zeit damals. Inzwischen hat sie drei, und ich habe vier Kinder. Damals freuten wir uns einfach darauf, dass bald eine neue Generation von Familienmitgliedern entstehen würde, und nahmen das, was auf uns zukam, mit Humor und Selbstverständlichkeit.

Wenig später zog ich bei Birgit ein, und wir meldeten mich bei der Krankenkasse und den Behörden vorschriftsmäßig an. So wurde ich zum ersten Mal in meinem Leben eine in Deutschland wohnhafte Deutsche. Eine Frau, achtzehn Jahre alt und im sechsten Monat schwanger.

4

Kurz nachdem ich bei meiner Cousine eingezogen war, kam meine Tante zu Besuch. Wie Birgit freute sie sich auf das Kind und bot mir ihre Hilfe an. Wenn ich Fragen hätte oder mir Sorgen machte, könnte ich sie jederzeit anrufen. Sie erkundigte sich auch, ob ich schon bei einem Frauenarzt gewesen sei.

»Warum?«, fragte ich erstaunt. »Ich bin doch nicht krank.«

Noch am selben Tag musste Birgit mir einen Termin bei ihrer Frauenärztin machen, während ich mich noch immer wunderte, warum ich zu einem Arzt sollte. Ich war ja schon bei einem in der Schweiz gewesen, und der hatte bestätigt, dass alles in Ordnung sei. Aber da meine Tante darauf bestand, machte ich mich ein paar Tage später auf den Weg zu dieser Ärztin.

Als ich ihr dann gegenübersaß, fühlte ich mich plötzlich sehr klein. Ich schrumpfte, so weit es ging, in mich zusammen und hoffte irgendwie, unsichtbar zu werden. Wie würde sie auf die Schwangerschaft einer so jungen Frau, wie ich es war, reagieren? Einer, die nicht einmal verheiratet war? Vielleicht würde sie schimpfen oder mich sogar rausschmeißen?

Wenn ich heute auf diese Zeit zurückblicke, stelle ich fest, dass ich mich auf dem Stand einer Elf- oder Zwölfjährigen befand, sowohl was meine Erfahrungen als auch mein Denken anging. Im Urwald entwickelten wir eine andere Art von Reife, die mir hier aber nicht viel brachte.

Ohne mich groß anzusehen, fragte die Frauenärztin, was sie denn für mich machen könne. Ich sagte ihr mit kleinlauter Stimme, dass ich schwanger sei und eine Untersuchung brauche, wie es mir meine Tante erklärt hatte.

»Wann haben Sie den Schwangerschaftstest gemacht?«, fragte sie mich und begann, sich Notizen zu machen.

»Vor sechs Monaten«, antwortete ich. Erstaunt schaute sie hoch und wiederholte: »Vor sechs Monaten?«

»Ja«, bestätigte ich und schaute nervös auf meine Hände.

»Dann sind Sie ja schon im sechsten Monat!« Sie beugte sich über den Tisch, um einen Blick auf meinem Bauch zu werfen.

Obwohl ich schon im sechsten Monat war, sah man mir die Schwangerschaft nicht an.

»Ja«, wiederholte ich kleinlaut.

Wann ich denn zum letzten Mal bei einem Arzt gewesen sei, wollte sie wissen.

»Vor sechs Monaten«, antwortete ich.

»Und seitdem nicht mehr?«, fragte sie schon mit einer schärferen Stimme.

Ich versuchte mich noch kleiner zu machen und sagte: »Nein.«

»Warum nicht?«

»Weil ich nicht krank gewesen bin.«

Mit einem Kopfschütteln erklärte sie mir, dass ich unverantwortlich gehandelt hätte, gegenüber dem ungeborenen Kind wie auch mir selbst gegenüber.

Plötzlich fühlte ich mich erleichtert. Diese Frau machte sich Sorgen um mich und um das ungeborene Kind, und sie erwähnte mit keinem Wort, dass ich nicht verheiratet war. Ruhig erklärte sie mir, dass mein Gesundheitszustand nicht unbedingt etwas mit dem des Kindes zu tun habe und dass ich deshalb regelmäßig zum Arzt gehen müsse. Meine Augen wurden immer größer, als sie mir die möglichen Komplikationen, mit denen ein Ungeborenes konfrontiert werden könnte, auflistete. Ich überlegte mir im Stillen, wie denn die Fayu ihre Kinder zur Welt brachten, ohne die Hilfe von Ärzten. Ich war froh, dass ich in guten Händen war und nicht alleine im Urwald mein Kind zur Welt bringen müsste, wie es die Frauen dort taten. Ich hatte mir darüber nie Gedanken gemacht.

Nach vielen endlos dauernden Untersuchungen saß ich schließlich wieder vor dem Schreibtisch der Ärztin, doch diesmal saß ich gerade und versuchte nicht, mich vom Erdboden verschlingen zu lassen. Alle Ergebnisse waren gut, mit einem Punkt jedoch gab sich die Ärztin nicht zufrieden. Ich hatte nur ein Kilo zugenommen, und sie sagte, dass sie bei meinem nächsten Besuch mehr auf der Waage sehen wollte.

So verließ ich mit Erleichterung und dem Gefühl, eine große Hürde überwunden zu haben, die Praxis und besorgte mir gleich beim Bäcker etwas zu essen. Vor Aufregung hatte ich sogar das Frühstück vergessen, und es war inzwischen Mittag.

Die nächsten Tage verbrachte ich damit, mich zum Essen zu zwingen, und diskutierte abends mit Birgit, was ich bis zur Geburt machen könnte. Nur rumsitzen und alleine sein, wollte ich nicht. Nachdem ich viele Jahre in dauernder Gesellschaft verbracht hatte, war mir die Stille in der Wohnung unheimlich. Birgit arbeitete und kam immer erst spät am Nachmittag zurück. Und meine Eltern waren mit schwerem Herzen vor einigen Wochen zurück nach West-Papua geflogen.

Irgendwann kam Birgit auf die Idee mit dem Krankenschwesternhelferin-Kurs. Der dauerte nur ein paar Wochen, und ich könnte auch etwas darüber lernen, wie man ein Kind betreut. Ich hatte ihr natürlich von all den möglichen Komplikationen erzählt, von denen ich bei der Frauenärztin gehört hatte.

So machte ich mich also auf den Weg und meldete mich für die Ausbildung an. Meine Schwangerschaft verheimlichte ich, und am Anfang fiel sie auch niemandem auf.

Die Arbeit machte mir Spaß. Ich begann mit einem Praktikum im Krankenhaus und war fasziniert von der neuen Welt, mit der ich zu tun hatte. Menschen in weißen Gewändern schwebten herum, Ärzte, deren Gewänder noch weißer waren, glitten wie Götter die Gänge entlang, während alle anderen ihnen vor Ehrfurcht den Weg frei machten.

Natürlich war das nicht wirklich so, aber ich fing damals an, mir meine eigene Welt zu schaffen, meine eigene Realität. Denn die Wirklichkeit war noch zu schwer zu verkraften für mich, und ich zog mich immer mehr in mich selbst zurück. Die Nächte waren angefüllt mit den Träumen vom Urwald, mit den Stimmen und dem vertrauten Gesang der Vögel und Insekten. Ich schwamm wieder im Fluss, aß vor dem Feuer Sago und Brotfrucht. Es tat jedes Mal weh, wenn ich aufwachte und mich in der realen, fremden Welt wiederfand. Viele Tränen flossen vor Heimweh und versickerten in meinem Kopfkissen.

Ich sprach damals viel mit dem ungeborenen Kind, erzählte ihm von meinem Leid, fühlte, dass wir miteinander verbunden waren. Mein Kind verstand mich, tröstete mich und gab mir Kraft, einen weiteren Tag zu überstehen. Dieses Geschöpf in meinem Bauch war alles, wofür ich lebte, alles andere lag wie ein großer Trümmerhaufen vor mir. Und sosehr ich versuchte, Ordnung zu schaffen, ihn aufzuschichten, umso heftiger brach er immer wieder ein.

Trotzdem machte ich mich jeden Morgen auf in die Kälte, nahm eine S-Bahn und lief an einem Wald entlang zum Krankenhaus. Dort zog ich einen weißen Kittel an und begab mich in meine sterile Welt. Die Krankenschwestern waren nett zu mir, aber sie kamen mir eher wie Kampfmaschinen vor, die durch die Gänge eilten und für Ordnung sorgten.

Und dann waren da meine Patienten, die »Verletzten«, die ihr Leid laut beklagten, etwas, was mir auch neu war. Bei den Fayu gab es das nicht, ich hatte sogar als Kind miterlebt, wie Nakire seiner ersten Frau einen Zahn mit glühender Kohle herausbrannte, wie die Luft sich mit dem Gestank von verkohltem Fleisch füllte. Ich fragte Dawai, ob es weh tue. Sie nickte nur, ohne das Gesicht zu verziehen. Die Schmerzgrenze der Eingeborenen lag sehr hoch, und ich hatte wohl etwas davon mitbekommen, was sich bei der Geburt meines Kindes zeigen würde.

Nach einigen Wochen bemerkte ich, dass meine Kräfte langsam nachließen. Ich war im siebten Monat und so viele Stunden auf den Beinen zu sein, machte mir zu schaffen. Hinzu kam, dass die Waage bei der Frauenärztin bei meinem zweiten Termin nur ein Kilo mehr angezeigt hatte, und das, obwohl ich mich vor der Tür der Praxis noch mit Leckereien vom Bäcker vollgestopft hatte. Die Ärztin mahnte mich, mehr zu essen, aber ich war einfach zu müde und zu traurig gewesen, um an Essen zu denken.
Bald danach hatte ich mein Praktikum erfolgreich beendet, hielt mein Zertifikat in den Händen und war froh, dass es vorbei war und ich jetzt mehr Zeit zum Schlafen hatte. Mein Gewicht zu steigern, misslang aber weiterhin. Bis zur Geburt würde ich nur noch drei Kilo zunehmen. Doch bis dahin sollte es noch einige Wochen dauern.

Tom hatte nach mehreren Monaten des Schweigens wieder Kontakt zu mir aufgenommen und wollte mich sehen. Ich reiste zu ihm in die Schweiz, und wir beschlossen, nach vielen Gesprächen, unser Kind gemeinsam großzuziehen. Da ich aber keine Krankenversicherung und auch keine Aufenthaltsgenehmigung für die Schweiz hatte, würde ich zuerst einmal in Deutschland bleiben.

Tom wollte plötzlich, dass ich seine Mutter kennenlerne, mit der er sich gut verstand. Gemeinsam fuhren wir zu ihr nach Belgien, wo sie mit ihrem Mann lebte. Ich bat Tom zwar, ihr vorher von der Schwangerschaft zu erzählen, aber er hatte wohl lieber geschwiegen.

Es war schon spät, als wir ankamen, und ich war müde. Aber, wie Mütter so sind, erkannte sie mit einem Blick, was mit mir los war, und ich wusste gleichzeitig, dass Tom ihr nichts erzählt hatte. Am selben Abend noch setzte sie sich mit uns zusammen und fragte, wie wir uns denn das Leben jetzt vorstellten. Ich sah in ihren Augen, dass sie über die Neuigkeiten nicht erfreut war, und dachte sofort, dass sie mich jetzt hassen würde. Tom und ich hatten ja keine Antworten auf ihre Fragen, wir wussten beide nicht, wie es weitergehen sollte. Wir hatten uns einfach nur entschieden, zusammenzuhalten.

Als wir endlich ins Bett gingen, war es schon spät, und ich konnte kaum schlafen. Ich fühlte mich unwohl, wusste nicht, wie ich die nächsten Tage, Wochen, Monate überstehen sollte.

Meine neue Schwiegermutter oder damals noch die Großmutter meines Kindes, Elisabeth, lebte in einem großen Haus mit einem Garten, der eine große Ruhe ausstrahlte. Und sie hatte einen kleinen Dackel, Lerchen, der mich sofort in sein Herz schloss. Mit ihm zusammen stand ich am nächsten Morgen wie ein kleines Kind vor ihr und wusste nicht, was ich machen oder sagen sollte. Sie lächelte mich einfach an, und so zurückhaltend sie am Vorabend auch gewesen war, so sehr veränderte sich ihre Haltung mir gegenüber von diesem Tag an.

Als Erstes befahl sie mir, mich auf die Couch zu legen und mich auszuruhen. Eine schwangere Frau brauche viel Ruhe, besonders in den letzten Wochen. Ich sei auch viel zu dünn und sehe nicht gesund aus, aber sie werde das schon ändern. Sie begann mich mit wahrer Inbrunst zu bemuttern, und ich genoss jede Sekunde. Ihre Kochkünste waren hervorragend, und sie achtete sehr auf gesunde Ernährung. Nach ein paar Tagen schon bekam ich wieder Farbe ins Gesicht, nahmen meine Kräfte zu, und ich fühlte mich wohl in der grünen Landschaft, die mich umgab. Wenn die Sonne schien, scheuchte sie mich nach draußen, wo sie mich auf einem Liegestuhl in eine Wolldecke einpackte. Wenn es regnete oder bewölkt war, wurde ich auf die Couch gebettet und ging einer Leidenschaft nach, die ich seit den Zeiten im Urwald vernachlässigt hatte. Elisabeth hatte Unmengen an Büchern, die ich regelrecht verschlang, während Lerchen auf meinem Bauch lag und schlief.

Frank Herberts »Dune«-Trilogie und die »Herr der Ringe«-Bücher begleiteten mich zum Beispiel in dieser Zeit. Tagelang verlor ich mich in fremden, faszinieren-

den Welten. Mit Begeisterung las ich auch »Shogun« von James Clavell und ahnte damals noch nicht, dass ich eines Tages das Land und dessen Menschen näher kennenlernen würde.
Schneller als mir lieb war, reisten wir dann wieder ab. Tom musste arbeiten und ich mich um die letzten Vorbereitungen für die Geburt kümmern. Elisabeth umarmte mich zum Abschied, sagte, sie würde mich nach der Entbindung besuchen, und bat mich, sie auf dem Laufenden zu halten. Und wenn mir alles zu viel werden sollte, könnte ich immer zu ihr zurückkehren.
So machte ich mich auf den Weg nach Hamburg. Es waren ja nur noch wenige Wochen bis zum errechneten Termin und, typisch für mich, ich hatte mich noch immer in keinem Krankenhaus angemeldet.

Gemeinsam mit Birgit suchte ich eine Klinik in unserer Nähe aus, und wir gingen zu dem vorgeschriebenen Besuchs- und Besichtigungstermin. Dort wurde uns erklärt, wie wichtig es sei, den Geburtsvorbereitungskurs zu besuchen, also wollte ich brav hingehen, tat es aber natürlich nicht gleich.
Vier Wochen vor dem Geburtstermin kam meine Schwester Judith, die gerade ihre Kunstschule in England beendet hatte.
Wie ich mich freute, dass sie bei uns einzog, dass sie mir beistehen wollte. Wie schön es war, eine Verbündete aus meiner alten Welt bei mir zu haben.
Schon bald wurde sie meine Brücke zwischen den beiden Welten, der alten und der, in der wir uns befanden.

Sie war mein emotionaler Schutz, jemand, der mich verstand und der mich trösten konnte. Ich hatte das Gefühl, wieder fester auf dem Boden zu stehen. Durch sie reichte die Welt, die ich mir nachts erträumte, manchmal sogar in den Tag hinein. Sie war eben ein Teil meines Stammes.

Jetzt waren wir zwar zu dritt, doch wie eine Geburt abläuft oder wie man Babys betreut, wussten wir noch immer nicht. Auf die Idee, uns gründlicher zu informieren, kamen wir nicht. Warum weiß ich nicht. Vielleicht hofften wir, dass alles automatisch ablaufen würde, denn schließlich waren wir Frauen und genetisch dafür bestimmt, Kinder zu gebären.

Kurz danach ging ich zum ersten Mal zum Geburtsvorbereitungskurs.

Als ich den großen Raum betrat, wäre ich am liebsten gleich wieder weggelaufen. Ich war die Einzige, die allein gekommen war, alle anderen hatten ihre Männer mitgebracht. Das Bild, das sich mir bot, haute mich fast um. Wie sie sich verliebt anschauten, wie sie Freude und Erwartung auf das ungeborene Kind gemeinsam genossen, diese kurzen Augenblicke innigster Vertrautheit, das alles bohrte sich wie ein scharfes Messer in mein Fleisch.

Die Hebamme, die den Kurs leitete, fragte mich, wann denn der Geburtstermin sei. Ich sagte, in drei Wochen. Mit scharfem Ton machte sie mir klar, dass ich viel früher hätte kommen müssen, allein wegen der Atemtechnik, die ich noch lernen müsste. Doch zum Glück hätten wir ja noch drei Wochen, und nächste Woche würde sie sich ein wenig Zeit extra für mich nehmen. So weit sollte es dann nicht mehr kommen.

Zwei Wochen vor dem Geburtstermin ging ich mit einem Freund ins Kino. Als ich so gegen Mitternacht nach Hause kam, war ich sehr müde durch das viele Laufen in der Stadt und schlief ein.

Plötzlich jedoch wurde ich hellwach. Ich schaute auf die Uhr, vier Uhr morgens, drehte mich um, wollte wieder einschlafen. Da aber wurde mir klar, dass etwas nicht stimmte, also stand ich auf. Ein paar Sekunden später war ich im Badezimmer, beugte mich, so weit ich konnte, aus der Tür und rief nach meiner Cousine. Eine wässrige Flüssigkeit tropfte zwischen meinen Beinen hinunter. Und weil ich nicht den Teppich draußen nass machen wollte, blieb ich im Bad stehen.

Der erste Kommentar von Birgit war: Warum müssen Babys immer nachts kommen?

Kurz darauf standen wir alle drei, Birgit, Judith und ich, im Badezimmer und lasen uns durch das Informationsblatt, das wir vom Krankenhaus mitbekommen hatten.

»Steht da etwas von Fruchtwasser?«, fragte ich aufgeregt.

»Augenblick«, sagte Birgit, »ich suche noch. Hier steht, dass man ins Krankenhaus muss, wenn die Wehen in regelmäßigen Abständen kommen.«

»Spürst du schon eine Wehe?«, fragte mich Judith, die immer nervöser wurde.

»Nein. Gar nichts.«

»Das kommt davon, wenn man nachts schwanger unterwegs ist, anstatt im Bett zu liegen«, sagte Birgit ironisch.
»Ja, aber ich wollte den Film unbedingt noch sehen.«
»Hier steht was«, rief sie gleich darauf, »es heißt, dass, wenn eine klare Flüssigkeit ohne Geruch und Farbe rauskommt, dann ist das wahrscheinlich Fruchtwasser.«
»Soll ich daran riechen?«, fragte ich und wollte meine Pyjamahose ausziehen.
»Igitt«, riefen beide gleichzeitig und schauten mich erschrocken an. Worauf ich meine Hose wieder hochzog.
»Steht da auch, was wir jetzt machen müssen?«, wollte Judith wissen.
»Vielleicht sollten wir lieber das Krankenhaus anrufen«, sagte Birgit, die das Informationsblatt noch immer studierte.
»Können wir das nicht morgen machen«, fragte ich und gähnte, »ich habe kaum geschlafen und sowieso noch keine Wehen.«
»Auf keinen Fall«, sagte Judith streng, »ich habe keine Lust, dein Kind hier zu entbinden, wenn wir es nicht rechtzeitig ins Krankenhaus schaffen.«
Als Birgit im Krankenhaus anrief, wurde ihr mitgeteilt, dass wir sofort kommen sollten.
Kurz bevor wir dann aus der Tür gingen, fragte mich Birgit aufgeregt, wo denn meine Tasche sei.
»Die habe ich noch nicht gepackt«, antwortete ich unschuldig, »das Baby sollte doch erst in zwei Wochen kommen.«

»Typisch Sabine«, sagte Judith, »wartet immer bis zur letzte Minute.«
Obwohl das Krankenhaus nur um die Ecke lag, entschieden wir, mit dem Auto zu fahren, weil es draußen sehr kalt war.
An der Rezeption saß eine sichtlich genervte ältere Dame, Birgit ging zu ihr, Judith und mich im Schlepptau, und sagte, dass wir hier seien, um ein Kind zu bekommen.
Wer von uns sei denn hier, um das Kind zu bekommen, fragte sie.
»Die da«, sagten Judith und Birgit gleichzeitig und zeigten auf mich.
Erstaunt beugte sie sich vor, um mich genauer zu betrachten.
»Die ist ja selbst noch ein Kind«, murmelte sie mehr zu sich selbst als zu uns.
Ich wäre in dem Moment am liebsten im Boden versunken, aber Birgit und Judith nahmen mich schon mit zum Fahrstuhl, und wir fuhren zu der Entbindungsstation.

Im Wartezimmer wimmelte es nur so von Menschen. Es sei eine Nacht, »wo die Hölle los ist«, sagte eine der Krankenschwestern. Es sei Vollmond und alle Betten seien belegt.
Wir warteten, und da kein Sitz mehr frei war, standen wir eine Weile. Als mir schwindlig wurde, bat Birgit einen Mann, mir seinen Stuhl zu geben. Zuerst sträubte er sich, doch als Birgit ihm sagte, dass ich schwanger sei, räumte er widerwillig den Platz.

Erleichtert setzte ich mich, und wir warteten weiter darauf, dass uns endlich jemand aufrufen würde. Drei Stunden später saßen wir noch immer da, und ich sehnte mich nur noch nach meinem Bett. Birgit verlor dann irgendwann die Nerven. Sie ging los, um sich zu beschweren. Was sie genau sagte, weiß ich nicht, aber es zeigte Wirkung, denn kurz darauf kam eine Schwester und rief meinen Namen. Ich stand auf, und als sie vor mir stand, fragte sie, in welchen Abständen meine Wehen kämen.

»Ich habe noch keine Wehen«, sagte ich flüsternd – es war mir peinlich, vor all den Menschen darüber zu sprechen – und fügte hinzu, dass meine Fruchtblase geplatzt sei. Die Krankenschwester schien meine Schüchternheit nicht zu bemerken und fragte laut, ob ich meine Binde gewechselt hätte. Jetzt wurde ich rot und wiederholte, dass die Fruchtblase schon geplatzt sei.

»Sie tragen keine Binde?«, fragte sie empört.

»Nein«, antwortete ich, merkte, dass inzwischen alle unserem Gespräch zuhörten, und wurde wütend, weil mir das alles peinlich war. Schließlich waren viele Männer hier, und die durften von diesen ganzen Dingen überhaupt nichts wissen. Bei den Fayu war alles, was mit Kinderkriegen, Menstruation und anderen ausschließlich weiblichen Themen zu tun hatte, für die Männer tabu.

»Auch wenn Sie schon Fruchtwasser verloren haben, es kann immer noch mehr nachkommen«, erklärte mir die Krankenschwester, »warten Sie hier, ich hole Ihnen eine Binde.«

Damit lief sie los und kehrte schnell zu mir zurück, die ich noch immer an derselben Stelle stand und nicht wusste, wohin ich vor Scham schauen sollte.
In diesem Augenblick geschah etwas, worüber wir heute noch lachen, was mich damals aber vollkommen verstörte. Wie eine Welle brach eine Unmenge von Fruchtwasser aus mir heraus, in Sekunden war alles nass, meine Hose, meine Schuhe und der Boden unter mir. Ich wurde knallrot, musste mich zusammennehmen, um nicht zu weinen, aber jedenfalls war klar, dass in der Fruchtblase nicht nur ein paar Tropfen sind, sondern eher ein Liter.
Gleich darauf wurde ich von einem jungen Arzt untersucht, der als Erstes auch nach den Abständen der Wehen fragte. Ich erklärte auch ihm alles über meine geplatzte Fruchtblase. Heute glaube ich, dass er noch in der Ausbildung war, jedenfalls wirkte er ziemlich unerfahren. Gerade als er feststellen wollte, ob sich der Muttermund schon geöffnet hätte, kam die zweite Welle. Erschrocken sprang er zurück, doch es war zu spät, er war schon nass und offensichtlich wütend darüber. Dabei hatte ich ihn doch gewarnt. Er hatte eben bekommen, was er verdiente. Mein Gesicht drückte meine kleine Schadenfreude sicher aus. Dieser unhöfliche und nicht gerade sanfte Arzt schien mir jetzt die Schuld für seinen nassen Kittel zu geben.

Im Wartezimmer saßen immer noch Judith und Birgit. Inzwischen war es draußen hell, aber ein freies Bett gab es noch immer nicht. Erschöpft lehnte ich mich an die

Wand, ich wollte einfach nur schlafen. Dieser mitleiderweckende Anblick ließ Birgit dann total ausrasten: Mit lauter Stimme verlangte sie sofort nach einem Bett. Ich hörte aus der Ferne, dass sie der Krankenschwester drohte, mich in ein anderes Krankenhaus zu bringen und Beschwerde bei den Behörden einzulegen, wenn nicht sofort etwas passieren würde. Wir hätten hier schon stundenlang gesessen, und es könne nicht sein, dass man eine schwangere Frau so behandelt.
Ihre Drohung wirkte. Schon einige Minuten später wurde ein Bett in ein kleines leeres Wartezimmer geschoben, und ich konnte mich endlich hinlegen. Doch kaum war ich eingeschlafen, kam eine Schwester, um Puls und Temperatur zu messen und, gerade als ich wieder einschlafen wollte, kam die nächste Untersuchung. So ging es weiter, bis die Wehen anfingen. Langsam wurde es wieder dunkel draußen.
Judith und Birgit hatten sie nach Hause geschickt, es würde noch dauern, hatte ihnen eine der Schwestern erklärt. Wenn es losginge, würde man sie anrufen.
Jetzt lag ich alleine in einem halbdunklen Zimmer, die Wehen kamen jetzt regelmäßig, und ich konnte nicht mehr schlafen, obwohl ich so schrecklich müde war. Sollte ich jemals wieder ein Kind bekommen und die Fruchtblase frühzeitig platzen, würde ich zu Hause bleiben und erst einmal ausschlafen, das schwor ich mir.
Unter den Schwestern gab es eine, die noch jung war und sehr freundlich zu mir. Sie ermutigte mich, eine Kleinigkeit zu essen, und holte mir eine Banane. Seit

kurz vor dem Kinobesuch hatte ich nichts mehr zu mir genommen. Doch meine Müdigkeit wurde immer noch größer. Schließlich entschied ein Arzt, mir etwas zur Beruhigung zu geben. Ich empfand die Wehenschmerzen nicht als besonders schlimm, aber die Erschöpfung machte mir zu schaffen. Kurz nachdem ich etwas bekommen hatte, ich glaube, es war eine Spritze, schlief ich tatsächlich ein.

Plötzlich – es waren sechs Stunden vergangen – wachte ich auf. Im Zimmer war es dunkel, und wie eine Welle, die mit enormer Kraft über mich rollt, spürte ich das Bedürfnis zu pressen. Panisch drückte ich den roten Knopf, den sie mir vorher gezeigt hatten. Bitte Gott, betete ich im Stillen, lass schnell jemanden kommen. Zufällig lief gerade eine Krankenschwester an meiner Tür vorbei und steckte ihren Kopf hinein. Das Baby kommt, rief ich ihr zu. Sie muss an meinem Ausdruck gesehen haben, dass ich es wirklich ernst meinte, denn sie rannte los.

Wie ich in das Entbindungszimmer gekommen bin, weiß ich heute nicht mehr. Ich kann mich nur daran erinnern, dass jemand mir sagte, ich solle mit dem Pressen warten, bis ich dort wäre. Der Drang wurde stärker mit jeder Sekunde, und ich spürte, dass sich der Kopf des Babys langsam durch den Geburtskanal drängte.

Judith und Birgit waren offensichtlich alarmiert worden, denn kaum waren sie da, war der kleine Kopf auch schon zu sehen. Judith musste sich auf den Boden setzen, denn ihr wurde schlecht. Birgit rief immer nur, ich

sollte pressen, die Schwester dagegen versuchte, die Geburt ein wenig langsamer voranzutreiben. Doch das Kind war nicht mehr aufzuhalten.
Kurz vor ein Uhr morgens kam meine Tochter Sophia zur Welt. Und, wie mir später eine Krankenschwester erzählte, war es eine der leichtesten Geburten, die sie jemals erlebt hatte. Wer schläft schon während der Wehen und wacht mit Presswehen auf. Durch meine Erfahrungen im Urwald, wo es kaum Schmerzmittel gegeben hatte, war meine Schmerzgrenze eben enorm hoch. Damals wunderte ich mich noch über die Schreckensgeschichten von Geburten. Heute, nach drei weiteren Babys, verstehe ich den Begriff »schmerzhafte Geburt«.
Mit der Zeit hat sich meine Schmerzgrenze enorm verringert. Und heute? Ich brauche nur eine Spritze zu sehen, und mir wird schlecht.

5

Jede Geburt, egal wie viele man erlebt, ist ein Wunder, ein unvergessliches Erlebnis. Die erste Berührung, das erste Stillen, das erste Bad.

Ich war mit Ehrfurcht erfüllt, fasziniert von dem Winzling, den ich in meinen Armen hielt. Immer wieder durchströmte mich das unglaubliche Gefühl, dass sie mir gehörte, mein eigenes Kind war. Mein Herz wurde mit einer Wärme überflutet, die sich auf meinen ganzen Körper ausbreitete. Ein solches Glücksgefühl hatte ich noch nie zuvor gespürt. Vor Aufregung konnte ich in der ersten Nacht kaum schlafen, starrte stundenlang in dieses kleine plattgedrückte Gesicht, nahm jede Bewegung, jeden Ausdruck wahr. Mit Sophia befand ich mich in unserer eigenen Welt und flog vor Glück hoch über den Wolken. Sie hatte schon so viel mit mir erlebt, hatte Leid und Tränen mit mir geteilt. Stundenlang hatte sie mir zuhören müssen, wenn ich ihr von meiner Heimat erzählte, von den Wundern, die ich in meiner Kindheit erlebt hatte. Wir waren nicht nur eng verbunden miteinander, sie war ein Teil von mir, jemand, der mich niemals verlassen würde, den mir nie jemand wegnehmen oder den ich je verlieren könnte. Zusammen würden wir alles bezwingen, was das Leben uns in den Weg legte. Ich fühlte mich in diesem Augenblick so glücklich, so eins mit diesem wunderschönen Wesen, das in meinen Armen lag und mich mit großen Augen anschaute.

Sophia war gesund, und das Stillen funktionierte schnell von ganz allein. Zwei Tage später schon durfte ich mit ihr nach Hause. Birgit und Judith hatten das Wohnzimmer geschmückt, und wir feierten den neuen Erdenbürger.

Unser Leben bestand nur noch aus dieser kleinen lebendigen Puppe, und so, wie wir als Kinder mit Puppen gespielt hatten, spielten wir jetzt mit Sophia. Sie war unser Sonnenschein, wurde der Inhalt meines Lebens, was anderes hatte ich ja nicht. Außer Birgit, Judith und unserer Großmutter kannte ich nur wenige Menschen.

Einige Wochen nach der Geburt von Sophia zogen Judith und ich als Untermieter in eine kleine Wohnung in die Nähe meiner Großmutter. Sie hatte gerade einen Herzinfarkt überstanden, und wir wollten in ihrer Nähe sein.

Wir besuchten sie jeden Samstag. Ihr erstes Urenkelkind in den Armen halten zu können, stellte für sie den Höhepunkt der Woche dar.

Es war eine ruhige Zeit, Judith und ich bewegten uns in unserer eigenen Welt, ein Morgen oder Übermorgen gab es nicht. Unser Denken und Verhalten war immer

noch stark mit dem Leben im Urwald verbunden, wir fühlten uns als Teil eines Stammes, was später zu gravierenden Folgen führen würde.
Auch an die immense Kälte hatten wir uns nach wie vor nicht gewöhnt. So machten wir uns auch immer Sorgen, Sophia könnte erfrieren. Wenn wir ausgingen, packten wir sie so ein, dass außer ihren Augen nichts mehr zu sehen war. Wir zogen sie mehrmals am Tag um und badeten sie mit großem Eifer jeden Morgen. Judith und ich waren dabei ein perfekt eingespieltes Team: Judith füllte die Badewanne, ich wusch Sophia, Judith legte ein Handtuch auf die Kommode und stellte sich mit dem Föhn daneben. Sie gab ein Zeichen und schaltete den Föhn ein. Ich nahm Sophia blitzschnell aus der Wanne, wickelte sie in ein Handtuch, und Judith föhnte ihr die Haare, bis wir sicher waren, dass sie nicht mehr frieren könnte.
Eines Tages, nachdem wir Sophia gebadet hatten und sie noch im Handtuch eingewickelt war, schaute Judith in die Tasche mit den Einkäufen aus dem Supermarkt, die ich mitgebracht hatte. Wir waren aus dem Urwald gewöhnt, niemals nur ein Stück von einem Artikel zu kaufen, sondern immer gleich mehrere. Wenn man nur zweimal im Jahr einkaufen kann, ergibt sich das von selbst.
Ich hatte also zum Beispiel fünf Babyshampoos gekauft und Windeln, so viel ich tragen konnte. Judith wühlte sich durch meine Schätze und zog endlich eine Flasche mit Babypuder hervor.
»Was ist das?«, fragte sie mich.

»Ich weiß es nicht, da stand Baby drauf, also habe ich es mitgenommen, weil es vielleicht wichtig ist«, antwortete ich.
Judith versuchte, den Text auf der Packung zu lesen und vor allem zu verstehen.
»Hier steht, dass es gut für die Haut ist, und dafür sorgt, dass die Haut geschützt bleibt«, las sie mir vor.
»Aber wo genau soll man es benutzen?«
»Das weiß ich nicht. Sollen wir die Tante anrufen? Die weiß es bestimmt.«
»Nein, wir können sie nicht immerzu wegen jeder kleinen Frage anrufen, wenn da Haut steht, dann ist es bestimmt für die ganze Haut.«
So nahmen wir den Puder und stäubten Sophia vom Nacken bis zu den Zehenspitzen komplett ein. Sie schien es zu genießen, und somit war ein neues Baderitual eingeführt. Ich wunderte mich nur darüber, wie viele Flaschen wir von dem Zeug verbrauchten. Aber solange Sophia glücklich war, war mir alles recht.

Die Wochen vergingen. Wir bekamen Besuch von Toms Mutter, die sich riesig über ihre Enkelin freute. Jahre später erzählte sie mir jedoch, dass sie sich Sorgen um mich gemacht habe.
Ich hatte mich vollkommen von der Welt abgekapselt, nahm andere Menschen oder eine Welt außerhalb der meinen gar nicht mehr wahr.
Auf Fragen, die meine Zukunft betrafen, gab ich keine Antwort, denn ich verstand diese Fragen nicht. In meinem bisherigen Leben, besonders in meiner Kindheit,

hatte Zukunft keine Rolle gespielt. Hier im Westen ist das unvorstellbar. Hier lernen die Kinder von klein auf, dass es zum Beispiel verschiedene Jahreszeiten gibt, dass sie ihre Tage einteilen, ihre Zukunft planen müssen. Schon früh reden wir mit ihnen darüber, was sie einmal werden wollen. Alles hat seine Ordnung, seinen Ablauf und seine Regeln.
Das Leben im Urwald aber hat auch seine Ordnung, seinen Ablauf und seine Regeln, doch die richten sich nach dem Bedürfnis der Menschen, der Natur und nicht nach festgelegten Zeiten. Was gibt es schon im Urwald zu planen. Man steht mit der Sonne auf, geht schlafen, wenn es dunkel wird. Man isst, wenn Essen da ist, und außer Jagen, Essen sammeln und in Gruppen zusammensitzen und reden, gibt es nicht viel zu tun. Dieses sehr monotone Leben wiederholt sich Tag für Tag. Sogar das Wetter spielt mit, es regnet oder es scheint die Sonne, einen Jahreszeitenwechsel, auf den man sich einstellen muss, gibt es nicht.

Sophia wuchs heran und war ein glückliches Kind. Ich trug sie überall mit mir herum, schlief mit ihr im selben Bett, aß mit ihr zusammen, badete mit ihr und sprach mit ihr. Judith und sie waren der Inhalt meines Lebens. Als Sophia drei Monate alt war, flog ich mit ihr in die Schweiz, um sie ihrem Vater vorzustellen. Der freute sich, wusste allerdings, wie die meisten Männer damals, nicht so recht, was er mit ihr anfangen sollte. Es war eine schöne Zeit mit ihm und dem Baby, aber ich vermisste meine Schwester, fühlte mich nicht wohl außerhalb der Welt, die wir uns geschaffen hatten. Also fuhr ich bald zurück und war froh, wieder in unserer Abgeschiedenheit angekommen zu sein.

Als Sophia fast ein halbes Jahr alt war, ging ich mit ihr zu einer Routineuntersuchung zum Kinderarzt. Der Arzt frage mich als Erstes, ob sie schon krabbele.
»Warum«, erwiderte ich erstaunt, »ich trage sie doch.«
Der Arzt schien verwirrt und fragte weiter, ob sie wenigstens versuche, zu krabbeln? Als ich erklärte, dass ich es noch nicht ausprobiert hätte, weil ich sie doch überall und immer trüge, versuchte er mir in einem langen Vortrag verständlich zu machen, wie wichtig es für die Entwicklung eines Kindes sei, zu krabbeln.
Ich hatte natürlich auch keinen Kinderwagen, denn ich tat einfach, was ich von klein auf bei den Fayu beobachtet hatte; die Frauen dort trugen ihre Kinder, bis sie laufen konnten.
Zu Hause erzählte ich Judith von der Wichtigkeit des Krabbelns. Also legten wir Sophia auf den Bauch in die Mitte des Wohnzimmers und warteten darauf, dass sie krabbele. Nach einer halben Stunde nahm ich sie wieder hoch, weil sie weinte.
Besorgt rannte ich am nächsten Morgen zurück zu dem Arzt und erzählte ihm, dass mit meiner Tochter wohl etwas nicht stimme. Sie krabbele nicht. Er schaute mich komisch an und fragte, wie lange ich es denn versucht hätte. Einmal, antwortete ich. Er seufzte und setzte mir wortreich auseinander, dass ein Kind das Krabbeln erst lernen müsse und dass ich Sophia regelmäßig auf den

Boden legen solle, damit sie gezwungen wäre, sich von allein zu bewegen. Erleichtert darüber, dass Sophia doch keine Entwicklungsstörung hatte, tat ich, was er geraten hatte. Einige Wochen später konnte sie krabbeln.

Mein Bruder Christian hatte ein Studium in den USA angefangen, und Judith entschied sich, das Gleiche zu tun. Wir alle hatten im Abstand von einem Jahr West-Papua verlassen. Zuerst Judith, dann ich und zuletzt Christian, der zunächst in Amerika seinen Schulabschluss gemacht hatte. Da wir alle drei eine englische Schulausbildung und Deutsch nie richtig gelernt hatten, war Amerika unsere einfachste Wahl.

In West-Papua gab und gibt es bis heute keine deutsche Schule, und im Urwald gab es überhaupt keine Schule. So lernten wir mit einem amerikanischen Fernunterrichtsprogramm. Als wir Teenager wurden, besuchten wir dann eine gerade neu eröffnete Highschool in Jayapura, der Hauptstadt von West-Papua. Meine Mutter bestand allerdings darauf, dass wir zu Hause deutsch sprachen, so wuchsen wir zweisprachig auf.

Durch das Erbe meines verstorbenen Onkels konnte die Familie sich jetzt eine Ausbildung für zwei in Amerika leisten. Und weil ich schon ein Kind hatte, war die Entscheidung schnell gefallen.

Mir brach es fast das Herz, als Judith Abschied von mir nahm. Sie war mein Halt gewesen, mein Schutz und mein Stamm. Ich fühlte mich plötzlich vollkommen allein, hatte keinen mehr, der mich richtig verstand.

Diesen Abschied von meiner Schwester habe ich nie richtig überwunden.
Mit ihr verlor ich alles, was mich weiter mit einer Welt verbunden hatte, die bis vor zwei Jahren meine Heimat gewesen war. Jetzt war ich ganz auf mich allein gestellt. Ich wollte sie nicht bitten, zu bleiben, sie hatte ja schon so viel für mich und Sophia getan, sie hatte uns versorgt, uns Gesellschaft geleistet, uns ihre Zuneigung geschenkt. Und dann hatte sie uns noch ihre ganzen Ersparnisse gegeben. Jetzt hatte sie ein Recht auf ihr eigenes Leben.
Warum sollte sie auch für meine Sünden bestraft werden? Wobei ich natürlich Sophia niemals als Sünde empfand, die bestraft werden musste, sie war mein Lebensinhalt. Vielmehr hatte ich ein ausgeprägtes Schuldgefühl wegen der Schande, die ich über mich, meinen Stamm, meine Familie gebracht hatte, ein Schuldgefühl, das ich nicht verdrängen konnte und das mich davon abhielt, zurück nach Papua zu kehren.
Ich weinte lange, nachdem Judith weg war, hielt Sophia fest in meinen Armen, suchte Trost in ihrer Wärme und Liebe. Denn sie war wirklich ein besonderes Kind.

Kurz nachdem ich Judith zum Flughafen gebracht hatte, packte ich meine Sachen und zog zu Tom in die Schweiz.
Wenn ich heute auf die folgenden Jahre zurückblicke, erscheinen sie mir wie ein Traum, aus dem ich lange nicht erwachte. Fast so, als hätte ich nur am Rande gestanden und keine Möglichkeit gehabt, selbst ein-

zugreifen. Als hätte ich zuschauen müssen, wie mein Leben langsam, aber sicher in kleine Stücke zerbricht. Wie im Zeitlupentempo zogen kleine Ereignisse größere nach sich, natürlich mit den entsprechenden Konsequenzen. Ich bemerkte nichts, bis es zu spät war.

Ich befand mich in einer Welt, die ich zu kennen glaubte. Ich wusste, wie man mit dem Bus fährt, wie, was und wo man einkauft, oder was ein Computer und ein Fax ist. Ich hatte ein Bankkonto, eine Krankenversicherung und wusste, wie die Tage ablaufen sollten.

Was ich jedoch nicht kannte, waren die Kultur und die Mentalität der Menschen hier. Zum ersten Mal war ich ohne den Schutz eines Stammes, eines Internats oder einer Familie, ganz allein. Alle meine Instinkte, Gefühle, alles, was ich gelernt hatte, waren dafür bestimmt, in einer Gruppe zu leben. Hier befand ich mich aber in einer Welt, die genau das Gegenteil war von der, die ich kannte.

Diese Welt ist nicht schlechter oder besser als die in Papua, nur anders.

Anstatt Schwarz und Weiß waren da plötzlich viele Grautöne, es gab nicht nur Sonne und Regen, sondern Frühling, Sommer, Herbst und Winter. In dieser Welt zählte der Einzelne und nicht die Gruppe, bedeutete Freiheit nicht den Schutz einer Gruppe, sondern die Möglichkeit, sich selbst zu entwickeln und das eigene Leben selbst zu bestimmen.

Ich wusste nicht, wer mein Freund war, wer mein Feind, wer mir wohlgesinnt war, wer mir Böses antun wollte. Ich konnte die Menschen nicht einschätzen, verstand sie nicht und wusste nicht, wie ich mich vor ihnen schützen könnte, denn sie arbeiteten mit Waffen, die ich nicht kannte, mit psychologischen Waffen. Ich war in eine Welt geraten, in der man Menschen physisch nicht verletzen durfte, mit psychischen Angriffen sah es aber ganz anders aus. Es war eine Welt, in der es Grenzen nicht mehr zu geben schien, in der aus strengen Regeln und einer verlässlichen sozialen Struktur eine neue Art der Freiheit entstand, die mir Angst machte, weil ich nicht wusste, wie ich damit umgehen sollte. Ich streckte meine Hände aus, um Halt zu finden, aber es gab nichts, an dem ich mich festhalten konnte. Und wie ein Kind lernen muss, alleine zu stehen oder zu gehen, befand ich mich, ohne es zu wissen, genau in diesem Entwicklungsstadium.

Damals aber verstand ich das alles nicht. Ich kannte auch keine Bücher, keinen Experten, der sich mit Fällen wie meinem auskannte und mir hätte erklären können, wie das Leben hier funktioniert. Ich verfiel in eine Art Kulturschock, der noch lange anhalten sollte.

Niemand konnte mir helfen, auch meine Eltern nicht. Die waren zwar im Urwald mein größter Schutz gewesen, hier im Westen aber waren sie selbst inzwischen hilflos. Durch die Jahre, die sie in Asien und mit den Fayu verbrachten, haben auch sie eine kulturelle Veränderung durchlebt und ein anderes Denken entwickelt als die Menschen hier in Deutschland. Nie würde ich ihnen die Schuld geben an dem, was geschehen ist. Sie haben mir eine wunderschöne Kindheit gegeben, unendlich viel Liebe und ein Fundament, das mir die

Stärke gab, die schlimmen Jahre zu überstehen. Sie haben mir Werte beigebracht und mir eine Selbstsicherheit vermittelt, die mir vielleicht für einige Zeit verloren ging, die aber trotzdem immer da war.
Dazu kam, dass ich meine Eltern nicht immer auf dem Laufenden hielt. Sie waren bis 2006 noch bei den Fayu, und mit ihnen Kontakt zu halten, war nicht gerade unkompliziert.
Ich habe mich auch jahrelang geschämt, denn sie hatten mir so viel gegeben und mir schien es, als hätte ich mein Leben total vermasselt. Ich musste einfach akzeptieren, dass ich erwachsen war, allein verantwortlich für meine Entscheidungen und die Konsequenzen, die daraus entstanden. Ich hatte gegen den Rat meiner Eltern West-Papua verlassen, gegen die Erziehung und Warnungen meiner Eltern protestiert. Hatte den Rat meiner Tante, die mir mit siebzehn dringend die Pille empfahl, in den Wind geschlagen. Ich hatte das alles nicht angenommen, mich immer mehr in meine Welt zurückgezogen und das Desaster ignoriert, das sich langsam, aber unaufhaltsam entwickelte.

Tom hatte sich gefreut, als wir zu ihm zogen, doch er war schnell total überfordert. Ich war ihm genauso fremd und unverständlich wie er mir. Vielleicht hätte unsere Beziehung überleben können, wenn wir uns bewusst gewesen wären, wie total unterschiedlich unsere kulturellen Hintergründe waren. Aber jung und unerfahren, wie wir damals beide noch waren, interessierte er sich wenig für meine Vergangenheit und ich mich

wenig für seine. Mein Heimweh war einfach so groß, dass ich es fast nicht aushalten konnte.
So begann für mich eine Zeit, die mir wie ein nie endender Alptraum erschien, von dem ich heute sagen muss, dass er einen Teil meines Herzens für immer gebrochen hat.

6

Ich flüchte wieder, habe Angst davor, dass Erinnerungen, Schmerzen, die ich jahrelang verdrängt und begraben hatte, durch das Aufschreiben lebendig werden. Einmal habe ich versucht, das Tor zur Vergangenheit zu öffnen, aber es war zu schwer. Im Verdrängen war ich immer gut. Meine Mutter hat mir erzählt, dass ich ein eigenartiges Kind gewesen sei. Schon bei meiner Geburt habe sie das bemerkt. Anders als meine Geschwister zeigte ich wenig Interesse an menschlichen Kontakten oder an Zärtlichkeit. Wenn jemand versuchte, mit mir zu kuscheln, drehte ich mich weg oder schob ihn beiseite. Von klein auf lebte ich in meiner Welt, war fasziniert von der Natur und den Tieren, die mich in Nepal, wo ich geboren bin, umgaben. Wir lebten in einem kleinen Dorf in einer Lehmhütte, und ich verbrachte die meiste Zeit draußen mit den anderen Kindern oder hütete Ziegen mit ihnen.

Meine Erinnerungen gehen weit zurück, denn obwohl ich nur drei Jahre alt war, als wir Nepal verließen, sind einige Szenen aus dieser Zeit fest in mir verankert. Angst kannte ich nicht, weder vor giftigen Tieren wie Schlangen noch vor großen wie Elefanten. Spinnen faszinierten mich, und alles, was krabbeln, kriechen oder fliegen konnte, brachte ich mit nach Hause. Eine Angewohnheit, die ich jahrelang beibehielt, bis ins Teenager-Alter.

Mein erster großer Schock traf mich, als wir Nepal verlassen mussten und nach Deutschland zurückkehrten. Ich verstand die Menschen in diesem fremden Land nicht, litt unter der Kälte und suchte meine geliebten Berge. Schon damals wunderte ich mich über die Aggressivität der Kinder, die ich im Kindergarten erlebte, und fand die Betreuerin dumm, weil sie weder Englisch noch Nepalesisch oder die nepalesische Stammessprache Danuwa Rai sprach. Nach einigen Wochen bekam meine Mutter einen Anruf von ihr mit der Bitte, mich abzuholen. Ihr Kind sei noch nicht bereit für den Kindergarten, wurde ihr per Telefon mitgeteilt. Als meine Mutter kam, war ich vollkommen durchnässt, eingewickelt in eine Decke und blau vor Kälte. Ich hatte baden wollen und war bei einem Spaziergang plötzlich verschwunden. Als man mich fand, saß ich splitternackt in einer Pfütze; es war Mitte Januar. Die Kindergärtnerin sagte, ich sei für mein Alter nicht entsprechend entwickelt und hätte viele Defizite.

Meine Mutter brachte mich zu einem Bekannten, der Kinderpsychologe und Schuldirektor war. Obwohl ich einen sehr glücklichen Eindruck machte und mit mir und meinem Umfeld zufrieden wirkte, wunderten sich meine Eltern schon länger über mein Verhalten ihnen und anderen gegenüber. Der Kinderpsychologe nahm mich mit auf einen Spaziergang im Wald und unterhielt sich mit mir. Als wir zurückkamen, sagte er meiner Mutter, dass er noch nie ein psychisch so gesundes und freies Kind erlebt habe. Ich sei etwas Besonderes und könne mich weit über meine Altersklasse hinaus gut und klar ausdrücken. Ein wirklich interessantes Kind, versicherte er meinen Eltern.

Als wir uns auf unsere Reise nach Indonesien vorbereiteten, war ich sehr aufgeregt. Es war 1978, ich war fünf Jahre alt. Nach unserer Ankunft in West-Papua, damals noch Irian Jaya, fühlte ich mich sofort wohl, lernte mit enormer Geschwindigkeit die indonesische Sprache und schloss schnell neue Freundschaften. Deutschland geriet in Vergessenheit, ich entwickelte mich in einer anderen Kultur, einer anderen Art des Denkens.

Natürlich ist mir bis heute einiges von dieser Kultur geblieben, doch langsam merke ich Veränderungen. Obwohl ich mit allen Mitteln versuche, gewisse Eigenheiten festzuhalten, entgleiten sie mir allmählich, sogar die Erinnerungen und Erlebnisse, die mich über die Jahre begleitet und getragen haben. Ich habe Angst, sie loszulassen, denn sie gehören zu meinem Stamm, zu meiner Gruppe, meinen Wurzeln, an denen ich festhalten muss. Sonst verliere ich mich selbst. Oder ist das alles nur eine Illusion, etwas, das ich mir als Schutz aufgebaut habe?

Dass meine Erfahrungen real waren, daran ist nicht zu rütteln, dass ich von einer anderen Kultur beeinflusst worden bin, ist auch klar. Doch langsam dämmert mir, dass dieses Festklammern an meiner Dschungel-Identität vielleicht dazu geführt hat, dass ich mich nicht weiterentwickelt, dass ich Entscheidungen getroffen habe, die gravierende Folgen hatten.

Als ich mit zwanzig Jahren in die Schweiz zog, war ich noch ein Kind. Ich sah die Welt mit den Augen eines Kindes und war gefangen in der Gefühlswelt eines Kindes, das nur darauf wartet, endlich wieder nach Hause fahren zu dürfen. Warum sich hier eingewöhnen, wenn man sowieso bald weg ist?

Mein Körper war hier gefangen, aber in meinen Gedanken war ich in meiner geliebten Heimat, West-Papua.

Dann war ich wieder schwanger. Über eine Hochzeit sprachen wir nicht, alles schien so schnell zu gehen, aber wir freuten uns. Tom fing mit einem neuen Job an, und wir konnten es uns leisten, endlich in eine größere Wohnung zu ziehen. Bis dahin hatten wir ziemlich ärmlich gelebt, denn Tom war ja fast über Nacht vom Single zum Familienvater geworden. Ich pendelte noch zwischen Deutschland und der Schweiz hin und her und war weiter in Hamburg gemeldet. Meine Eltern waren inzwischen aus Indonesien gekommen und hatten die kleine Sophia und ihren Vater kennengelernt. Meine Mutter machte sich Sorgen, fand, ich sei noch zu jung, um eine so große Verantwortung – Ehefrau und zweifache Mutter – übernehmen zu können. Ich aber wollte von ihrer Meinung nichts wissen, war zu sehr damit beschäftigt, mit mir und meinem Umfeld klarzukommen.

Während einer dieser Aufenthalte in Deutschland lernte ich eine Frau kennen, die später eine große Rolle in meinem Leben spielen sollte. Sie hieß Hilde. Mein Vater hatte sie zu uns nach Hause eingeladen, und wir waren alle begeistert von ihr. Sie war stark, selbstbewusst, brachte mich zum Lachen und gab mir das Gefühl, mich beschützen zu können. Als zum Beispiel Toms Vater starb, fand ich bei ihr Trost und Kraft, Tom zu stützen, denn ihn traf der Tod seines Vaters sehr. Im Nachhinein, jetzt, wo ich mich erinnere, wird mir klar, dass zu dieser Zeit das Gleichgewicht meines Lebens langsam anfing, außer Kontrolle zu geraten. Dabei lebten Tom und ich gut miteinander, wir verstanden uns, trotz aller Verschiedenheiten. Ich glaube, weil wir so jung waren, akzeptierten wir vieles. Und zusätzlich hatte ich die Gewissheit, dass Hilde mir helfen würde, was auch immer passierte. Ich fühlte mich plötzlich von jemandem angezogen, der mir Sicherheit gab und mich anerkannte. So wie jedes junge Fayu-Mädchen sein Vorbild unter den Frauen sucht, das ihm in allen Lebensphasen beisteht und ihm mit Rat und Tat zur Seite steht, hatte ich in Hilde mein Vorbild gefunden.

Hilde sorgte dafür, dass ich ein gutes Krankenhaus fand, wo ich mein zweites Kind bekommen konnte, half mir mit Sophia, fesselte mich immer mehr an sich, zog mich in ihren Bann. Ob gewollt oder ungewollt, kann ich heute nicht sagen. Nicht nur ich, meine ganze Familie vertraute ihr, und wir wurden enge Freunde.

Meine zweite Schwangerschaft verlief wie die erste, ohne Komplikationen. Ich lebte jetzt mit einem Mann und einem kleinen Kind in einer schönen Wohnung und verbrachte meine Zeit damit, so gut ich konnte, eine perfekte Hausfrau und Mutter zu sein. Das gelang leider nicht immer, besonders, was den Haushalt und das Kochen anging, da machten sich die kulturellen Unterschiede ganz offensichtlich bemerkbar.

Tom, der nur helfen wollte, fing an, mir zu erklären, wie ich etwas besser machen könnte, vom Wäschewaschen bis zu meinen Einkäufen. Meine Angewohnheit, ganze Stapel von einem Artikel zu kaufen, war für ihn nicht nur unverständlich, sondern regelrechte Geldverschwendung. Ich erinnere mich besonders an ein Ereignis: Ich kaufte Pfeffer und griff nach der größten Nachfüllpackung, die es gab. Als Tom das sah, ärgerte er sich, und wir fingen an zu streiten. Denn obwohl er damit argumentierte, dass ich jeden Tag neuen Pfeffer kaufen könnte, verstand ich ihn nicht. Ich empfand nur, dass mir jemand Lebensmittel vorenthält, und bekam es mit der Angst zu tun, einer Angst, die mir neu war und die sich mit der Zeit verstärken sollte.

Einmal kam er abends nach Hause und fing an, mir gutgemeinte Ratschläge dafür zu geben, wie ich das Haus besser in Ordnung halten könnte. Ich war unglaublich wütend. Wie konnte er es wagen, sich in meine Welt, in meine Aufgaben einzumischen! Was für eine Beleidigung war es für mich, dass ein Mann sich überhaupt mit meinen Angelegenheiten, mit Frauenangelegenheiten, beschäftigte! Ein Fayu-Mann würde so etwas niemals wagen, das war weit entfernt von seiner Vorstellungskraft. Und das war nicht nur bei den Fayu so, sondern auch in der ganzen papuanischen Kultur. Ein Mann hat seine Aufgaben, seine Welt, die Frau ihre, und es wird als ein überaus schlimmer Gesichtsverlust angesehen, wenn jemand in seiner Welt versagt, wenn er korrigiert werden muss.

Natürlich hat sich inzwischen meine Einstellung in dieser Frage enorm geändert. Aber damals fühlte ich genau das Gegenteil von dem, was mein Verstand mir sagte, und das verwirrte und quälte mich sehr.

Kochen konnten wir beide nicht, so fiel mir die Aufgabe alleine zu. Zum Glück hatte ich diese wunderbare Großmutter, die mir immer mit Rat zur Seite stand. Als ich zum Beispiel Spargel kaufte und mich wunderte, dass er nach zwei Stunden noch immer hart war, rief ich sie an. Sie lachte und erklärte mir, dass ich ihn erst schälen müsse. Dann kaufte ich grünen Spargel, wunderte mich, warum er so schwer zu schälen war, und rief sie wieder an.

Doch nach und nach lernte ich kochen, verstand, dass man dunkle und helle Wäsche nicht mischen darf oder dass es verschiedene Putzmittel gibt, und man mit dem Backofenreiniger nicht die Toiletten sauber machen kann.

An Freundschaften dachte ich nicht, ich lebte weiter in meiner kleinen Welt und versuchte, den Alltag, so gut es ging, zu bewältigen. Mit Tom sprach ich kaum über mein Heimweh, über meine Ängste oder darüber, dass ich mich immer mehr von der Realität, die auch meine sein sollte, distanzierte. Ich lebte nur von einem Tag zum anderen. Es gab für mich weder Gegenwart noch

Vergangenheit oder Zukunft. Ich lebte in einem Nichts, in einer Zwischenzeit, und wartete darauf, dass sie irgendwann enden würde. Vielleicht hoffte ich insgeheim, ich würde eines Tages aufwachen, mich in meinem Bett in Papua wiederfinden und wissen, dass alles nur ein Traum gewesen war. Ich würde aufstehen, nach draußen laufen und glücklich sein.

Es gibt viele, die glauben, ich würde meine Kindheit nur verherrlichen. Alle die bitte ich, sich Folgendes vorzustellen: Sie sind eine junge siebzehnjährige Frau, in Deutschland geboren, aufgewachsen, zur Schule gegangen und haben Familie und Freunde hier, sind glücklich. Eines Morgens wachen Sie auf und befinden sich plötzlich mit vollkommen fremden Menschen tief im Urwald. Sie sehen aus wie alle anderen, und keiner ahnt, dass sie aus einer anderen Welt kommen. In diesem Eingeborenenstamm geht es ganz anders zu, als Sie es gewöhnt sind oder vielleicht in einem Buch gelesen haben. Sie reagieren auf etwas so, wie es für Sie selbstverständlich ist, für Ihr Gegenüber aber brechen Sie ein Tabu. In vielen asiatischen Ländern ist es zum Beispiel eine Beleidigung, jemanden mit der linken Hand zu berühren, hier jedoch denkt niemand darüber nach, ob es korrekt ist oder nicht. Sie können sich also plötzlich in der Lage befinden, jemanden zu provozieren, ohne zu wissen, was Sie falsch gemacht haben. Dass ein junger Mensch, alleingelassen, damit schwer fertig werden kann, ist sicher gut zu verstehen.

Ja, ich habe mich in meine Kindheit geflüchtet, habe sie

vielleicht sogar verherrlicht, aber nicht, weil sie objektiv perfekt war, sondern weil sie für mich perfekt war. Ich bezog eben das Beste aus zwei Welten, und wer kann bestreiten, dass ich mich nicht in einer wundervollen Lage befand?
Die Welt hat sich durch die Globalisierung sehr verändert. Kulturen haben sich vermischt, und eine neue Generation von Kindern wurde geboren, die man heute Third Culture Kids nennt. Die Zahl dieser Dritt-Kultur-Kinder hat sich in den letzten Jahren explosionsartig vermehrt. Damals aber, als ich aus dem Urwald kam, war das Thema nicht aktuell. Und ich empfand es nicht als ungewöhnlich, im Urwald groß geworden zu sein. Ich dachte, wie es viele noch heute tun, dass ich ja deutsche Eltern habe, dass ich weiß bin und deshalb so sein müsste wie alle um mich herum. Aber ich habe mich geirrt und für lange Zeit mein Selbstbewusstsein verloren.

An die Zeit vor der Geburt meines zweiten Kindes erinnere ich mich nur sehr verschwommen. Ich war nicht unglücklich, aber auch nicht glücklich, ich fühlte nichts, lebte nur für meine Tochter und versorgte sie mit Eifer und viel Liebe. Richtig wohl fühlte ich mich aber nur im Kreis meiner Familie und Hilde. Inzwischen verbrachte meine Mutter immer mehr Zeit in Deutschland, und das nicht nur wegen meiner Großmutter. Ich glaube, sie ahnte schon damals, dass mit mir etwas nicht stimmte. Ich sprach jedoch kaum über meine Gefühle, denn ich wusste ja selbst nicht, was mit mir passierte.

Diesmal würde meine Mutter bei der Geburt dabei sein, worüber ich sehr froh war. Ich wurde umsorgt, bekocht und freute mich auf das Baby.

Anders als bei Sophia ging es diesmal nicht damit los, dass die Fruchtblase platzte. Ich wachte einfach am Morgen auf und wusste, dass es so weit war. Inzwischen war ich ja auch zwanzig Jahre alt. Entspannt nahm ich ein Bad und zog mich an. Meine Sachen für die Klinik waren fertig gepackt. Ich rief Hilde an, die uns zum Krankenhaus bringen und Sophia zu sich nehmen wollte, bis ich wieder zu Hause wäre. Mit meiner Mutter an meiner Seite verlief alles wunderbar.

»Eine Geburt wie aus dem Bilderbuch«, sagte die Ärztin später. Obwohl ich diesmal gespürt hatte, wie schmerzhaft eine Geburt sein kann. Schon bald aber lag ich glücklich in meinem Zimmer und hatte mein zweites Kind, Lawrence, auf meinem Bauch. Ein neues Wunder, ein unglaubliches Gefühl von Freude und Ehrfurcht.

Tom, den wir noch von zu Hause angerufen hatten, war mit seinem Auto in einen Stau geraten und verpasste die Geburt. Als er endlich kam, nahm er seinen kleinen Sohn auf den Arm und war sehr stolz. Noch im Krankenhaus sagte er mir, es wäre Zeit, dass wir heirateten und alle endgültig zu ihm in die Schweiz zögen. Bis jetzt trugen die Kinder meinen Namen und hatten die deutsche Staatsbürgerschaft. Doch ein paar Tage später hatten sich Zweifel in meinem Hinterkopf eingenistet. Ich war nie mehr als drei Monate hintereinander in der

Schweiz gewesen und immer erleichtert, wenn ich zurück im Kreis meiner Familie war. Hatte das nicht etwas zu bedeuten? Ich erzählte niemandem davon und schob den Gedanken als nichtig beiseite. Außerdem gab es für mich kaum eine Alternative, und so akzeptierte ich alles, ohne viel darüber nachzudenken.

Ein paar Wochen später reiste ich mit den zwei Kleinen in die Schweiz. Aber schon nach kurzer Zeit veränderte sich etwas. Tom und ich stritten uns immer häufiger, meist um Kleinigkeiten, und ich wurde täglich unglücklicher, fühlte mich hilflos und allein, gefangen in mir selbst.

Wo aber sollte ich hingehen? Wie könnte ich Geld verdienen? Mein Deutsch war nicht sehr gut, mein Französisch auch nicht und Englisch, die einzige Sprache, die ich beherrschte, nutzte mir hier nicht viel. Außer meinem Schulabschluss hatte ich keine Ausbildung. Meine Mutter würde nach Indonesien zurückkehren, meine Geschwister waren weit weg in Amerika. Die einzige Person, die zu mir hielt, war Hilde: Sie begann eine immer größere Rolle in meinem Leben zu spielen. Birgit hatte zu der Zeit eigene Sorgen, und wir hatten uns, besonders seit Hilde da war, ein wenig voneinander entfernt.

Später hat mir Birgit erzählt, dass sie mehrmals versucht habe, Kontakt mit mir aufzunehmen, aber weder meine Adresse noch meine Telefonnummer wusste. Wenn sie Hilde danach fragte, sagte die ihr nur, dass sie ihr nicht helfen könne.

Tom arbeitete damals viel, und ich fragte ihn nie, wie es ihm mit dieser Arbeit gehe. Der Job war schließlich seine Welt, und ich wollte mich nicht einmischen.
Von dieser Zeit an geriet mein Leben in eine Spirale, die sich immer weiter nach unten drehte.

Ich merke, wie ich vor den Erinnerungen zurückschrecke, wie schwer mir das Schreiben fällt. Ich habe die junge Frau mit ihrem Leid, die ich damals war, verdrängt, sie zu einem Gespenst aus der Vergangenheit degradiert. Aber ich fühle mich schuldig mir selbst gegenüber, werfe mir vor, dass ich lethargisch zugesehen habe, wie sie, deren Seele offen und frei war, kaputtgemacht wurde. Ich habe wie eine Außenstehende beobachtet, dass sie immer mehr von Kälte ergriffen wurde und aus Angst eine falsche Entscheidung nach der anderen traf.
Irgendwann ist diese junge Frau dann aufgewacht, hat gelernt, sich besser schützen zu können, selbst Kälte zu zeigen und Gefühle zu unterdrücken. So ist sie zu der Frau geworden, die ich heute bin. Der Weg dorthin war nicht nur steinig, er hat mich noch mehrmals an den Abgrund und darüber hinaus geschleudert, ja, mich fast das Leben gekostet.

Trotzdem habe ich bestimmte Versprechen, die ich mir damals gab, nie gebrochen. Ich habe immer versucht, meine Kinder nicht unter den komplizierten Verhältnissen leiden zu lassen. Auch wenn mein Leben mit meinen Ex-Männern nicht immer einfach war, so sollten die Kinder nicht damit behelligt werden. So wie die Väter ihre Kinder lieben, lieben auch die Kinder ihre Väter. Nie habe ich auch nur ein schlechtes Wort über ihre Väter verloren, im Gegenteil, ich habe ihnen immer wieder deutlich gemacht, wie sehr sie von ihren Vätern geliebt werden.

7

Tom bot an, mir ein Studium an einer Universität zu bezahlen. Er wollte, dass ich mit einer guten Ausbildung später einen guten Job bekäme, was auch unsere finanzielle Situation erleichtern würde. Mir gefiel die Idee, und so fand ich eine Tagesmutter für die Kinder und schrieb mich für das Bachelor in Business Administration-Program an der European University in der Schweiz ein. Das Studium machte mir Spaß, und ich bekam gute Noten, nach einigen Monaten jedoch spürte ich, wie mich die Doppelbelastung erschöpfte. Ich saß am Spielplatz und lernte, während die Kinder herumtobten. Wenn das nicht ausreichte, lernte ich nachts. Ich wollte unbedingt eine gute Mutter und eine gute Studentin sein.

Nach etwa einem Jahr bemerkte Tom, dass mir alles zu viel geworden war und sprach mit dem Direktor der Universität. Die beiden beschlossen, dass ich nur einen Teil der Kurse jetzt zu absolvieren brauchte, den Rest könnte ich im Sommersemester nachholen. Damit war ich zwar ein wenig entlastet, aber immer noch unglücklich. Die eigentlichen Probleme erkannte ich damals selbst nicht. Ich bekam immer mehr Heimweh, litt unter der Kälte und der Fremde. Ich reiste, so oft ich konnte, nach Deutschland zu Hilde. Und wenn dann meine Mutter auch noch kam, um meine Großmutter zu besuchen, atmete ich freier.

Wie glücklich ich war, wieder bei meiner Familie zu sein, wie geschützt und geborgen fühlte ich mich. Wahrscheinlich war ich zu früh von zu Hause weggegangen. Wobei ich mit zu Hause nicht nur meine Eltern verbinde, sondern meine Heimat, meinen Stamm und meine Kultur. Wie bei einer Eingeborenen hatten die Erde, die Natur und die Gruppe meine Identität ausgemacht, ohne sie war ich ein Nichts, verloren und schutzlos.

In der Schweiz aber hatte ich niemanden, der mich beschützte, der mich verstand. Ich war ganz arglos, glaubte alles, was man mir sagte, denn die Fayu kennen keine Lügen. Sie übertreiben zwar maßlos, aber eine direkte Lüge, bei der man dem Menschen in die Augen schaut, war unvorstellbar für mich.

Wenn mir jemand seine Freundschaft anbot, glaubte ich, dass diese Person sein Leben für mich geben würde, und war dann am Boden zerstört, wenn ich das Messer im Rücken spürte. Manchmal wurden Menschen wütend auf mich, und ich begriff nicht, warum, oder sie schrien mich an, und ich bekam panische Angst, denn das Schreien war für mich ein Zeichen von Lebensgefahr. Mein Verstand wusste, dass ich nicht umgebracht werden würde, aber meine Gefühle reagierten anders, und das verwirrte mich immer mehr. Ich befand mich auf einer schiefen Bahn und rutschte ab, immer tiefer, immer schneller. Mehrmals versuchte ich, mich irgendwo oder an irgendjemandem festzuhalten. Doch andauernd verlor ich den Halt, wurde losgelassen, weggeschubst und fiel weiter.

II

Die kalte Wüste

Wie schnell die Zeit vergeht, wenn man nur existiert und nicht lebt. War ein Jahr oder waren schon zwei vergangen? Ich wusste es nicht mehr, denn die Tage reihten sich aneinander wie ein dunkler, langer Tunnel, der nie zu enden schien. Ich pendelte zwischen meiner Wohnung und dem Wirtschaftsunternehmen, bei dem ich einen Job hatte, hin und her und fuhr jeden Morgen mit dem Zug zur Arbeit. Nach Hause kam ich oft erst spät am Abend. Ich musste mich ablenken, alles tun, damit die Woche so schnell wie möglich verging. Ich freute mich nur auf das Wochenende, dann würde ich wieder mit ihnen zusammen sein, mit meinen Kindern.

Ihr Name war Julia. Es war an einem Abend vor dem Bahnhof, als ich sie zum ersten Mal sah. Ich kam gerade von der Arbeit und war auf dem Heimweg, da entdeckte ich sie.

Wie wunderschön sie war, wie zauberhaft ihr Lächeln. Mit ihren langen blonden Haaren und den hellblauen

Augen glich sie einem Engel. Ich sprach sie an, hörte sie auf Englisch fluchen und dachte, dass sie vielleicht Hilfe brauchte. Sie erklärte mir, dass sie ihren Zug verpasst habe und sich hier überhaupt nicht auskenne, weil sie Amerikanerin sei. Spontan lud ich sie zu einem Kaffee ein, denn es schneite an diesem Abend und war bitterkalt. Dankbar, und auch ein wenig erstaunt, nahm sie meine Einladung an. Wir gingen über die Straße und suchten uns einen freien Tisch in einem kleinen Lokal. Ich musste sie immer wieder anschauen, war fasziniert von ihrer Schönheit, von diesem »Engel«, den ich draußen im Schnee gefunden hatte. Schnell kamen wir ins Gespräch, und sie fing an, mir ihre Geschichte zu erzählen.

Es war eine traurige Geschichte, geprägt von Ablehnung und Misshandlungen. Stundenlang hörte ich ihr zu, wie sie von ihrer Kindheit berichtete, von dem Missbrauch, dem Hass, von Hoffnungslosigkeit, von der Flucht in die Schweiz, dem Versuch, sich ein besseres Leben aufzubauen, und vor allem davon, wie sie versuchte, zu vergessen. Mein Herz und meine Seele nahmen ihre Worte auf, fühlten ihr Leid und sahen ihre Tränen. Sie weckte eine Sehnsucht in mir, das Verlangen, sie zu beschützen, zu trösten und Böses von ihr fernzuhalten. Meine Einsamkeit, meine Trauer und mein Schmerz waren wie ihre, ich fühlte mich eng mit ihr verbunden.

Während es draußen ununterbrochen schneite, flüchteten wir in eine andere Welt. Alles um uns herum schien zu verblassen, wir sahen nicht mehr die Menschen, die an uns vorbeigingen, bemerkten nicht die Blicke, die uns streiften, und nahmen keine Rücksicht auf die vergehende Zeit. Ich erzählte ihr von Dingen, die ich gelesen hatte, brachte sie zum Lachen mit meinen Männergeschichten, in die ich mich in letzter Zeit oft hatte fallenlassen, und malte ihr eine Vergangenheit von mir, die mir gerade in den Sinn kam.

Seit Jahren hatte ich meine Kindheit, meine Identität versteckt und mich zu einer Person erklärt, die ich nicht war. Während ich erzählte, entgingen mir keine Bewegung, kein Ausdruck, kein Wort von ihr. Langsam stieg der Adrenalinpegel in meinem Körper. Und wie ein Jäger seine Beute beobachtet, beobachtete ich die schöne junge Frau vor mir: Ich war wieder auf der Jagd.

Die Zeit schien stehengeblieben zu sein, verschmolzen zu einem einzigen Moment, bis plötzlich ein Kellner vor uns auftauchte und sagte, dass sie jetzt schließen wollten. Erstaunt schauten wir hoch, bemerkten, dass wir alleine im Lokal saßen und die Stühle schon hochgestellt waren. Lachend gingen wir nach draußen, liefen durch den Schnee, tanzten mit den Schneeflocken. Von einem Kaffee waren wir zu Weißwein übergegangen, und wie viel wir getrunken hatten, wussten wir beide nicht mehr. Weil es keine Züge mehr gab, lud ich Julia ein, bei mir zu übernachten.

Wir traten in meine kleine Wohnung. Die Heizung war, um Kosten zu sparen, ausgestellt. Doch wir spürten die Kälte nicht, lachten noch immer über die Geschichten, die wir uns auf dem Heimweg erzählt hatten. Julia schaute sich um, doch es gab nicht viel zu sehen. Außer einem Tisch mit drei Stühlen und einer alten Couch stand nichts in diesem Wohnzimmer. Die Einbauküche war klein, und man sah ihr an, dass sie schon viele Jahre benutzt worden war. Im Schlafzimmer lag eine Matratze auf dem Boden, ein selbst zusammengebastelter Schrank lehnte an der gegenüberliegenden Wand. Doch dann entdeckte Julia etwas, was sie erstaunte. Ein paar Spielsachen lagen auf dem Boden. Mit einem fragenden Blick drehte sie sich zu mir. Ich erklärte ihr, dass ich zwei kleine Kinder hätte, die mit ihrem Vater lebten. Normalerweise sähe ich sie jedes Wochenende, aber weiter kam ich mit meiner Erklärung nicht, denn ich kämpfte plötzlich mit den Tränen, ärgerte mich über meinen Gefühlsausbruch, wandte mich ab. Sie fragte nicht weiter, und ich suchte einen Schlafanzug und Handtücher für sie aus dem Schrank. Kurze Zeit später hüllten wir uns durchgefroren, wie wir waren, in meine Decke.

Ich schlief schon fast, vor lauter Müdigkeit, als ich spürte, wie Julia sich zu mir umdrehte, auf ihren Ellbogen stützte und mich beobachtete. Ich lächelte sie halb verschlafen an und fragte, was los sei?

»Was hat man dir bloß angetan?«, sagte sie flüsternd.

Ich konnte nicht sprechen, schaute sie nur an und kämpfte wieder gegen die Tränen, die sich mit einem Kloß im Hals ankündigten.

Langsam streckte sie ihre Hand aus und strich sanft über mein Gesicht.

»Es gibt Sachen, die so schrecklich sind, dass man sie nicht aussprechen kann«, antwortete ich ihr.

Sie schaute mir lange in die Augen, und ohne etwas zu sagen, beugte sie sich immer weiter zu mir herunter, bis ich ihre Lippen auf meinen spürte. Wie sanft sie sich anfühlten, wie sensibel und warm. Sie hörte nicht auf, mich zu küssen, und riss mich in einen Rausch, den ich noch nicht kannte. Ich fühlte ihre Hand auf meinem Arm, ihr Streicheln war sanft wie Seide auf meiner Haut. Mein ganzer Körper verlangte nach mehr, jede einzelne Zelle schien zu erwachen und füllte sich mit Spannung. Ich schmeckte meine Tränen auf ihren Lippen und streckte meine Hand aus, um sie zu berühren. Wie herrlich sich ihre Haut anfühlte, ihre kleinen Brüste, die noch nie das Saugen eines Kindes erlebt hatten, wie klein und zierlich ihre Taille war. Ich atmete ihren Geruch ein, wollte nur noch eines, sie besitzen. So lange hatte ich mich in einer Wüste aus Lieblosigkeit und Einsamkeit verloren, dass ich emotional fast verdurstet wäre. Jahrelang hatte ich versucht, diese Gefühllosigkeit zu stillen, aber am Ende hatte ich immer wieder allein dagestanden.

Wir lagen eng ineinander verschlungen unter der Decke, bekamen nicht genug voneinander, waren zwei Süchtige, die nach Erfüllung strebten. Ich hatte die Zärtlichkeit einer Frau noch nie geschmeckt, war erstaunt, wie groß mein Verlangen war, und genoss es. Draußen sah ich Schneeflocken gegen das Fenster fliegen, als ob sie zuschauen wollten, uns vorantreiben und von der Außenwelt abschirmen. In dieser Nacht verlor ich mich in der Welt der Lust. Ich trank und trank, wollte immer mehr, um meinen Durst zu stillen. Ihre

Hände, ihr Mund, ihr Körper gehörten mir, und ich nahm mir, was ich wollte.

Ruhe. Wie schön das ist, wie sanft und tröstend. Wie eine Decke legt sich der Schlaf über mich, und ich verliere mich in der Welt der Träume. Ich träume von meinen zwei Kindern, wie ich sie zur Tagesmutter bringe, mich von ihnen verabschiede. Ich höre die Worte meiner Tochter Sophia, sie sagt mir, ich solle ihr versprechen, dass ich sie nie verlassen, dass ich bald wiederkomme werde, um sie zu holen. Nein, ich werde euch nie verlassen, verspreche ich, ich komme bald wieder. Dann sehe ich ihre Augen, ihr kleines Lächeln. Plötzlich verdunkelt sich der Traum, alles füllt sich mit dichtem Nebel. Meine Kinder, sie sind verschwunden. Ich muss sie suchen, aber ich kann mich nicht bewegen. Sie sind in Gefahr, ich rufe nach ihnen, Panik überkommt mich, drückt mir den Hals zu, bis ich nicht mehr atmen kann. Ich versuche, Luft zu holen, schreie immer lauter ihre Namen. Tränen laufen meine Wangen hinunter, ich schreie immer lauter, bis kein Ton mehr herauskommt. Ich fahre durch grauen Nebel, frage jeden, den ich treffe, ob er meine Kinder gesehen hat. Keiner will mir helfen, sie führen mich immer wieder in die Irre. Ich darf mein Versprechen nicht brechen! Bitte, bitte helft mir doch! Es war nicht meine Schuld, ich habe das doch nicht wissen können. Ich falle immer tiefer, immer tiefer.
Plötzlich fühle ich, wie jemand mich schüttelt, höre meinen Namen.

Ich öffnete die Augen, sah das Gesicht von Julia über mir. Mein Kopfkissen war von Tränen durchnässt, mein Hals fühlte sich trocken und rauh an. Sie fragte, ob ich häufig unter Alpträumen leiden würde, ich hätte im Schlaf laut geschrien. Ich antwortete ihr nicht, wollte nicht darüber reden. Sie stand auf, ich beobachtete ihren schönen nackten Körper und spürte, wie die gewohnte Kälte sich in mir ausbreitete, ganz von mir Besitz ergriff und zu dem trieb, was ich schon viele Male zuvor gemacht hatte. Ich musste sie loswerden. Sie war mir zu nah gekommen, sie könnte mich verletzen, mir weh tun, sie war gefährlich, sie gehörte zu dem verfeindeten Stamm, zum Stamm der Weißen. Doch ich versteckte meine Gedanken hinter einer perfekt gebastelten Maske.

Wir frühstückten gemeinsam und unterhielten uns, als gäbe es keine Sorgen auf der Welt. Danach brachte ich sie zum Bahnhof. Sie fragte, ob wir uns wiedersehen würden, und ich nickte nur. Ich sah sie nie wieder. Warum denn auch, schließlich wollten mir alle nur weh tun hier in dieser Welt. Hass erfüllte mein Herz, breitete sich in meinem Körper aus, bis ich nichts anderes mehr fühlte.

Ich lief zurück zu meiner Wohnung, setzte mich ins Wohnzimmer auf die Couch, zündete eine Zigarette an und starrte vor mich hin, wartete nur, dass der Tag endlich zu Ende ginge. In ein paar Tagen würde ich sie wieder in den Armen halten, meine Kinder, würde lachen können für ein paar Stunden. Bis dahin würde ich mich irgendwie beschäftigen, würde versuchen, den Schmerz und die Angst zu verdrängen, den Durst zu stillen. Langsam zog ich an der Zigarette, schaute weiter dem Schnee zu und ließ mich in meine eigene Welt fallen. Ich schloss die Augen, sah den Urwald vor mir, konnte die Luft riechen, hörte den Gesang der Vögel, Stimmen, die mich riefen, und ein kleines Lächeln breitete sich auf meinem Gesicht aus. Ja, ich war wieder zu Hause.

8

Angst ist etwas Schreckliches. Sie quält uns, verführt uns zu falschen Entscheidungen, treibt uns ins Unglück.

Ich aber kannte dieses Gefühl nicht, wusste nicht, wie ich mit dem, was mich immer häufiger überfiel, umgehen sollte, suchte nach Ursachen, nach Erklärungen. Jedenfalls wurde ich immer unsicherer. Zunächst waren es nur Kleinigkeiten. Ein Kommentar von Hilde hier, eine Bemerkung da, ein nicht ausgesprochener Satz. Weil ich aber nicht ahnte, dass sich da langsam etwas Gefährliches aufbaute, konnte ich mich auch nicht wehren.

Tom allerdings erkannte, wie gefährlich Hilde werden könnte, und versuchte noch, mich zu beeinflussen, doch da war es schon zu spät. Ich wies ihn ab, in meinen Augen stellte ja er die Gefahr dar, und wandte mich der Person zu, die für mich Schutz und Geborgenheit verkörperte: Hilde.

Hilde war eine schöne Frau, deren Wunsch nach Kindern sich nicht erfüllt hatte. Vielleicht sah sie deshalb in mir die Tochter, die sie nie bekommen hatte? Ich jedenfalls vertraute ihr und glaubte alles, was sie mir sagte. Wenn ich in Deutschland war, verbrachte ich jedes Mal mehr Zeit mit ihr. Wenn ich Hilfe brauchte, war sie da, wenn ich um Rat fragte, gab sie Antwort. Langsam, aber stetig nahm ihr Einfluss auf mich zu.

Im ersten Jahr unserer Bekanntschaft half sie viel, nicht nur mir, sondern meiner ganzen Familie. Sie war gleich da, als wir uns mit dem Wirrwarr in Deutschland herumschlagen mussten, und wurde zu einem Anker, der uns hielt. Es gab keinerlei Anzeichen, dass sie etwas Böses im Sinn hatte. Als ich ihr erzählte, wie unglücklich ich in meiner Ehe sei, ihr meine Ängste und Zweifel schilderte, hörte sie mir zu.

Eines Tages aber machte sie eine kleine Bemerkung über Tom, anstatt nur zuzuhören. Zuerst war das nur wie ein Flüstern in meinen Ohren, doch sie sorgte dafür, dass es immer lauter wurde. Es verhieß Böses, eine Gefahr, vielleicht eine Bedrohung.

Was ich damals nicht ahnte, war, dass sich hinter meinem Rücken etwas abspielte, das ich mir nicht einmal hätte vorstellen können. Ich ging, ohne es zu wissen, direkt in eine Falle und brauchte lange Zeit, um das zu erkennen.

Obwohl ich inzwischen weniger Kurse an der Universität belegt hatte, fühlte ich mich überarbeitet und war andauernd müde. Als ich dann noch fast monatlich eine Angina bekam, entschied der Arzt: Die Mandeln müssen raus.

Tom meldete mich für die Operation in einer Klinik an. Ich aber wollte die Kinder nicht so lange mit ihm allein lassen und entschied mich, kurz nach der Operation wieder nach Hause zu gehen. Der Eingriff war problemlos verlaufen, aber die Woche danach wurde zur Hölle. Ich litt unter schrecklichen Schmerzen, konnte nichts essen und kaum etwas trinken. Tom hatte zwar eine junge Frau eingestellt, die mir helfen sollte, aber aus irgendeinem Grund bekam ich Panik. Hildes Flüstern war zu einem lauten Schrei geworden, und ich hatte nur noch einen Gedanken: Ich muss hier weg.
Da traf ich eine Entscheidung, die schwerwiegende Folgen nach sich ziehen würde.

Eines Morgens, als Tom zur Arbeit fuhr, rief ich Hilde an und sagte ihr, sie habe recht, Tom sei wirklich gefährlich, und ich müsse so schnell wie möglich weg, mein Instinkt habe mich noch nie getäuscht, und ich würde die Gefahr sehr deutlich spüren.
Kein Problem, versicherte sie mir, ich hole dich ab.
Schnell packte ich einen Koffer, nahm unsere Pässe und bestellte ein Taxi, das mich und die Kinder zu dem verabredeten Treffpunkt brachte. Dort warteten wir dann stundenlang, bis Hilde endlich, am frühen Abend, mit dem Auto kam. Wie erleichtert ich war, sie zu sehen. Wie befreit ich mich fühlte, als wir endlich im Haus meiner Eltern ankamen. Die waren zu der Zeit im Dschungel und wussten von den Ereignissen nichts. Jetzt war ich in Sicherheit, konnte mich in Ruhe von meiner Operation erholen. Tom hatte ich einen Brief

hinterlassen, in dem ich ihn bat, mir Zeit zu lassen, damit ich gesund und mir klar darüber werden könnte, ob ich für unsere Ehe noch eine Zukunft sähe. Was ich zu der Zeit nicht wusste, war, dass Hilde schon länger mit Tom in Verbindung war und ihm erzählt hatte, dass ich kurz vor einem Zusammenbruch stehen würde, sie sich Sorgen um die Kinder mache und ihn auf dem Laufenden halten werde.

Somit begann das böse Doppelspiel, das sich immer weiter entwickeln sollte, ohne dass Tom, meine Eltern oder ich etwas davon wussten. Was sich da alles hinter meinem Rücken abgespielt hat, weiß ich bis heute nicht genau.

Bald nach meiner Ankunft in Deutschland bot mir Hilde an, bei ihr einzuziehen, damit sie mich vor Tom beschützen könne. Er sei gefährlich, und wozu er noch fähig sei, wüssten wir ja nicht. Dankbar nahm ich das Angebot an und bezog ein Zimmer in ihrem Haus. Doch anstatt ruhiger wurde ich immer nervöser. Ich spürte, irgendetwas stimmte hier nicht. Es war, als nähere sich eine unsichtbare Bedrohung, die mich fast erstarren ließ. Ich hatte keine Freunde, den Kontakt mit Birgit und meiner Tante hatte Hilde schon zerstört, indem sie mir immer wieder versicherte, dass der Einfluss von beiden schlecht für mich sei, sie müsse das doch wissen, sie, die doch nur das Beste für mich wolle.

Birgit aber gab nicht auf und versuchte ein letztes Mal, mit mir Kontakt aufzunehmen. Sie kam zu Hildes Haus, ohne sich vorher anzumelden, denn ihre Anrufe waren zwecklos gewesen. Hilde hatte ihr jedes Mal gesagt, ich sei nicht da. Als sie an der Tür klopfte, machte Hilde auf und sagte ihr, dass ich nicht da sei. Als Birgit darauf bestand, zu warten, bis ich zurückkäme, wurde Hilde aggressiv und fing an zu schreien. Sie drohte damit, die Polizei zu rufen, der Polizeichef sei ein persönlicher Freund von ihr. Birgit solle sofort das Gelände verlassen. Immer wilder wurde sie, bis Birgit aus Sorge um die Sicherheit ihrer kleinen Tochter, die sie bei sich hatte, wegfuhr.

Das alles aber erfuhr ich erst später von meiner Cousine. Damals sah ich nur ihr Auto wegfahren und fragte Hilde, was los gewesen und warum Birgit schon weg sei. Hilde erzählte mir, sie habe herausgefunden, dass Birgit heimlich mit Tom in Kontakt sei und einen Plan mit ihm schmiede. Demnach sollte Birgit mich zu sich einladen, und dann würde Tom kommen und mir die Kinder wegnehmen. Ich war schockiert, als ich das hörte, bestürzt darüber, dass meine eigene Familie sich gegen mich gewandt haben sollte, und wunderte mich über das angebliche Komplott. Schnell aber schob ich meine Zweifel beiseite und wandte mich wieder meinen Kindern zu.

Ungefähr eine Woche nach meiner Ankunft bei ihr wachte ich eines Morgens durch ein Klopfen an meiner Tür auf. Plötzlich stand Tom in der Tür, und ich erschrak so sehr, dass ich kein Wort herausbrachte. Er kam zu mir, nahm mich in den Arm. Mein Herz klopfte wie wild, noch hatte ich die warnenden Worte von Hilde in meinen Ohren. Tom hatte Leckereien vom Bäcker für mich mitgebracht und beschwor mich, zu ihm zurückzukehren. Ich sagte nichts, zwang mir den Kuchen rein und dachte nur daran, wie ich ihn loswerden könnte. Ich musste ja die Kinder vor ihm schützen. Hilde hatte gesagt, er wäre für sie gefährlich. Mit unglaublicher Selbstkontrolle behielt ich die Nerven, sagte, ich wolle nicht zurück in die Schweiz, wolle bleiben.

Hilde, die dazukam, nahm ihn beiseite und sprach mit ihm. Was sie ihm sagte, weiß ich nicht. Am Ende des Tages jedenfalls drängte sie ihn aus dem Haus, und er fuhr zurück in die Schweiz, ohne uns. Ich war erleichtert, dachte, dass es mit den Problemen jetzt ein Ende nehmen würde. Doch dieses Ereignis sollte erst der Anfang sein.

Die nächsten Tage verliefen ruhig, bis ich eines Morgens einen Brief bekam. Ich wurde blass vor Schreck, als ich sah, dass ich eine Anklage wegen Kindesentführung in den Händen hielt.

Ich verstand die Welt nicht mehr. Es handelte sich doch um meine Kinder, wie könnte ich die entführen? Schließlich war ich die Mutter, und Kinder gehören zur Mutter.

Hilde besorgte mir einen Anwalt, und wir zogen vor ein deutsches Gericht. Ich war deutsche Staatsbürgerin und sicher, dass mein Land mich gegen falsche Anschuldigungen aus dem Ausland schützen würde.

Hilde übernahm alles für mich, sprach mit den Anwälten und auch, wie ich später erfuhr, mit Tom.

Bald bekamen wir Besuch vom Jugendamt. Matthias war ein netter junger Mann, der sich später auch sehr für mich einsetzte. Ich erzählte ihm von meinen Sorgen und der Liebe zu meinen Kindern, dass ich für sie lebte und alles auf mich nehmen würde, um sie zu beschützen.

Tom sah ich das nächste Mal bei unserer ersten Gerichtsverhandlung wieder. Er versuchte, mit mir zu reden, aber Hilde schirmte mich ab und flüsterte mir zu, er wolle mich nur reinlegen, um die Kinder zu bekommen und mir weh zu tun.

Matthias vom Jugendamt machte eine klare Aussage: Die Kinder seien zu sehr an die Mutter gebunden, und eine Trennung könne ihnen nicht zugute kommen. Der Richter gab ihm recht und sprach mir die Kinder zu. Wie erleichtert ich war, als ich das Urteil hörte!

Die Anwälte von Tom aber gingen in Berufung, und der Fall landete beim Oberlandesgericht.

Ich schlief kaum noch, aß fast nichts mehr, Alpträume verfolgten mich, überall schien Böses zu lauern. Doch immer wieder sagte ich mir: Ich bin eine deutsche Staatsbürgerin, und mein Land weist seine eigenen Bürger nicht aus, besonders nicht, wenn es sich um kleine Kinder im Alter von drei und vier Jahren handelt. Ein Stamm tut doch alles, um seine Mitglieder zu schützen, ihnen Sicherheit zu bieten und ihre Rechte zu wahren. Ich konnte es mir einfach nicht anders vorstellen.

Eines Morgens bekam ich einen Anruf von einer Frau, die mir sagte, sie sei Anwältin und würde mich vor dem Oberlandesgericht vertreten. Ihre Stimme klang kalt, herzlos, desinteressiert, fast so, als ob sie mich verabscheute.

Ob Hilde vorher mit ihr telefoniert hatte, weiß ich nicht. Später jedoch erfuhr ich, dass sie vielen, auch Tom und meinen Eltern, erzählt hat, ich sei krank und gestört.

Meine Mutter war daraufhin aus Indonesien nach Deutschland gekommen, um mir zu helfen, inzwischen aber hatte Hilde auch einen Keil zwischen uns getrieben. Ich glaubte damals einfach alles, was Hilde mir sagte, denn ich konnte mir nicht vorstellen, warum sie mich belügen sollte.

Eines Tages jedoch passierte etwas, das erste Zweifel in mir aufkommen ließ.

Es war abends, ich saß in meinem Zimmer und hatte das Licht ausgemacht. Ich war verzweifelt, weil diese Anwältin mich am Telefon nicht einmal hatte ausreden lassen. Als Erstes fragte sie, warum ich nicht zurück zu meinem Mann wolle. Ich versuchte, ihr die Situation zu erklären, aber sie unterbrach mich und sagte, sie habe das schon in den Akten gelesen und ich solle ihr mal was anderes erzählen. Ich versuchte es erneut, aber wieder unterbrach sie mich mit ihrer kalten Stimme. Ich fragte, ob wir uns nicht treffen könnten, schließlich müsse meine Anwältin mich doch kennenlernen. Nein, antwortete sie, dafür sei keine Zeit, wir könnten das Gespräch auch am Telefon führen. Ich versuchte es noch mal mit der Begründung, es ginge um meine Kinder und ein Treffen wäre mir wichtig, ich würde auch

zu ihr kommen. Darauf ließ sie sich gar nicht mehr ein, betonte nur in ihrem letzten Satz, dass ich mir nicht viel Hoffnung machen solle, den Fall zu gewinnen, mich vielmehr darauf einstellen müsse, dass man mir die Kinder wegnehmen und dem Vater zusprechen würde.
Ich saß also noch im Schockzustand im dunklen Zimmer, als ich Hildes Stimme hörte. Sie sprach wohl am Telefon mit einem Bekannten. Ich ging näher an die Tür, weil mein Name im Gespräch aufgetaucht war. Und dann blieb mir fast das Herz stehen. Mit unglaublich hasserfüllter Stimme beklagte sie sich über mich, sagte, sie könne mich ja nicht rauswerfen, aber es mache ihr überhaupt keinen Spaß, mich an der Backe zu haben. Ich sei labil, schwer zu ertragen, und sie wisse auch nicht, was sie machen könne, um mich loszuwerden.
Noch während ich das alles hörte, machte ich das Licht an und begann zu packen. Hilde hatte das wohl gehört, denn kurze Zeit später kam sie, lächelte mich an und fragte, was ich denn mache. Als ich ihr sagte, dass ich das Gespräch mit angehört hätte, wurde sie zwar blass, aber mir wurde schwarz vor Augen, ich begann am ganzen Körper zu zittern, wollte schreien, aber brachte keinen Ton heraus. Sie kam einfach auf mich zu, nahm mich am Arm, setzte sich mit mir auf mein Bett und redete auf mich ein. Sie habe das alles nicht so gemeint, wie sie es gesagt habe, aber der Bekannte hätte sich bei ihr beschwert, denn das Haus hier gehöre ihm, und er wolle, dass ich gehe. Sie sprach immer weiter, bis ich mich beruhigt hatte. Sagte mir, dass ich die Kinder nie verlieren würde, denn kein Staat weise seine Bürger mit

Gewalt aus und trenne Mütter von Kindern, besonders nicht, wenn sie so klein wären. Ich brauche mir keine Sorgen zu machen, sie würde mich schützen, zu mir stehen. Ich nickte, ohne etwas zu sagen, und gab nach.

Und so nahmen die Geschehnisse ihren unaufhaltsamen Lauf.

9

Sabine, schnell, versteck die Kinder!«, schrie Hilde. Mein Herz raste wie wild, ich rannte los, um sie zu finden. Ich musste sie schützen, musste sie vor allem Übel bewahren.

Im Wohnzimmer saßen zwei Polizisten. Sie sagten mir, dass sie nicht hier seien, um mir die Kinder wegzunehmen, sie müssten nur die Pässe der Kinder beschlagnahmen. Den Gerichtsbeschluss hielten sie mir unter die Nase.

Ich übergab ihnen die Pässe, und als sie wegfuhren, brach ich zusammen. Meine Beine hielten mich nicht mehr, ich sackte förmlich in mich zusammen. Das Böse schien immer näher zu kommen, es zog sein Netz langsam, aber sicher über mir zusammen.

Hilde beschwor mich, mit den Kindern zu fliehen, mich vor meinem bösen Mann zu verstecken. Sie habe schon einige verdächtige Typen entdeckt, die mich heimlich verfolgten. Ich dürfe ja nicht vergessen, dass ich wegen Kindesentführung angeklagt sei und dass ich ins Gefängnis kommen könne.

Als ich nichts unternahm, rief sie am selben Abend die örtliche Polizei an und bat darum, mich und die Kinder in einem Frauenhaus unterzubringen, weil wir in Gefahr wären.
Mit großer Eile packte ich ein paar Sachen zusammen, und bald darauf kam auch schon ein Streifenwagen, um uns abzuholen. Es waren sehr nette Polizisten, die mir mit unserem Gepäck halfen. Sie würden uns weit weg in eine andere Stadt bringen, versicherten sie mir. Dort wären wir besser geschützt. Hilde hatte ihnen wohl schon alles erklärt, und die beiden nickten mit einem mitleidigen Ausdruck im Gesicht. Solche Situationen seien ihnen leider nicht fremd.
Die Kinder waren begeistert, im Streifenwagen mitfahren zu dürfen, und unterhielten sich aufgeregt mit den Männern. Hilde drückte mir noch ein wenig Geld in die Hand, denn ich besaß mal wieder nichts. Später erfuhr ich, dass meine Eltern ihr ziemlich viel Geld für mich gegeben hatten, das aber verheimlichte sie mir. Stattdessen machte sie mir durch beiläufige Bemerkungen immer wieder klar, dass ich von ihr finanziell abhängig sei, obwohl sie selbst so wenig Geld habe.
Es war sehr spät, als wir auf einem Parkplatz vor einem Kinderspielplatz ankamen. Die Polizisten mussten mir hier zuerst einmal erklären, was überhaupt ein Frauenhaus ist, ich hatte keine Ahnung und war verwirrt, denn hier war weit und breit kein Haus zu sehen. Sie selbst sollten auch nicht wissen, wo genau dieses Schutzhaus liege, sagten sie, und eine Frau werde uns vom Parkplatz abholen. Diese zwei jungen Männer taten mir gut,

ich spürte, dass sie mit mir fühlten und wussten, wie ernst die Lage für mich war.
Tatsächlich wartete schon eine ältere Frau auf uns, und nachdem ich mich bei den Beamten bedankt hatte, folgte ich ihr. Gemeinsam gingen wir ein paar Straßen weiter zu einem heruntergekommenen Gebäude. Alles wirkte grau und düster, aber wenigstens waren wir in Sicherheit. Sie führte uns hinein, erklärte mir kurz die Regeln, zeigte mir unser Zimmer und ging ohne ein Lächeln oder ein nettes Wort.
Ich zog den Kindern ihre Pyjamas an und legte mich mit ihnen ins Bett. Sophia setzte sich auf und fragte mit Angst in der Stimme, was los sei. Ich erzählte ihr ein bisschen ausschweifend, dass wir hier zu Besuch wären und bald ein neues Heim haben würden, wo wir glücklich sein könnten.
»Mama, wirst du uns verlassen?«, fragte sie.
»Nein«, antwortete ich, »nie im Leben.«
»Versprich mir, dass du immer bei mir bleibst«, sagte sie und kuschelte sich fest an mich.
»Ich verspreche es«, sagte ich und hielt sie fest an mich gedrückt, um meine Tränen zu verbergen.
»Sing für mich mein Lieblingslied«, bat sie.
Und ich sang. Bis tief in die Nacht. Immer wieder dasselbe Lied. Als sie endlich schlief, stand ich auf, nahm wieder einmal ein Kissen und biss, so fest ich konnte, hinein. Ich wollte nicht, dass mein Weinen zu hören wäre. Angst, Panik, Verzweiflung, Hoffnungslosigkeit, Bestürzung und totale Verwirrung überfielen mich. Warum nur und wofür wurde ich bestraft? Ich hatte

doch nichts verbrochen, niemanden umgebracht oder auch nur verletzt. Ich wollte doch einfach in Ruhe mit meinen Kindern leben.

Am nächsten Morgen traf ich die anderen Bewohnerinnen dieses Hauses. Nach und nach erzählten sie mir ihre Geschichten, und ich erschrak zutiefst. Nichts von dem, was ich hörte, passte zu dem Land, das ich mir in meiner Kindheit vorgestellt hatte. Hier lebten Frauen, die auch von ihren Männern geschlagen, bedroht und vertrieben worden waren, die ständig davor Angst hatten, getötet zu werden oder ihre Kinder zu verlieren. Die, so wie ich, nichts wollten, als ihre Kinder zu schützen.

Wovor ich meine Kinder genau schützen musste, war mir inzwischen zwar nicht mehr klar, mir war nur wichtig, sie auf keinen Fall zu verlieren. Ich aber war wirklich bedroht. Dauernd dachte ich an das Telefongespräch, das ich belauscht hatte. Da hatte Hilde eindeutig gelogen, und ich war mit fadenscheinigen Erklärungen zufrieden gewesen.

Jetzt stand ich vollkommen alleine da, ohne Geld, ohne ein Zuhause, ohne Aussicht auf ein gutes Ende. Vielleicht würde doch noch ein Wunder geschehen, schließlich war Gott an meiner Seite, er würde mich schützen, genau wie er es immer getan hatte. Immer wieder, gebetsmühlenartig, sagte ich mir, dass niemand eine Mutter mit Gewalt von ihren Kindern trennen würde, wenn es keinen triftigen Grund gebe, und alle, auch das Jugendamt, sähen mich als gute und liebevolle Mutter an.

Sicher würde in ein paar Tagen alles vorbei sein und der Alptraum endlich ein Ende haben.
Besonders an eine Frau in diesem Haus kann ich mich gut erinnern. Sie war sofort bereit gewesen, mit uns zu teilen, obwohl sie selbst wenig hatte. Ich war eilig fortgegangen, um zu versuchen, eine Freundin zu erreichen, und hatte nichts zum Essen mitgebracht, obwohl schon Mittagszeit war. Die Frau hatte Spaghetti für ihre Kinder gekocht, und als sie sah, wie meine mit großen Augen das Essen betrachteten, gab sie jedem einen Teller voll ab.
Als ich mich bedankte, sagte sie mir dann etwas, was mich sehr bewegte:
»Wenn wir uns nicht gegenseitig helfen, wer tut es sonst?«

Ein paar Tage später wurde ich in ein anderes Frauenhaus gebracht, denn das erste war nur als Provisorium gedacht gewesen. Die Leiterin selbst fuhr uns zu dem neuen Ort. Ohne viel zu sagen, setzte sie uns ab und war gleich wieder weg.
Die Atmosphäre in dem neuen Haus gefiel mir sofort viel besser, und die Frauen, die dort arbeiteten, waren bei weitem freundlicher und hilfsbereiter. Der Leiterin hier lag mein Schicksal bald am Herzen, und sie bot mir ihre Unterstützung an. Sie war es auch, die mich, wenig später, vor Hilde warnte.
»Etwas stimmt nicht mit deiner Bekannten«, sagte sie und sah mich ernst an, »wenn ich du wäre, würde ich mich von ihr fernhalten.«

Aber was sollte ich tun? An wen sollte ich mich sonst wenden. Die Freundin, mit der ich auf der Universität gewesen war, hatte ich ja schon angerufen und ihr von meinen Problemen erzählt. Die wollte aber offensichtlich mit solchen Dingen nicht belästigt werden, und am Ende sagte sie nur mit Distanz in der Stimme, ich solle mir einen guten Anwalt nehmen. Danach hörte ich nie wieder von ihr.

Ich verbrachte einige Zeit im Frauenhaus, ob es Tage oder Wochen waren, weiß ich nicht mehr. Dann rief Hilde an und sagte, dass sie mich abholen würde, um mich zu meiner Mutter zu fahren. Der ginge es nicht gut, und ich sollte sie besuchen, dürfte ihr aber auf keinen Fall erzählen, was alles passiert wäre. Wenn ich meine Mutter liebte, würde ich sie damit nicht belästigen.

Ich versprach, nichts zu sagen, nahm kurze Zeit später die beiden Kinder und machte mich auf den Weg zu einem Marktplatz, wo Hilde uns abholen sollte. Als wir dort ankamen, war nichts von ihr zu sehen. Wir setzten uns auf eine Bank und warteten, drei Stunden lang. Inzwischen waren die Kinder müde und fingen an zu weinen. Dann fragte mich Sophia, ob sie ein Eis haben könne. Ich schaute sie an, und es brach mir fast das Herz, als ich begriff, dass ich nicht einmal genug Geld hatte, um ihr ein Eis zu kaufen. Ich beruhigte sie und erklärte ihr, dass wir bei Oma bestimmt Eis bekämen. Als Hilde schließlich hielt, fragte ich sie, warum sie so lange gebraucht habe, sie habe doch sofort losfahren wollen und für die Strecke brauche man doch nicht länger als höchstens eine Stunde. Es sei ein Notfall dazwischengekom-

men, entschuldigte sie sich. Später fand ich heraus, dass sie sich zu einem Mittagsschlaf hingelegt und nicht auf die Zeit geachtet hatte.
Da nistete sich ein Kern aus Hass tief in meinem Herzen ein und fing an, langsam zu wachsen. Hass. Ein Gefühl, das ich vorher nicht kannte, aber bald sehr intensiv kennenlernen würde.

Wie glücklich ich war, meine Mutter zu sehen. Ich wollte sie in die Arme nehmen, sie bitten, mich zu schützen, das Böse von mir fernzuhalten, aber ich wagte es nicht. Ich hatte Angst vor Hildes Reaktion. Sie ließ mich nicht aus den Augen, und wenn ich etwas Falsches sagte, schaute sie mich mit warnenden Blicken an.
Jahre später erfuhr ich von meiner Mutter, dass Hilde ihr kurz vor unserem Treffen erzählt habe, dass ich sie hasse und sie eigentlich nicht sehen wolle und dass sie, Hilde, mich zu diesem Besuch überredet habe. Damals aber konnte diese Frau ihr böses Spiel mit jedem Einzelnen von uns spielen, niemand kam auf die Idee, dass ein Mensch so boshaft sein könnte, besonders nicht wir als Familie, die bis zu der Zeit in einer heilen Welt gelebt hatten.
Ich unternahm nichts gegen sie, war gefangen in einem Trubel von Ereignissen, die ich nicht verstand, und sah keine Möglichkeit, hatte keine Waffe, mit der ich mich hätte schützen können. Die Menschen, die mich liebten, hielt Hilde von mir fern, erzählte mir in ihrem Wahn, dass alle mir Böses antun wollten. Und ich glaubte ihr. Warum sollte ich es ihr auch nicht glauben? Böse

Menschen gab es doch nur in einem verfeindeten Stamm, aber keiner würde ein Mitglied seines eigenen Stammes verletzen oder ihm weh tun.

Von meiner Mutter Abschied zu nehmen, war diesmal besonders schwer. Sie versicherte mir, dass sie uns liebe und immer für uns da wäre. Ich aber sagte nichts von dem, was mich quälte, die Angst vor Hilde war zu groß.
Ich kehrte zurück ins Frauenhaus und weinte mich, wie so viele Nächte davor, in den Schlaf.
Einige Zeit später erhielt ich Post.
Das Urteil: Die Kinder müssen Deutschland verlassen und werden ihrem Vater übergeben. Die Begründung: Die Kinder fallen unter das Schweizer Recht, weil sie dort gemeldet sind und ich sie unrechtmäßig aus dem Land entfernt hatte. Darunter stand noch: Sollten die Kinder nicht freiwillig ausgehändigt werden, wird sich die Polizei einschalten, mit Zwang, wenn nötig.
Seit diesem Tag weiß ich, was ein gebrochenes Herz ist. Die Leiterin des Frauenhauses fuhr mich in das Haus meiner Mutter. Vorher hatte ich mehrmals versucht, Hilde zu erreichen, vergeblich. Sie war, wie sich später herausstellte, ins Ausland geflüchtet mit der Begründung, sich erholen zu müssen. Hilde blieb fern, meldete sich nicht, und ich war dankbar dafür.

Heute frage ich mich zum Beispiel, ob das Oberlandesgericht wirklich die letzte Instanz war? Hätten wir nicht Berufung einlegen können? Ich weiß es nicht. In den letzten Jahren ist es mir gelungen, diese Zeit tief in mir zu begraben, ich habe nie mehr darüber gesprochen, bis heute, wo ich dieses Buch schreibe. Mir ist, als würde ich mich durch einen Trümmerhaufen wühlen und versuchen, mir aus kleinen Stücken ein Bild zusammenzubasteln. Ich war wegen Kindesentführung angeklagt, und im Fall einer Verurteilung wäre ich ins Gefängnis gekommen, und die Kinder wären automatisch dem Vater übergeben worden. Mit dem Urteil des Oberlandesgerichts aber haben die Anwälte von Tom die Klage fallengelassen.

Der Tag der Übergabe war der schlimmste Tag meines Lebens.
Eine Welt brach für mich zusammen, meine schlimmsten Alpträume wurden Realität. Ich verfluchte Gott, ich verfluchte Deutschland, ich verfluchte die Anwältin, die mich nicht einmal getroffen hatte, ich verfluchte die Richter, die mir meine Kinder wegnahmen, ohne mich überhaupt angehört zu haben. Der Schock war so groß, dass ich nicht einmal weinen konnte.
Den Kindern sagte ich, dass ihr Vater sie holen würde, weil er sie vermisse. Ich wollte ja nicht, dass sie leiden. Und als Sophia anfing zu jammern, versprach ich ihr sofort, dass ich bald zu ihr kommen würde. Dieses Versprechen würde ich nicht brechen, das nahm ich mir fest vor. Doch tief in meinem Herzen wusste ich, dass ich schon einmal versagt hatte, ich hatte es nicht geschafft, meine Kinder zu schützen.

Die letzte Nacht war gekommen. Stundenlang saß ich im Bett, schaute auf ihre kleinen Gesichter, strich über ihre Haare, sprach mit ihnen, sang ihnen ihr Lieblingslied vor. Die ganze Nacht blieb ich auf, wollte keine Sekunde verpassen. Bald wurde es hell draußen, und sosehr ich auch bettelte, sosehr ich Gott anflehte, es wurde immer heller.
Wie benommen packte ich eine Tasche, und in jeder Sekunde, die verging, bohrte sich der Schmerz tiefer in mein Herz. Ich hatte mich natürlich bereit erklärt, die Kinder ohne Zwang zu übergeben, ich wollte sie ja nicht noch zusätzlich ängstigen. Matthias vom Jugendamt, der mich während der ganzen Zeit mit großer Hingabe unterstützt hatte, würde auch zu der Übergabe kommen. Alle anderen waren geflüchtet, hatten weder auf meine Anrufe reagiert noch angeboten, mir zu helfen. Hilde war weg, die Anwälte hatten meine Akte beiseitegelegt, und am Ende blieben nur meine Mutter, Matthias und ich. Wie gerne würde ich mich heute bei ihm bedanken, er war der Einzige, der mir Halt gab in dieser Zeit.

Tom kam in einem geliehenen Mercedes. Seinen Anwalt hatte er mitgebracht, und dessen Gesichtsausdruck war deutlich zu entnehmen, dass ihm nicht wohl war bei dem, was hier ablief. Tom nahm die Kinder, packte sie ins Auto und fuhr, ohne viel zu sagen, weg. Ich hörte noch das Weinen der Kleinen, sah ihre traurigen Gesichter und wie sie durch das Rückfenster immer wieder nach mir riefen. Ich starrte so lange die Straße hinunter, bis das Auto verschwunden war. Dann drehte ich mich zu dem Anwalt um und schaute ihn an. Er streckte seine Hand aus, um sich zu verabschieden. Ich wunderte mich über seinen Mut und rührte mich nicht. Ich hatte gerade alles verloren, meine Heimat, meine Kinder, meine Familie, den Sinn meines Lebens. Alles war in diesem Auto fortgefahren. Der Anwalt aber blickte mich weiter an und sagte, ich solle in die Schweiz zurückkehren und mir dort einen Anwalt nehmen.

Aber das war ja nicht möglich. Ich hatte kein Geld, keine Bleibe dort, keine Arbeit, keine Rechte, einfach gar nichts. Als er wegfuhr, begann sich alles um mich zu drehen. Matthias nahm mich in die Arme, flüsterte beruhigende Worte, machte mir klar, dass ich weiter stark bleiben müsste, wenn nicht für mich, dann für meine Kinder.

Ich wischte meine Tränen ab und ging langsam den Pfad zu unserem Haus hinunter. Und je weiter ich ging, desto mehr veränderte ich mich. Mit jedem Schritt starb ein kleiner Teil von meinem Herzen, mit jedem Schritt versickerte etwas von meinem Lebenswillen, und mit jedem Schritt wuchs mein Hass auf das Land, in dem ich leben musste. An diesem Tag hörte ich auf zu leben, von da an existierte ich nur noch. Kälte regierte in meinem Herzen und leitete mich auf einen neuen Weg, der mich von der Gejagten zur Jägerin machte. Hass vergiftete mein Blut und war so in jedem Teil meines Körpers. Dieser Hass jedoch verlieh mir auch eine enorme Selbstbeherrschung. Ich hielt meine Mutter in den Armen und tröstete sie, während ich aus dem Fenster schaute, die Tannen sah, den blauen Himmel und Gott und die westliche Welt verfluchte.

Mein Vater, der in Indonesien war, wusste noch nichts von dem, was sich Tausende Kilometer von ihm entfernt abspielte. Er war im Verlorenen Tal, wo wir glücklich gewesen sind. Aber im Rest der Welt waren wir wahrhaftig verloren.

10

Eine Freundin, die ich schon lange, aber nicht besonders gut kannte, nahm mich noch am selben Tag auf. In mir war alles ganz still, unheimlich still. Ich fühlte nichts, dachte nichts, und wenn sich die Gefühle doch bemerkbar machten, unterdrückte ich sie mit Alkohol. Ich trank am Tag und trank in der Nacht, manchmal bis zum Rand der Bewusstlosigkeit. Irgendwann rief Hilde an, da brachte ich keinen vollständigen Satz heraus. Wenn ich mal nicht trank, quälten mich die Alpträume. Ich hörte die Stimmen der Kinder, ihr Weinen drang in jede Pore meines Körpers. Ich versuchte, mich abzuschotten, verfiel immer weiter in Gefühllosigkeit, bis ich eines Morgens aufwachte und nur noch den Drang verspürte, zu fliehen.

Ich wollte weit weg, wollte Schmerz und Trauer zurücklassen und nie wieder zurückblicken auf diese brutale Welt, in der ich mich befand. Meine Qualen, die mit keinem Medikament zu stillen waren, hatten sich Tag für Tag tiefer in mich hineingebohrt.

Ich hörte auf zu trinken und überredete meine Eltern,

mir ein Ticket nach Nepal zu kaufen. Ich wolle zurück zu meinen Wurzeln, müsse Ruhe tanken, wiederholte ich immer wieder, bis sie nachgaben. Die einzige Bedingung meiner Eltern war, dass ich bei einer alten Freundin von ihnen wohnen sollte, einer Missionarin, die schon seit meiner Geburt im Land lebte. Ich war nicht begeistert, aber sagte zu.

Mit Hass schaute ich auf die Landschaft, die unter mir immer kleiner wurde. Dieses Land hatte mich verraten und mir meine Kinder weggenommen. Wie ich sie hasste, diese Richter, die jetzt wahrscheinlich mit ihren Kindern gemeinsam aßen, mit ihnen lachten und keinen Gedanken daran verloren, dass über ihnen eine junge Frau vor ihnen floh. Dieses Land nannte sich hochentwickelt, aber es achtete nicht die einfachsten und urältesten Regeln der Natur: Eine Mutter gehört zu ihren Kindern, und man darf sie nicht ohne Grund von ihnen trennen.

Auf dem Flug machte ich die Bekanntschaft eines jungen Mannes, Januk. Er war Nepalese und schien von mir geradezu hingerissen zu sein. Er holte mich in die Business-Class, und wir aßen und tranken und unterhielten uns miteinander. Er war ein reicher Geschäftsmann, der mehrere Unternehmen leitete. Ich lächelte und bereitete mich auf meine erste Jagd vor. Was hatte ich schon zu verlieren?
Kurz bevor wir landeten, gab er mir seine Telefonnummer und sagte, wenn ich etwas brauche, könne ich ihn

jederzeit anrufen. Ich bedankte mich, machte mich auf durch die Passkontrolle, sammelte mein Gepäck ein und befand mich kurz darauf in einem Auto auf dem Weg zu den Missionaren.

Mit denen fühlte ich mich sofort unwohl. Meine Eltern hatten sie gegen meinen Wunsch angerufen und ihnen erzählt, was mir widerfahren war. Schon im Auto bekam ich die ersten Kommentare zu hören, aber ich hielt still und ignorierte ihre Bemerkungen.

Wie phantastisch die Landschaft war! Wie vielfältig und bunt. Was mich besonders amüsierte, war der unglaubliche Verkehr auf den Straßen. Keiner schien sich an die Straßenregeln zu halten, alle drängten sich im Zentimeterabstand aneinander vorbei, Menschen, Tiere, Autos, und Motorräder. Es roch nach Staub, Benzin und Schweiß, Händler zwängten sich durch die Massen, verkauften ihre Waren. Am Straßenrand reihten sich viele kleine Läden aneinander. Dieses Leben lockte mich, ein organisiertes Chaos. Bunt, lebendig und frei.

Doch schon als wir im Haus ankamen, gab es die ersten Probleme. Es stellte sich heraus, dass das Zimmer, in dem ich wohnen sollte, eigentlich einer jungen Nepalesin gehörte, die mit einer Mitbewohnerin gar nicht einverstanden war. Sie behandelte mich von oben herab und warf mir so lange böse Blicke zu, bis ich vorschlug, woanders zu schlafen, ich hatte ja einen Schlafsack mitgebracht. Nein, auf keinen Fall, sagten die Missionare und versicherten, die junge verärgerte Frau werde sich schon bald beruhigen.

Letztendlich war mir das alles egal, und so machte ich

mir weiter keine Mühe, die Situation zu retten. In meinem Kopf wuchs bereits ein Plan, und ich wollte sowieso nur einige Tage hier verbringen. Denn es gab eine Person, die ich unbedingt wiedersehen wollte: mein Kindermädchen Didi. Ich fragte nach ihr, und tatsächlich lebte sie noch in Katmandu.

Vorher aber sollte ich noch andere Missionare besuchen. Ohne zu überlegen, sagte ich zu, was sich als ein großer Fehler herausstellte. Ich kam in ein volles Zimmer und entnahm schon den Blicken der Anwesenden, was als Nächstes passieren würde. Ich wurde gebeten, auf einem bestimmten Stuhl Platz zu nehmen, und alle wollten mit mir reden und mit mir beten. In meinem Kopf verfluchte ich sie alle, denn anstatt Verständnis oder ein bisschen Trost zu spenden, setzten sie mich auf einen Büßerstuhl. Gott, wo war er denn? Auf jeden Fall nicht unter diesen Menschen, die Liebe, Güte oder Demut predigten. Ich begann mich gegen sie zu wehren, verweigerte Gespräch und Gebet.

Am nächsten Tag war alles anders. Ein junger Mann, Piter, kam, um mich abzuholen. Was für eine Freude, als er mir erzählte, dass wir als Kinder im Dorf der Danuwa Rai gemeinsam gespielt hatten! Plötzlich war jemand da, der mich zum Lachen brachte, mir Geschichten aus der Kindheit erzählte, der mir nicht die schrecklichen Ereignisse, die ich hinter mir gelassen hatte, um die Ohren haute. Er zeigte mir die Stadt Katmandu und besorgte mir Zigaretten, denn ich hatte angefangen, stark zu rauchen. Danach brachte er mich zu Didi.

Als wir vor dem Haus ankamen, blieb ich einen Moment stehen und schaute mich um. Ich erkannte alles wieder, die Straße, den Garten, den Brunnen, in den ich als Kind etwas reingeschmissen hatte und großen Ärger deswegen bekam. Am Ende des Gartens stand das kleine Zementhaus, das inzwischen sehr heruntergekommen aussah. Plötzlich fühlte ich zum ersten Mal seit Wochen einen Funken von einem Gefühl, das nichts mit Hass, Angst, Wut oder Verzweiflung zu tun hatte. Ich ging den schmalen Pfad hinunter, trat in das kleine Zimmer und sah nach fast zwanzig Jahren mein Kindermädchen wieder.

Ich schaute sie an, wie sie auf dem Bett saß, mit ihren grauen Haare, hörte, wie sie mich mit einem lauten Freudenruf begrüßte, und sah, wie sie ihre Arme nach mir ausstreckte. Sie fing an zu weinen, als sie mein Gesicht in ihren Händen hielt, und auch meine Augen wurden nass, als sie mich fest an ihren Körper presste. Und dann liefen die Tränen, immer wieder fasste ich ihr Gesicht an, wollte sie nicht mehr loslassen. Ich fühlte mich wieder wie ein Kind, spürte ihre Liebe und wusste, dass ich bei ihr sicher war. Wenig später zeigte sie mir aufgeregt einen Brief und erzählte mir Folgendes:

Vor einigen Tagen war sie nachts mit einem schrecklichen Gefühl aufgewacht. Sie hatte einen Traum gehabt, in dem sie mich gesehen hatte, wie ich um Hilfe flehte und zusammengebrochen auf dem Boden lag. Sofort war sie aufgestanden, hatte meinen Eltern einen Brief geschrieben, in dem sie sich erkundigte, ob es mir gutgehe. Die ganze Nacht hatte sie geweint und für mich

gebetet, denn sie war ein gläubiger Mensch, und ich war ja ihr Schützling, ihr kleiner Engel, auch wenn ich inzwischen größer wäre als sie, fügte sie lachend hinzu.
Als sie fertig war mit der Geschichte, schaute sie mir in die Augen und fragte: »Wie geht es dir, meine kleine Sabine?«
Ich brachte kein Wort heraus, schaute sie nur an und schüttelte den Kopf. Sie nahm mich wieder fest in den Arm und flüsterte mir zu: »Gott ist immer bei dir, auch wenn du glaubst, alle haben dich verlassen. Er ist das Licht, das dir den Weg weist und dir Trost in den dunkelsten Zeiten gibt. Du brauchst nur zu glauben.«
Dann begann sie zu singen, Lieder, die sie für mich als kleines Kind gesungen hatte, und hielt mich einfach weiter fest.
Ich schloss die Augen, ließ mich von Didi trösten. Meinen Glauben hatte ich schon lange verloren, hatte alles, was mit Religion zu tun hatte, weggeschoben, denn die sogenannten Christen hatten mich abgelehnt, mich nur verurteilt und mich niemals unterstützt. Nur Didi, eine Frau, die viele Schicksalsschläge in ihrem Leben durchgestanden hatte, die sehr arm war und durch Krankheit an ihr Bett gefesselt, gab mir Liebe und Trost. Sie hielt mich fest, ohne mir Vorwürfe zu machen oder meine Sünden vorzubeten.
»Wenn es wirklich einen Gott geben sollte«, dachte ich im Stillen, während ich in ihren Armen wieder ein kleines Kind wurde, »dann lebt er in dieser Frau!«
Die Zeit verging wie im Flug, und wir mussten wieder gehen. Vorher gab ich Didi alles Geld, das ich bei mir

trug, und bat Piter, später zurückzukommen und ihr auch das zu bringen, was mir meine Eltern geschenkt hatten.

Ich drehte mich ein letztes Mal um, schaute Didi an, wie sie auf dem alten Bett saß, bemerkte ihr Holzbein, das sie schon hatte, als ich ein Kind war. Einige Finger und ein Bein waren der Lepra zum Opfer gefallen, aber nichts hatte je ihre innere Schönheit angetastet. Ihre Haare, früher voll und dunkel, waren jetzt grau und dünn, ihr Gesicht war voller Falten, aber ihr Lächeln war genauso, wie ich es in Erinnerung hatte. Sie war wahrhaftig eine unglaubliche Persönlichkeit!

Als ich sie jetzt anschaute, überkam mich eine tiefe Trauer. Ich wusste, dass ich sie niemals wiedersehen würde. Ich wusste, ihre Zeit war gekommen. Und so war es auch. Ich bin dankbar, dass ich sie noch einmal erleben konnte, ihre Arme ein letztes Mal fühlen durfte, und dass sie mir als einziger Mensch in den dunklen Tagen Mut machte und mir Liebe und Trost gab. Wenn es einen Himmel gibt, wird sie bestimmt dort sein, und ich hoffe, dass sie herunterschaut und stolz auf mich ist. Auch wenn ich Fehler gemacht habe, auch wenn ich zuließ, dass Hass und Rache mich lange beherrschten. Auch wenn es mir bis heute schwerfällt, einigen Menschen zu vergeben. Denn eines weiß ich ganz genau: Was immer auch passieren mag, sie wird mich immer lieben, genauso wie ich bin, und das ist für mich die wahre göttliche Liebe. Bis heute ist sie fest in meinem Herzen verankert, und ich denke oft an sie.

Als ich in meine Bleibe zurückkehrte, fing die Missionarin sofort an, mir schwere Vorwürfe zu machen. Ich weiß den genauen Grund nicht mehr, aber ich glaube, sie war wütend, dass ich mich mit Januk am Tag zuvor getroffen hatte. Jedenfalls warnte sie mich vor ihm. Als sie sagte, sie verstehe nicht, wie eine Mutter ihre Kinder verlassen könnte, explodierte ich. Ich sagte ihr, dass es keinen Gott gebe, dass sie mich endlich in Ruhe lassen solle und dass es nicht meine Schuld gewesen sei, dass die Kinder nicht mehr bei mir wären.

Noch am selben Abend packte ich meine Sachen und verließ das Haus. Piter kam und half mir, ein Hotel zu finden. Ich checkte ein und rief sofort Januk an. Ich erzählte ihm, was passiert war, und er versicherte mir, dass ich mir keine Sorgen zu machen brauche, er würde sich um mich kümmern.

Mein kleines Hotel war billig, aber sauber. Ich saß im Zimmer und fühlte mich erleichtert, obwohl mir alles ein bisschen irreal erschien. Das Einzelbett an der Wand mit der rostfarbenen Tagesdecke, der wacklige Tisch mit der kleinen Lampe daneben und der kleine Spiegel gegenüber an der Wand. Aber ich war frei von der Vergangenheit, dachte ich zumindest. Es gab ja keinen, der mich mit Fragen oder Vorwürfen quälte, keine Hilde, die mich kontrollierte, und keine Gerichte, Anwälte oder Polizisten, die mich zu etwas zwangen.

Die Gedanken an die Kinder schob ich tagsüber beiseite. Doch nachts quälten mich die Träume, stürzten mich in ein dunkles Meer mit Wellen aus Grauen und schrecklichen Erinnerungen. Sie wurden immer größer und drängten mich an harte, scharfe Klippen, ließen meinen Körper immer wieder dagegenknallen, bis ich halb bewusstlos keinen Laut mehr von mir gab. Dann trat Stille ein. Wie eine weiße, schimmernde Decke aus Hoffnungslosigkeit legte sie sich über mich, und dann gab es nichts mehr, einfach nur Dunkelheit.

11

Januk kam am nächsten Morgen und nahm mich mit. Er brachte mich zu einem der besten Hotels in der Stadt und buchte ein Zimmer für mich. Als ich es betrat, stockte mir fast der Atem. Durch ein riesiges Fenster, das über eine ganze Wand reichte, hatte ich einen phantastischen Blick über die Stadt. Ein großes Bett stand in der Mitte des Raums, alles atmete Luxus und Wohlstand.

Die nächsten Tage vergingen wie im Flug. Januk verbrachte jede freie Minute mit mir. Tagsüber machten wir Ausflüge in die Umgebung, und er zeigte mir das Land, das ich vor Jahren verlassen hatte, das Land meiner Geburt. Abends besuchten wir die besten Restaurants, und nachts wurden wir zu Liebenden. Mit großer Leidenschaft, vielleicht weil ich so sehr bedürftig war nach Geborgenheit, klammerte ich mich an ihn.

Doch bald fing das Gerede an in Katmandu, und es entwickelte sich so etwas wie ein Skandal. Januk, noch unverheiratet, war nicht nur sehr reich, sondern gehörte auch dem höchsten Kastensystem an. Und ich als

Weiße gehörte nicht einmal zu irgendeinem System. Bald gab es zwei Parteien, nicht nur innerhalb seiner Familie, sondern auch in seinem weiteren Umfeld. Besonders die Frauen, auch Januks Schwestern, waren gegen diese Beziehung mit einer fremden Frau. Eines Abends erzählte er mir, dass er mit dem Kronprinzen Golf gespielt habe und sie über mich gesprochen hätten. Zu meinem Erstaunen gab der Prinz uns seinen Segen, stellte aber auch klar, dass eine Heirat nicht in Frage käme. Sein Land sei noch nicht bereit für solche großen Veränderungen. Als seine Geliebte oder Nebenfrau würde ich jedoch bleiben können.

So kam es, dass ich immer häufiger in den höchsten Kreisen des Landes verkehrte. Eines Tages wurden wir zu einem Abendessen eingeladen, an dem auch mehrere Minister des Landes teilnahmen. Alle wollten die Frau kennenlernen, die einen solchen Skandal ausgelöst hatte. Bei diesem Abendessen entdeckte ich eine neue Seite in mir, die ganz offensichtlich aus Hass und Rache gespeist wurde. Ich wollte nur eines: meine Kinder wiederhaben. Dafür würde ich alles tun, egal, was es koste, egal, ob ich meine Seele dafür verkaufen müsste. Aber das bedeutete auch, stark zu werden.

Als Januk mir eines Morgens beim Frühstück erzählte, dass er ein großes Stück Land außerhalb von Katmandu besitze und dort ein wunderschönes Haus für mich bauen wolle, fiel meine Entscheidung schnell. Ich würde bleiben, mich wieder erholen, Stärke, Macht und Geld haben, und so, eines Tages, die Kinder wiederbekommen. Das war meine Chance. Ich nahm sein Angebot an.

Noch am selben Tag schickte ich meinen Eltern ein Fax. Ich schrieb ihnen, dass es mir gutgehe, dass ich einen netten Mann kennengelernt habe und ein neues Leben anfangen wolle. Ich bat, dass sie mich erst mal in Ruhe lassen sollten und sich keine Sorgen zu machen brauchten.

Als das Fax gesendet war, kehrte ich zu Januk zurück, um mich auf mein neues Leben vorzubereiten. Aber wieder schlug Hilde zu. Sogar von der Ferne trieb sie ihr böses Spiel mit mir.

Später erfuhr ich Folgendes:

Als meine Mutter das Fax bekam, war sie erschüttert und zeigte es Hilde. Aus irgendeinem mir bis heute unerklärlichen Grund überzeugte diese Frau meine Mutter davon, dass meine Zeilen auf Selbstmord hindeuteten und sie so schnell wie möglich nach Nepal reisen müssten, um mich zu retten. Sie entschieden sofort, sich gemeinsam auf den Weg zu machen, damit meine Mutter den langen Flug nicht allein durchstehen müsste. Sie litt seit Jahren unter schrecklichen Schmerzen in den Beinen, was auch dazu geführt hatte, dass sie immer mehr Zeit in Deutschland verbrachte. Die tropische Hitze machte die Schmerzen noch schlimmer, und da es weder gute Ärzte noch die richtigen Medikamente in West-Papua gab, hatten meine Eltern ein kleines Haus in Deutschland gekauft. Doch auch in Deutschland fand sie keine Hilfe, niemand wusste genau, was diese Schmerzen verursachte. Sie gaben ihr Schmerzmittel, und es sollten noch Jahre vergehen, bis man die Ursache in ihrer Wirbelsäule fand.

Als Hilde und meine Mutter am Nachmittag in Katmandu ankamen, war ich alleine in meinem Hotelzimmer, Januk war geschäftlich unterwegs. Das Telefon klingelte, und der Hotelmanager war dran. Das Personal im Hotel war unglaublich nett zu mir, denn die Geschichte um die »verbotene Liebe« hatte sich inzwischen überall herumgesprochen. Besonders die jungen Frauen taten alles, um mir meinen Aufenthalt so angenehm wie möglich zu machen. Vielleicht fanden sie die ganze Sache romantisch, oder sie gehörten zu jener neuen jungen Generation, die sich langsam gegen die Regeln des strengen Kastensystems wehrte, ich weiß es nicht. Auch der Manager, den ich jetzt am Telefon hatte, gehörte zu ihnen. Seine Stimme klang hektisch, als er mir sagte, dass eine Frau auf dem Weg nach oben zu mir sei. Sie habe ihn gezwungen, ihr zu sagen, in welchem Zimmer ich wohne, indem sie mit der Polizei gedroht hätte. Aber er wollte mich noch schnell warnen. Zuerst dachte ich an die Missionarin, aber als er mir die Frau beschrieb, brach Panik in mir aus, die Beschreibung passte genau auf Hilde.

Sofort begann mein Herz schneller zu schlagen, und die Übelkeit, die ich ja schon kannte, breitete sich in mir aus. Ich war vor Angst wie gelähmt und rief Januk an, bat ihn, so schnell wie möglich zu kommen. In dem Moment klopfte es schon an der Tür. Ich hatte keine Wahl und machte auf. Hilde stürmte herein, griff mich fest an den Armen, schleifte mich durch das Zimmer. Ihre Augen waren die eines Teufels.

»Ich bin den ganzen Weg mit deiner Mutter hierhergeflogen«, fauchte sie mich an, »und wenn du jetzt nicht freiwillig mitkommst, dann werden wir dafür sorgen, dass dein Freund ins Gefängnis kommt. Eine Anzeige gegen ihn liegt schon vor. Wir haben sie heute Morgen eingereicht. Die Polizei sucht ihn, und sie werden ihn einsperren. Das willst du doch nicht, oder?«

Sie sagte mir weiter, dass ich mein altes Leben beenden müsse, bevor ich ein neues anfangen könnte. Wenn ich dies getan hätte, könnte ich ja wieder zurückkommen nach Nepal.

Was ich beenden sollte, wusste ich nicht, denn es war ja alles vorbei. Die Kinder waren weg, und ich hatte nichts, kein Geld, keine Arbeit, keine Freunde. Ich kam nicht aus dieser Welt, hatte keinen Stamm, niemanden, der sich vor mich stellte und mit mir gemeinsam in den Kampf gehen könnte. Jetzt war ich allem allein ausgeliefert.

Ich zitterte am ganzen Körper, denn ich hatte gehört, dass es einige mächtige Menschen in Katmandu gab, die alles tun würden, um Januk von dieser »schmutzigen« weißen Frau zu »befreien«. Diese Gelegenheit kam ihnen sicher wie gerufen. Damals wusste ich ja schon, dass ich es bei Hilde mit einer gefährlichen und kranken Person zu tun hatte. Also schlug ich ihr einen Deal vor: Ich würde freiwillig mitkommen, wenn ich noch eine Nacht mit Januk verbringen könnte.

Heute denke ich mir, ich hätte sie rausschmeißen sollen, aber damals war ich zu schwach und gelähmt vor Angst

und Schock. Mein einziger Gedanke war, Januk vor dieser Frau zu schützen.
Hilde nahm mein Angebot an und befahl mir, ein nettes Gesicht aufzusetzen, sonst würde sie mich gleich mitnehmen. Zusammen gingen wir in die Halle. Meine Mutter fiel mir um den Hals und weinte. Ich verstand damals ihre übertriebene Reaktion nicht, ich hatte doch geschrieben, dass es mir gutgehe.
Viel später würde ich die Hintergründe herausfinden, aber zu jener Zeit kannte ich nur eine Seite der Geschichte. Ich wusste, dass jetzt Hilde die Bedrohung darstellte, die ich gefürchtet hatte, war jedoch wie gelähmt und spielte mit, hoffte, mich irgendwie von ihr befreien zu können.

Kurze Zeit später war ich wieder in meinem Zimmer. Januk kam, und ich erzählte ihm, dass ich wegmüsste, aber bald wiederkommen würde. Ich hätte einige Sachen zu regeln, dann wäre ich frei. Er sah mich nur an, hielt mich fest und weinte. Ich glaube, dass er mich, diese junge Frau, die so plötzlich aus seinem Leben verschwand, wie sie hineingeraten war, wirklich geliebt hat.
Was sich damals in meinem Innern abspielte, habe ich ihm nie gezeigt. Ich hatte angefangen, eine andere Person zu sein, spielte mit großer Anpassungsfähigkeit genau die Rolle, die zu jeder Situation passte.
Wir waren bis spät in die Nacht wach und unterhielten uns über die Zukunft. Er wollte, dass ich so bald wie möglich zu ihm zurückkehrte. Er würde mir ein Ticket

besorgen, ich brauchte nur bei der Airline anzurufen, und alles würde für mich geregelt werden. Als er einschlief, beobachtete ich noch lange sein Gesicht, denn ich ahnte, dass ich ihn nie wiedersehen würde.

Schon als Kind hatte ich die ungewöhnliche Fähigkeit, Geschehnisse vorauszuspüren. Sosehr ich mir ein Leben wünschte fernab der bösen Welt, so sehr wusste ich auch, dass ich mich nicht so schnell aus dem Netz, in dem ich gefangen war, würde befreien können. Die anderen waren zu mächtig, und ich war noch zu schwach. Warum ließen sie mich nicht einfach alleine?

Als ich zurückkam nach Deutschland, war auch Judith, meine Schwester, da. Aber ich wandte mich von allen ab und bezog wieder mein altes Zimmer bei Hilde. Warum ich das tat, weiß ich nicht. Vielleicht wollte es Hilde so, vielleicht konnte ich mich einfach nicht dagegen wehren. Vielleicht hat sich das auch nur so ergeben, weil das Haus meiner Eltern sehr klein war. Ich hatte kein Geld, keine Ahnung, was ich in Deutschland machen sollte, und mein einziger Gedanke war, meinen Plan zu verwirklichen. Mit jedem Tag, der verging, hasste ich Hilde mehr, und eines Tages entschied ich mich, gegen ihren Willen zu handeln. Ich rief die Nummer an, die Januk mir gegeben hatte, und buchte ein Ticket zurück nach Katmandu. In einer Woche würde ich wieder fort sein, und diesmal, dachte ich, könnte keiner mich aufhalten.

Kurz vor meiner Abreise aber überschlugen sich die Ereignisse dann so schnell, dass ich bis heute nicht weiß, wie so etwas passieren konnte.

Ich hatte angefangen, mich gegen Hilde zu wehren, ihr nichts mehr erzählt, und sie muss wohl gemerkt haben, dass ihr Einfluss schwand. Meine Eltern waren zwar noch von ihr überzeugt, aber da wir nie richtig miteinander geredet hatten, wussten sie vieles nicht. Sie sahen nur ihre Tochter, die unter Schock stand, die ihre Kinder verloren hatte und keinen Lebenswillen mehr zeigte.
Eines Abends fragte mich Hilde, ob ich überhaupt noch leben wolle.
»Was gibt es denn noch, für das ich leben könnte«, antwortete ich sarkastisch.

Damit klappte die Falle zu, und ich war, ohne es zu wissen, gefangen. Kurze Zeit später kam ein Bekannter von Hilde zu uns, ein pensionierter Arzt. Hilde muss ihm erzählt haben, dass ich selbstmordgefährdet wäre. Anders kann ich mir sein Verhalten nicht erklären. Er rief mich und setzte sich mit mir ins Wohnzimmer. Hilde ging hinaus und schloss die Tür. Sofort merkte ich, dass etwas nicht stimmte, wollte unbedingt fliehen, blieb aber wie gelähmt sitzen und hatte nur einen Gedanken: Bald bin ich weg, nur noch zwei Tage, und der Alptraum hat ein Ende. Dann bin ich frei und kann meinen Plan zu Ende führen, nur noch durchhalten und mitspielen, ruhig bleiben. Was können sie dir denn noch antun? Nur noch zwei Tage …

12

Ich wehrte mich, so gut ich konnte. Kämpfte gegen die Schlinge, die um meinen Hals lag und sich immer enger zog, bis ich nicht mehr atmen konnte und bewusstlos wurde.

Warum ließen sie mich nicht einfach in Ruhe? Warum wollten sich mich unbedingt einsperren, mich dazu zwingen, hier zu bleiben? Lasst mich doch einfach zufrieden, fasst mich nicht an, redet nicht mit mir, lasst mich meinen eigenen Weg gehen. Ich muss sie retten, die Kinder, muss wieder stark werden, um meinen Plan durchzuführen. Aber sie ließen mich einfach nicht, nein, sie pressten das bisschen Leben heraus, das noch in mir war.

Sein Gesicht werde ich niemals vergessen. Auch seine Stimme nicht, mit der er mir erklärte, dass ich freiwillig gehen müsse, sonst würde er mich einweisen lassen, und dann würde ich lange weggesperrt bleiben. Aber warum? Wenn ich fragte, was ich getan hätte, sagte er, ich sei selbstmordgefährdet. Aber wenn ich sterben würde, müsste ich doch meine Kinder verlassen. Das würde ich doch niemals tun. Doch ich gab nach, beruhigte mich damit, dass ich dann wenigstens schneller entkommen könnte. Ich musste ruhig bleiben, mir nichts anmerken lassen.

Noch am selben Abend wurde ich in eine geschlossene Psychiatrie eingewiesen. Eine junge Frau, die ihre ganze Kindheit in der Natur verbracht hatte, die nichts anderes kannte als die Freiheit. Ein Kind, das nie erwachsen geworden war und eines Tages neugierig wurde auf die andere Seite der Welt. Wie schön sie von weitem aussah! Wie bunt und vielfältig. Es hatte sich weit hinübergebeugt und war hineingefallen. Immer wieder versuchte es, in seine alte Welt zurückzukehren, doch immer wieder gelang es nicht. War es Stolz, Unkenntnis oder einfach ein Missgeschick, dass es in die falschen Hände gefallen war? Langsam erdrückte man ihre Lebensfreude, ihren Lebensgeist, bis sie nur noch aus einer leeren Hülle bestand.

Ich wiederholte, was mir gesagt worden war, tat, was man von mir wollte, und nahm das an, was man mir gab. Mein Wille schien gebrochen zu sein. Ich unterschrieb, was man mir vorlegte, und schluckte, was man mir gab. Niemals würde ich von hier entkommen können, niemals würde ich meine Kinder wiedersehen, niemals würde ich es zurück nach Nepal schaffen. Das Leben hatte keinen Sinn mehr. Wo war meine Familie, meine angeblichen Freunde, mein Land. Alle hatten mir den Rücken zugekehrt.

Wie ich dieses Land hasste, seine Menschen, seine Gesetze. Nur der, der Geld und Macht hatte, war geschützt.

Das hatte ich am eigenen Leibe gespürt. Tom war reich, Hilde kannte sich aus in dieser Welt und hatte durch ihre Kontakte Macht. Und ich? Ich wusste, wie man im Urwald überlebt, kannte die Regeln, hatte gelernt, wo Schutz und Gefahren waren. Aber hier? Hier war ich verloren, ausgeliefert, und wie ein Blatt im Wind rissen mich die Ereignisse von einer Seite zur anderen, ohne Erbarmen, ohne Mitleid.

Ich wurde in ein Zimmer gebracht, zwei Betten, zwei Nachttische, alles weiß und steril, nichts Freundliches, nichts Farbiges, nur Kälte. Ich zog mich aus, legte mich ins Bett, starrte vor mich hin, bis ich aus meinem Nichts herausgerissen wurde.

»Du willst mich umbringen«, hörte ich eine ängstliche Stimme aus dem Nebenbett, »der Teufel hat es mir gesagt.«

Erschrocken fuhr ich hoch und sah eine Frau aufrecht im Bett sitzen. Ich war in einem Zweibettzimmer und hatte sie vorher nicht bemerkt.

»Nein«, antwortete ich erschrocken, »ich tue dir nichts.«

»Doch«, kam die Stimme zurück und wurde plötzlich tiefer, »du bist eine Gefahr.«

»Ich bin keine Gefahr«, versuchte ich, sie zu beruhigen, »schlaf einfach weiter. Mein Name ist Sabine, und ich bin heute Abend hier eingewiesen worden.«

Die Frau blieb ruhig sitzen und gab keinen Laut mehr von sich. Mein ganzer Körper war angespannt, und ich machte mich bereit, aufzuspringen, um mich zu verteidigen. Doch dann legte sie sich wieder hin, und kurz darauf hörte ich ihr regelmäßiges Atmen. Sie war eingeschlafen. Erleichtert legte auch ich mich zurück und beobachtete die Lichtstrahlen, die Schatten an die Wand warfen. Endlich schlief ich ein. Es war eine Nacht der Ruhe, eine Nacht des Nichts, nur der rettende Schlaf ließ mich für einige Zeit alles vergessen.

Am nächsten Morgen erklärte man mir den Ablauf, der sich jeden Tag wiederholen sollte. Es gab nichts zu tun für mich. Am Anfang zählte ich noch die Stunden, dann die Tage, und irgendwann zählte ich gar nicht mehr. Mir war es egal, welcher Tag war oder welche Uhrzeit, mein Leben schien stehengeblieben zu sein. Die Menschen um mich herum standen meist unter dem Einfluss von Medikamenten und wirkten wie benommen.

Ich saß auf einem Stuhl im Aufenthaltsraum, starrte aus dem Fenster und beobachtete die graue und nasse Landschaft. Es war Dezember, und das Wetter schien mir mein Inneres zu spiegeln.

In den ersten Tagen hatte ich noch versucht, Januk zu erreichen, doch er konnte mich nicht zurückrufen, weil in der Psychiatrie keine Gespräche durchgestellt wurden. Er war ausgerastet, hatte geschrien und gedroht, doch es half nichts. Von seinen Anrufen habe ich erst Jahre später erfahren, damals wunderte ich mich nur, warum er sich nicht bei mir meldete.

Dann aber erzählte Hilde mir, er wolle nichts mehr mit mir zu tun haben, weil ich krank sei. Ich glaubte ihr nicht, aber was konnte ich tun? Ich war machtlos, gefangen und hatte keine Möglichkeit, mit ihm Kontakt aufzunehmen. So starrte ich weiter aus dem Fenster, dachte an nichts, fühlte nichts und wartete nur auf die Nacht, damit der Schlaf mich für einige Zeit wegholen könnte.

Ich verbrachte viel Zeit außerhalb unseres Raumes. Meine Bettnachbarin hatte sich bei mir entschuldigt, es tue ihr alles so leid, aber sie könne nichts dafür. Ich gewöhnte mich an ihre nächtlichen Ausbrüche, denn ich begriff bald, dass sie nicht gefährlich war, auch wenn sie mir in ihrem Wahn sagte, dass sie mich umbringen müsse. Zuerst hatte ich noch gebeten, verlegt zu werden, aber diese Bitte wurde abgelehnt. Ich fand mich also ab und ging nur zum Schlafen in unser Zimmer.

Eines Tages, als ich wieder an meinem Platz vor dem Fenster saß, entdeckte ich einen kleinen Bücherschrank, und weil mir langweilig war, sah ich nach, was dort drin war. Ich nahm ein Buch und fing an zu lesen. Als ich mit dem Buch fertig war, las ich das nächste. Stundenlang war ich gefangen von anderen Schicksalen, floh vor der Realität und reiste in meiner Phantasie durch die ganze Welt.

Als ich alle Bücher gelesen hatte, entdeckte ich Malkreide und fragte nach Papier. Ich bekam welches und fing sofort an, zu malen, ein Blatt nach dem anderen füllte sich mit Formen und Farben. Ich vergaß die Zeit, das Zimmer, in dem ich saß, und die Menschen, die mich umgaben.

Nach einigen Tagen wurde mir ein Arzt zugewiesen, mit dem ich einmal in der Woche ein Gespräch führte. Er war nett, doch ich nahm die Gespräche nicht ernst.

Mir was alles egal, und so erfand ich Geschichten, und er hörte mir zu. Außer diesen Gesprächen gab es nichts zu tun, und so malte ich weiter und weiter.
Dann kam ein Psychiater und fragte, ob ich seinen Studenten einige Fragen beantworten könne. Sie seien gerade dabei, echte Fälle zu studieren, und er würde sich freuen, wenn ich mich bereit erklärte mitzumachen. Warum nicht, dachte ich mir, das wäre eine Abwechslung. Also sagte ich zu. Einige Tage später holte mich der Psychiater ab und nahm mich mit in einen anderen Teil des Gebäudes. Als ich den Raum, in dem die Befragung stattfinden sollte, betrat, bereute ich meine Zusage sofort. Ich spürte eine unangenehme Atmosphäre, schaute in die Gesichter der Studenten und sah nichts als Verachtung. Der Arzt stellte mich vor, und ich sollte erzählen, warum ich hier wäre. In diesem Moment hätte ich am liebsten losgelacht, doch hätten sie mich alle für noch verrückter erklärt. So erzählte ich kurz, dass ich im Urwald aufgewachsen, mein Aufenthalt hier ein Unrecht sei und dass man mir die Kinder weggenommen habe. Doch warum ich hier war, konnte ich nicht erklären.
Mit jeder Frage, die dann kam, spürte ich die Gedanken der Studenten immer heftiger, las in ihren Gesichtern, dass sie mich als verrückt abstempelten. Verachtung, nicht einmal Mitleid, nur Verachtung, Arroganz und Härte schlugen mir entgegen. Sie saßen auf ihren hohen Rossen und schauten mich mit ihren dummen Blicken an, meinten, sie wären gebildet und besser als ich. Na gut, dachte ich mir, sollen sie denken, was sie wollen, es

hat keinen Sinn, ihnen etwas zu erklären, ihr Horizont ist zu klein. Ich erlebte zum ersten Mal eine solche Reaktion auf die Erlebnisse meiner Kindheit. Und begann von diesem Tag an, meine Kindheit zu verstecken.
Diese Menschen würden mir die wunderschönen Erinnerungen, die ich in mir trug, nur zerstören. Sie waren ohne Verständnis, diese Studenten, die eines Tages anderen Menschen in ihrem seelischen Leid helfen sollten. Na dann, viel Glück, dachte ich mir.
Eine junge Studentin begleitete mich zurück. Wir unterhielten uns auf dem Weg über die langen Gänge, und sie sagte, dass sie nicht verstehe, warum ich Schwierigkeiten hätte, mich in Deutschland zurechtzufinden. Schließlich sei es doch meine Heimat. Sie habe auch einen Kulturwechsel hinter sich und sei gut damit klargekommen. Wo sie denn aufgewachsen sei, fragte ich. In England, war ihre Antwort. Was sollte ich jetzt sagen? Als könnte man Engländer mit Eingeborenen aus einem Stamm vergleichen.
Ich sagte nichts mehr und war froh, als ich mich wieder meiner Malerei widmen konnte. Trotzdem bedeutete diese Erfahrung eine Wende im Umgang mit meiner frühen Jugend. Ich erzählte keinem mehr, woher ich gekommen bin, versteckte meine Kindheit, meine Identität und meine Wurzeln.

Die Tage vergingen, flossen ineinander, und ich schottete mich komplett von meinen Mitmenschen ab, bis zu dem Tag, als eine neue Patientin eingewiesen wurde. Ich war bisher bei weitem die Jüngste gewesen und vielleicht auch deshalb meist allein, doch als ich sie sah, wurde ich neugierig, sie schien in meinem Alter zu sein. Offensichtlich stand sie noch stark unter Medikamenten, war in den ersten Tagen nicht ansprechbar. Dann aber kamen wir ins Gespräch. Sie hieß Anne, und wir fühlten uns durch unser gemeinsames Schicksal gleich miteinander verbunden.

Bald verbrachten wir immer mehr Zeit miteinander, und als wir die Erlaubnis bekamen, ein Zimmer zu teilen, war die Freude groß. Anne wurde ein Halt für mich, zog mich langsam wieder ins Leben zurück und schenkte mir etwas, wonach ich mich lange gesehnt hatte: Freundschaft. Sie wurde regelmäßig von ihrer Familie besucht und teilte selbstverständlich alles mit mir, was sie geschenkt bekam.

In den nächsten Wochen bauten wir uns eine eigene Welt auf, nur für uns alleine. Mit ihr konnte ich mein Leid teilen, meine Schmerzen und meine Tränen, sie war, von heute aus gesehen, meine Rettung. Nicht ein Arzt, nicht die Psychiatrie oder Medikamente, sondern eine Freundin hat mir geholfen. Sie gab mir Kraft, weiterzumachen, holte mich aus meinem endlosen Nichts heraus.

Weihnachten rückte näher und auch mein Geburtstag. Anne wurde erlaubt, die Weihnachtszeit zu Hause zu verbringen, und ich rief Hilde an, fragte, ob sie mich abholen würde. Ich wollte die Zeit mit meiner Mutter verbringen, denn der Gedanke, ohne Anne hier zu sein, war unerträglich. Hilde sagte zu.

Am Abend bevor Anne wegfuhr, feierten wir meinen vierundzwanzigsten Geburtstag. Sie hatte heimlich Kerzen und einen kleinen Kuchen organisiert, ich war gerührt, und wir redeten bis spät in die Nacht hinein.

Am nächsten Morgen verabschiedeten wir uns, und mit schwerem Herzen beobachtete ich vom Fenster aus, wie sie die Psychiatrie mit ihrer Familie verließ. Vom Fenster in unserem Zimmer hatte ich einen direkten Blick auf den Haupteingang, also blieb ich sitzen, denn ich wartete ja auf Hilde. Ich hatte allen erzählt, dass ich nach Hause fahren würde, und freute mich, endlich rauszukommen, wenn es auch nur für ein paar Tage wäre. Hilde hatte gesagt, dass sie mich am Morgen holen würde, also saß ich da mit fertiggepacktem Köfferchen. Die Stunden vergingen, und ich blieb weiter am Fenster sitzen. Mittags aß ich nichts, weil ich Hilde nicht verpassen wollte. Hilde kam ja meistens spät, sagte ich mir dann, sie würde bestimmt am Nachmittag kommen.

Ganze acht Stunden saß ich am Fenster, bis mich am frühen Abend eine Schwester darüber informierte, dass es einen Anruf für mich gebe. Hilde war am anderen Ende der Leitung, sie entschuldigte sich. Das Wetter sei zu schlecht gewesen, und sie habe nicht kommen können. Ich wusste, dass sie log.

Wie benommen kehrte ich in mein Zimmer zurück, verkroch mich unter der Decke und weinte. Bald schlief ich ein, und wieder bedrängten mich meine Alpträume. Die Weihnachtsfeiertage und den Jahreswechsel verbrachte ich hauptsächlich im Bett.

An einem der Tage bekam ich einen Anruf von Tom. Hilde hatte ihm die Nummer gegeben. Er fragte mich, wie es mir gehe, und fand, dass es gut sei, dass ich Hilfe bekäme. Damals verstand ich nicht, was er damit meinte, denn ich wusste ja nicht, was Hilde ihm erzählt hatte. Als ich mich nach den Kindern erkundigte, sagte er nur, es gehe ihnen gut. Ein paar Tage später aber bekam ich einen Brief von ihm. Er schickte mir Fotos von den Kindern und Bilder, die sie gemalt hatten. Ich weinte und weinte, als ich ihre geliebten Gesichter auf den Fotos sah, und wurde wieder einmal mit voller Wucht in den Abgrund geschleudert. Riesige Wellen mit Erinnerungen brachen immer wieder auf mich herunter. O Gott, was habe ich gemacht? Warum habe ich das alles zugelassen? Warum war ich nicht stärker? Ich habe mein Versprechen gebrochen, habe als Mutter und Mensch versagt. Wie könnt ihr mir jemals vergeben? Ich will euch doch nur schützen, euch lieben, euch alles Leid ersparen. Bitte, vergebt mir!
Ich musste hier raus, musste zu meinen Kindern zurück.

Wie ich mich freute, als Anne zur Tür hereinkam. Wir waren wieder zusammen und flüchteten uns in unsere Welt.
Doch die Welt, die wir aufgebaut hatten, wurde allmählich zu klein, denn wir nahmen an Stärke zu. Und so kamen wir eines Tages zu der Entscheidung: Wir müssen hier raus. Fünf Wochen waren seit meiner Ankunft verstrichen.

Anne sprach mit ihrem Arzt und bekam gleich einen Entlassungstermin. Jetzt war ich dran. Ich weiß nicht mehr, was ich dem Arzt erzählte, aber ich machte es wohl gut, denn kurze Zeit später bekam auch ich meinen Termin. Er lag nur ein paar Tage nach dem von Anne. Wir waren einfach nur glücklich, es endlich geschafft zu haben, und sprachen von nichts anderem mehr. Jetzt gab man uns sogar die Erlaubnis, draußen spazieren zu gehen. Wir packten uns warm ein und liefen wie zwei Kinder durch Wind und Regen. Es war ein tolles Gefühl, sich endlich wieder frei bewegen zu können.

Anne würde zu ihrem Freund zurückkehren, doch was ich machen würde, wusste ich noch nicht. Ich hatte niemanden, zu dem ich zurückkehren könnte. Der Kontakt mit meiner Mutter und zu Birgit war ganz abgebrochen, und meine Geschwister waren in Amerika. Aber ich dachte einfach nicht darüber nach, ich hatte nur ein Ziel vor Augen, aus der Psychiatrie herauszukommen.

Mit Tränen verabschiedete ich mich von Anne und versprach ihr, sie anzurufen, denn sie war die einzige Freundin, die ich hatte. Ein paar Tage nach ihr packte auch ich meine Sachen.

Heute schaue ich mit gemischten Gefühlen auf diese Zeit zurück. Die Behandlung in der Psychiatrie hat mir nicht geholfen. Um einem Menschen wirklich helfen zu können, braucht es viel mehr Zeit und Aufmerksamkeit der Ärzte. Doch dieser Ort, an dem ich von der Außen-

welt vollkommen abgeschirmt war, hat mir doch gutgetan.
Mich hat nur damals gewundert, dass Hilde die Telefonnummer von der Psychiatrie an Tom gegeben hatte, obwohl sie mir gegenüber doch behauptete, er sei gefährlich. Heute glaube ich, sie wollte ihm nur beweisen, dass ihre Behauptungen, mich betreffend, stimmten. Denn so, wie sie mir immer erzählt hatte, dass Tom mir und den Kindern etwas Böses antun wolle, hatte sie ihm erzählt, ich sei psychisch krank und nicht gut für die Kinder.
Die Angst, die sie damit in mich eingepflanzt hatte, sollte über Jahre mein Begleiter bleiben.
Heute frage ich mich immer wieder, wie das alles passieren konnte? Warum eine Person einer anderen so viel Leid zufügen musste. Warum habe ich diese Bosheit nicht erkannt? Warum habe ich mich nicht davor schützen können? Eine Erklärung ist, dass dieses Unheil nicht plötzlich auftrat. Es war eine schleichende Bedrängnis, etwas, das ich nicht erkannte, gegen das ich mich deshalb nicht wehren konnte. Und als ich die Gefahr erkannte, war es zu spät.

13

Mit der Tasche in der Hand verließ ich die Psychiatrie. Ich atmete die frische Luft tief ein und schaute mich um.

Ich war zurück im Leben, aber ich war eine andere geworden, eine Frau, die hauptsächlich aus Kälte, Hass und Härte zu bestehen schien. Das Gift hatte jeden Teil meines Körpers und meiner Seele erreicht, auch mein Herz. Es verlieh mir Kraft und Stärke, machte mich zu einer Jägerin ohne Erbarmen und Mitleid. Ich hatte nur ein Ziel: Rache. So wie man mich behandelt hatte, würde ich mit ihnen umgehen. Auge um Auge, Zahn um Zahn. Es gab keine Grenzen mehr für mich, keine Moral, nur diesen unendlichen Drang zu besiegen und zu besitzen.

Ich zog wieder in das Zimmer bei Hilde ein, wo sonst hätte ich hingehen sollen. Meine Mitmenschen behandelte ich mit Kälte und Gleichgültigkeit. Ich musste etwas unternehmen, um mich aus dieser elenden Falle zu befreien. Ich wollte auf meinen eigenen Füßen stehen.

Ich brauchte einen Job, eine andere Unterkunft und machte mich auf die Suche.
Doch eines Tages kam Hilde aufgeregt zu mir und erzählte, dass sie mit Tom gesprochen habe. Er wollte, dass ich so schnell wie möglich zu ihm und den Kindern zurückkehre, denn sie vermissten mich sehr.
»Er kommt alleine mit den Kindern nicht zurecht«, sagte Hilde und schaute mich mit großen Augen an, »sie brauchen dich.«
Ich packte noch am selben Tag einen Koffer, und Hilde kaufte mir ein Ticket für eine einfache Fahrt in die Schweiz. Sie drückte mir noch eine Flasche Wein in die Hand, und ich, wie geblendet von der übergroßen Vorfreude darauf, endlich meine Kinder wieder in den Armen halten zu können, reiste ab, ohne mich nach irgendwelchen Fakten zu erkundigen. Am Bahnhof versprach Hilde mir, Tom über meine genaue Ankunftszeit zu informieren. Er würde sich bestimmt freuen, sagte sie noch, aber das hörte ich kaum noch, ich wollte einfach so schnell wie möglich zu meinen Kindern.
Vielleicht würde der Alptraum endlich ein Ende nehmen.

Die Zugfahrt dauerte ewig, mein Herz klopfte wie wild, und mir wurde schwindlig, als ich die vorbeifliegende Landschaft wiedererkannte. Nur noch wenige Minuten trennten mich von meinen Kindern, endlich, nach vier Monaten, wären wir wieder zusammen.
Als ich ausstieg, war es schon dunkel, ich nahm ein Taxi zur Wohnung von Tom und gab dafür mein letztes Geld

aus. Damals hatte ich noch kein Handy, und so konnte ich ihn nicht anrufen, um mein Kommen anzukündigen. Meine Hände zitterten, als ich klingelte. Niemand öffnete, ich klingelte noch einmal. Nichts. Als ich mich umschaute, bemerkte ich, dass Toms Auto nicht da war. Wie konnte das sein? Er hatte doch selbst gesagt, dass ...

Vielleicht hatte Hilde vergessen ihn anzurufen. Oder vielleicht hatte sie ihm die falsche Uhrzeit durchgegeben. Der Realität wollte ich einfach nicht ins Auge sehen, das Verlangen nach den Kindern blendete alles aus. Wie im Schock stand ich vor der geschlossenen Tür und wusste nicht mehr weiter. Ich hatte kein Geld, keine Unterkunft, und es war eiskalt. Schließlich klingelte ich bei einer Nachbarin. Sie holte mich zwar zu sich in die Wohnung, war aber kalt und abweisend. Tom sei nicht da, sagte sie mir, er sei mit den Kindern unterwegs. Doch da hörten wir ein Auto anhalten und gleich danach das Geräusch des Fahrstuhls. Ich rannte nach unten, aber da war er schon in der Wohnung. Die Nachbarin hatte ihn wohl angerufen und darüber informiert, dass ich vor seiner Tür stehe, was er ihr geantwortet hat, weiß ich nicht. Jedenfalls öffnete er nicht und ignorierte meine Rufe.

Ich drehte fast durch, es war doch nur noch eine Tür, die mich von den Kindern trennte. Ich ging nach draußen vor sein Fenster, bettelte, dass er mich reinlasse, weinte, flehte und wollte einfach nicht aufgeben. Die Nachbarin kam und sagte, ich solle endlich still sein, Tom wolle mich eben nicht sehen. Ich schaute sie an,

sagte ihr, dass ich nicht wüsste, wohin ich sonst gehen könnte. Bei ihr könne ich auch nicht bleiben, antwortete sie kühl und verschwand.
Ich ging in den Keller, denn es war spät, und ich spürte meine Hände nicht mehr vor Kälte. Hier war es wenigstens ein wenig wärmer. Ich fand eine alte Jacke und wickelte mich ein. So saß ich die ganze Nacht, gegen die kalte Mauer gelehnt, weinte und verfluchte alle.

Als es draußen hell wurde, schrieb ich Tom einen Zettel, teilte ihm nur mit, dass ich gehen würde, was sollte ich sonst machen. Ich schob den Zettel unter der Tür durch, nahm meinen Koffer und lief zurück in die Stadt. Ich wollte zu Bettina, einer Bekannten, von der ich wusste, wo sie arbeitete. Sie würde mir sicher Geld leihen, damit ich zurück nach Deutschland fahren könnte. Bettina nahm mich in die Arme, als sie mich sah. Natürlich würde sie mir helfen, sie brachte mich gleich in ihre Wohnung, wo ich auf sie warten sollte, bis sie mit der Arbeit fertig wäre.
Tom ahnte wohl, dass ich zu Bettina gegangen war, denn er rief einige Stunden später an und bat mich, ihn zu treffen. Am selben Abend saßen wir zusammen, und er erklärte mir, dass er vollkommen schockiert gewesen sei, zu hören, dass ich da wäre. Hilde hatte ihn also nicht angerufen. Ich sagte nichts, ich hatte nur einen Gedanken: die Kinder.
Tom besorgte mir ein Zimmer, in dem ich so lange wohnen könnte, bis wir uns entschieden hätten, wie es weitergehen sollte. Er wollte den Tagesablauf der Kinder

nicht stören und außerdem erst mit ihnen reden, bevor sie mich sehen dürften, sonst bekämen sie womöglich auch einen Schock, behauptete er. Ich nickte nur, tat alles, was er wollte, er hatte die Macht.

Bald darauf sah ich sie wieder, meine Kinder.

Noch heute, dreizehn Jahre später, bekomme ich Herzklopfen, wenn ich an diesen Moment denke, an ihre kleinen Gesichter, an ihre wunderbare Wärme, die ich wieder spürte, als sie in meinen Armen lagen. An diesem Morgen konnte ich sie nicht lange festhalten, Tom bestand darauf, sie in den Kindergarten zu bringen. So machte ich mich auf den Weg zu einem Café gegenüber vom Kindergarten und wartete dort stundenlang, um wenigstens noch einen Blick auf sie werfen zu können. Ich wollte mich einfach nur vergewissern, dass es ihnen gutging. Ich muss vorsichtig sein, dachte ich immer wieder, alles mitspielen, zu allem ja sagen, um das Recht, sie zu sehen, nicht wieder zu verlieren, nicht wieder in so einen Teufelskreis zu geraten.

Dabei war ich es doch gewesen, die damals entschieden hatte, nicht abzutreiben. In meinem Bauch waren sie neun Monate lang gewachsen. Ich hatte sie zur Welt gebracht und versucht, ihnen eine gute und liebevolle Mutter zu sein. Ich habe sie gestillt, war nachts aufgewacht, wenn sie schlecht geträumt hatten, oder habe sie gepflegt, wenn sie krank waren. Und jetzt saß ich hier wie eine Ausgestoßene, bettelte den Besitzer des Cafés an, mich nicht rauszuschmeißen, weil ich mir mehr als einen Kaffee nicht leisten konnte.

In den nächsten Tagen sah ich meine Kinder immer häufiger. Als ich sie zum ersten Mal vom Kindergarten abholen durfte, sprach ich mit der Kindergärtnerin über die beiden, und die erzählte mir, dass Sophia sich am Vormittag geweigert habe, auf den täglichen Spaziergang mitzukommen. Sie habe dagesessen und sich gesträubt, bis sie schließlich erklärte, sie wolle nicht weg, weil ich womöglich in der Zwischenzeit kommen könnte und vielleicht weggehen und nicht wiederkommen würde, wenn sie nicht da wäre.
An diesem Abend weinte ich schrecklich in meinem kleinen Zimmer. Ich fühlte mich schuldig und schlecht. Was hatte ich bloß getan? Was hatte ich diesen unschuldigen Kindern für Schmerz zugefügt. Warum war ich nicht stärker gewesen? Warum hatte ich nicht härter gekämpft? In mir machte sich ein Schuldgefühl breit, das ich heute noch in mir trage. Es ist wie eine Plage über mich gekommen, schleicht sich in jeden Bereich meines Lebens ein, quält mich.

Ich lebte von einem Treffen mit den Kindern zum nächsten. Jetzt brauchte ich dringend eine Arbeit, um finanziell unabhängig zu sein. Damals waren wir noch nicht geschieden, und ich hatte noch eine Aufenthaltsgenehmigung für die Schweiz.
Eines Tages sagte mir Tom, dass ein Arzt mich sehen wolle. Er war der Nachfolger von dem Schularzt, den ich damals bei meiner ersten Schwangerschaft aufgesucht hatte. Ich war erstaunt, machte aus Neugier einen Termin.

Als ich im Wartezimmer der Praxis saß, kam eine junge Frau herein, die mir bekannt vorkam. Sie wusste sofort, wer ich bin, setzte sich neben mich und sagte, wie erstaunt sie sei, mich zu sehen. Sie habe gehört, dass ich abgehauen wäre und jetzt in einer Psychiatrie sitze.
»Wer hat dir das erzählt?«
»Na ja, es gehen sehr viele Gerüchte über dich um. Zum Beispiel, dass du auf Drogen bist, immer nachts unterwegs warst und deine Kinder vernachlässigt hast, als du noch hier gewohnt hast. Deshalb musste dir Tom die Kinder wegnehmen.«
»Das stimmt doch alles nicht!«, rief ich entsetzt.
»Na ja, Tom hat erzählt, dass du psychisch krank und jetzt in Behandlung bist.«
Ich wurde blass, schaute sie nur an. Das war doch unmöglich, dass Tom so etwas verbreitete. Andererseits würde es die eigenartige und zum Teil aggressive Stimmung gegen mich erklären, die mir von einigen Leuten in der Stadt entgegenschlug.
Im Laufe der nächsten Monate bekam ich viele negative Geschichten über mich zu hören. Nicht nur, dass ich Alkoholikerin sei und mich mehr rumgetrieben hätte, als mich um die Kinder zu kümmern.
Als die alte Bekannte mir dann noch erzählte, dass Tom eine neue Freundin habe, verlor ich fast allen Mut. Ich hatte zwar schon geahnt, dass er nicht so ganz allein war, aber gerade als ich mich nach Einzelheiten erkundigen wollte, wurde mein Name aufgerufen, ich war dran.
Dann saß ich dem Arzt gegenüber, der meine Akte vor sich liegen hatte und dem vieles, was darin stand, unver-

ständlich war. Ich fragte ihn, was er damit meine. Er erzählte mir, dass in dem Gutachten seines Vorgängers stehe, ich sei labil, nicht fähig, die Kinder zu betreuen, und nähme außerdem Antidepressiva. Ich wusste in dem Moment nicht, ob ich weinen oder lachen sollte. Ich hatte noch nie so etwas genommen, und zu labil für meine Kinder war ich bestimmt nicht. Weiter erzählte er mir, dass Tom ihn gebeten habe, dieses Schreiben zu unterzeichnen, denn er brauche es für die Gerichtsverhandlung in Deutschland. Sein Vorgänger sei unerwartet an einem Herzinfarkt gestorben, einen Tag bevor er das Gutachten unterschreiben wollte.
Er hatte den Tod verdient, denn alles, was er behauptete, war gelogen. Außerdem war er ein Allgemeinmediziner und kein Psychiater gewesen.
Sein Nachfolger hier hatte sich zum Glück geweigert, irgendetwas zu unterschreiben, ohne mich vorher gesehen zu haben. In kurzen Sätzen erzählte ich ihm, was wirklich passiert war.
Da schaute er mich an, sagte, dass ich ganz und gar nicht labil wirke, eher wie eine starke Person. Er habe schon geahnt, dass an den ganzen Geschichten etwas nicht stimme.
Ich weinte vor Erleichterung, das Gefühl jemanden gefunden zu haben, der zu mir steht, überwältigte mich fast. Von dem Tag an ging ich zu ihm, wenn ich etwas brauchte oder Rat suchte. Und so fragte ich ihn auch nach einer Arbeit. Kurze Zeit später stellte er mich ein. Ich saß am Empfang, nahm Termine an und erledigte den Papierkram.

Tom und ich gingen wieder freundlich miteinander um. Ich hatte ihn wegen der Gerüchte gefragt, aber er bestritt, sie in Umlauf gebracht zu haben. Außerdem sei die Bekannte, die ich da im Wartezimmer getroffen hatte, bekannt dafür, zu tratschen.

Ich hakte diesen Fall einfach ab. Ich war wieder mit meinen Kindern zusammen, und alles andere zählte nicht. Ich ignorierte die schiefen Blicke auf der Straße, ging den meisten Menschen aus dem Weg und war glücklich mit meiner neuen Arbeit. Trotzdem gab es viele, die mich schlecht behandelten, nichts mit mir zu tun haben wollten oder mich sogar öffentlich angriffen. Wenn ich zum Beispiel mit meinen Kindern zum Spielplatz kam, riefen einige Mütter sofort ihre Kinder zu sich und sagten, sie wollten den Spielplatz nicht mit einer Hure teilen.

Für mich war das nicht so schlimm, aber wegen meiner Kinder tat es mir weh, sie verstanden ja nicht, was da passierte. Immer wieder fragten sie: Warum wollen die Kinder nicht mit uns spielen? Warum sind die anderen so gemein zu uns? Und ich konnte ihnen nur raten, diese Worte einfach zu ignorieren. Ich habe mich damals nie verteidigt, was hätte ich auch sagen sollen? Ihnen die Wahrheit zu erzählen, hätte mehr Probleme gebracht als gelöst.

Alles schien seinen Gang zu gehen, bis mich eines Tages Tom in der Praxis anrief. Er hatte sich von seiner Freundin trennen wollen, aber sie hatte geweint und ihn angefleht, bei ihr zu bleiben. Er wusste nicht, was er jetzt

machen sollte, weil er sich zu uns beiden hingezogen fühlte.
Ich sagte ihm, er müsse sich entscheiden. Ich würde es akzeptieren, wenn er zurück zu ihr wollte, solange ich mich nur weiter um die Kinder kümmern könnte. Er entschied sich für sie, und ich suchte mir eine größere Wohnung, die ich auch bald fand. Es war keine schöne Wohnung, aber der Ausblick war herrlich. Tom hatte mir ein gebrauchtes Auto gekauft, und so schaffte ich es, meiner Arbeit nachzugehen und mich um die Kinder zu kümmern. Tom arbeitete in dieser Zeit viel und war häufig unterwegs. Von außen gesehen ging unser Leben wieder seinen gewohnten Gang, in Wahrheit aber war es alles andere als normal. Mein einziger Lichtblick waren die Kinder, und ich unternahm viel mit ihnen. Jedes Mal aber, wenn ich Tom widersprach oder mich nicht seinem Willen beugte, nahm er mir die Kinder weg. Und weil ich die ständige Angst davor nicht aushielt, tat ich alles, was er wollte.
Genau in dieser Zeit machte ich dann eine neue Bekanntschaft, die mir buchstäblich das Leben rettete. Die ganzen Aufregungen der letzten Monate hatten dazu geführt, dass ich kaum noch essen konnte, und so wog ich nur noch 45 Kilo. Der Arzt war besorgt und nahm mich regelmäßig mit zum Essen und verschrieb mir Vitamine, aber es half nichts.
Tom hatte neue Nachbarn bekommen, ein junges Schweizer Paar. Ich hatte sie kurz im Haus getroffen, mich aber nicht länger mit ihnen unterhalten. Eines Tages, Tom war auf einer Geschäftsreise und seine

Freundin auch nicht da, blieb ich mit den Kindern in seiner Wohnung. Plötzlich klingelte es, und der neue Nachbar stand vor der Tür. Sein Name war Marcel. Später erzählte er mir, dass ihm regelrecht der Atem weggeblieben sei, als er mir in die Augen sah. Jedenfalls war es sofort um uns beide geschehen. Wir verliebten uns schlagartig ineinander, wollten dieses Glück aber zunächst für uns behalten.

Lange ging das natürlich nicht gut, und als herauskam, was mit uns los war, brach die Hölle los. Tom rastete vollkommen aus, beschwor mich, bei ihm zu bleiben, und versprach, die Beziehung zu seiner Freundin sofort zu beenden.

Aber jetzt wollte ich nicht mehr. Marcels Freundin drohte und bettelte, aber nichts konnte uns mehr trennen, wir waren einfach verliebt und glücklich. Marcel brachte mich kurz darauf zu seinen Eltern, damit ich sie kennenlernte. Sie waren zwar nicht begeistert von den neuen Entwicklungen, nahmen mich aber mit viel Freundlichkeit auf.

Tom allerdings wollte nicht nachgeben, und als er mir die Kinder wegnahm und mir jegliches Besuchsrecht verweigerte, spitzte sich die Situation zu. Ich entschied mich, zu kämpfen, und suchte mir eine Anwältin. Die war zwar nicht besonders gut und gab sich nicht viel Mühe – vielleicht hatte sie von den Gerüchten über mich gehört oder es war ihr einfach egal –, würde aber wenigstens die nötigen juristischen Schritte einleiten. Diesmal aber hatte ich eine starke Unterstützung: Marcel.

Eines Abends nahmen mir Tom und seine Freundin sogar heimlich das Auto weg. Jetzt war ich ganz auf Marcel angewiesen, denn die Wohnung, die ich hatte, lag oberhalb der Stadt und war mit der Bahn schwer zu erreichen.

Die Kinder wurden jetzt von Toms Freundin betreut, er musste ja arbeiten und weigerte sich, sie mir zu geben, und ich bereitete mich auf die Gerichtsverhandlung vor.

Einige Wochen später war die Scheidung ausgesprochen, ich war offiziell wieder frei und konnte jedes zweite Wochenende und die Hälfte der Ferien mit den Kindern verbringen. Das Sorgerecht gaben sie mir allerdings nicht zurück. Die Verhandlungen waren auf Französisch geführt worden, was sich für mich als enormer Nachteil erwies, weil ich nicht alles verstand, was gesagt wurde. Dazu kam noch die schlechte Anwältin.

Einige Jahre später vertrat mich eine kompetente Juristin. Sie war erstaunt über den Verlauf dieses Verfahrens und konnte nicht fassen, was sie in den Akten alles las.

Ohne die Liebe und Unterstützung von Marcel hätte ich diese ganzen Schwierigkeiten niemals bewältigt. Er sorgte dafür, dass ich wieder an Gewicht zunahm und mich beruhigte. Wir schlossen uns wie in einer Glaskugel ein, verbrachten jede Minute miteinander, waren in unserer Welt glücklich, und langsam erholte ich mich. Er hielt seine schützende Hand über mich, nahm mich oft mit zu seinen Eltern, und wir malten uns eine gemeinsame Zukunft aus. Bald fanden wir eine wunderschöne Wohnung in der Nähe der Kinder, und ich begann, in einer privaten Klinik zu arbeiten. Es war kein Traumjob, aber ich konnte mit meinem Gehalt die nötigsten Rechnungen bezahlen. Und wenn ich die Nachtschicht übernahm, bekam ich sogar noch ein bisschen mehr. Ich liebte die Ruhe, die mit der Dunkelheit in das Krankenhaus einzog. Es gab ein Zimmer, in dem ich mich ausruhen konnte, solange ich das Telefon bei mir hatte. Dort fühlte ich mich wohl. Das Einzige, was mir manchmal Ärger machte, waren aufdringliche männliche Gäste, die nachts klopften und unter den fadenscheinigsten Begründungen versuchten, in mein Zimmer gelassen zu werden. Doch ich schloss immer ab und ignorierte ihre Bitten. Das Leben schien es endlich gut mit mir zu meinen. Doch eine Sache bedrückte mich noch: die Beziehung zu meiner Mutter.

Den Kontakt zu Hilde hatte ich vollkommen abgebrochen, die Wut auf das, was sie mir angetan hatte, war zu groß. Ich habe bis heute nie wieder etwas von ihr gehört und habe auch kein Verlangen, ihr jemals wieder zu begegnen. Doch auch der Kontakt zu meiner Familie war durch die Machenschaften von Hilde unterbrochen, und ich war unsicher, was ich tun sollte. Ein Besuch bei den Eltern von Marcel sollte dann alles ändern.

Ich erzählte seiner Mutter, was passiert war und auch viel über meine Kindheit. Nachdem sie mir eine Weile zugehört hatte, sagte sie mir etwas, das mir zu denken gab:

»Aus allem, was du mir aus deiner Kindheit erzählt hast, geht deutlich hervor, dass du eine wunderbare

Mutter hast. Glaubst du nicht, dass es an der Zeit ist, dich mit ihr auszusprechen. Geh zu ihr, sag ihr, was du mir alles erzählt hast. Eine gute Mutter wird nicht von einem Tag zum anderen so böse, wie es Hilde dir geschildert hat.«

Sie sprach immer weiter auf mich ein, bis ich endlich nachgab und nach Deutschland fuhr, um meine Mutter zu treffen. Noch am selben Tag gingen wir in ein Café und fingen an, uns gegenseitig alles zu erzählen. Es dauerte nicht lange, bis es uns fast die Sprache verschlug. Es wurde immer deutlicher, welche Lügen uns Hilde aufgetischt, was für ein perfides Spiel sie mit uns allen getrieben hatte. Und jedes Mal, wenn sie aufzufliegen drohte, war sie geflüchtet, bis die Gefahr vorüber war. Es war gerade so, als hätte sie Freude an den Qualen anderer.

So hatte sie auch meiner Mutter, kurz nachdem ich in die Schweiz zurückgekehrt war, erzählt, Judith habe sie angerufen und ihr unter dem Siegel der Verschwiegenheit mitgeteilt, sie sei vergewaltigt worden und leide schrecklich darunter. Meine Mutter dürfe sie aber nicht darauf ansprechen, sonst würde Judith sich völlig verschließen. Den ganzen Tag war meine Mutter auf und ab gelaufen, hatte geweint und sich gefragt, was sie falsch gemacht hätte, warum sich ihre Tochter nicht ihr anvertrauen konnte. Als es Abend wurde, entschied sie sich, Judith direkt darauf anzusprechen. Sie rief sie an und fragte, ob ihr kürzlich was Schlimmes widerfahren wäre.

»Nein«, antwortete Judith ganz erstaunt.

»Bestimmt nicht? Judith, du kannst mir alles erzählen.«
»Das weiß ich doch, Mama, warum fragst du?«
Dann erzählte Mama, was sie von Hilde gehört hatte, und Judith lachte laut los.
»Mama«, sagte sie, »da war mal ein Junge, der versucht hat, mich zu küssen, und ich habe ihm daraufhin eine Ohrfeige gegeben, mehr war da nicht.«
Da wusste meine Mutter, was mit Hilde los war, und brach jeglichen Kontakt mit ihr ab.
An diesem Morgen im Café kam eine Geschichte nach der anderen heraus, das ging von vielen kleinen Gemeinheiten bis zu hinterhältigen Lügen. Es kam uns vor, als zögen sich die dunklen Wolken zurück und ließen die Sonne, die Wahrheit, endlich wieder hell scheinen. Vor kurzem hat mir meine Mutter erzählt, dass sie vor Erleichterung darüber, dass all die Geschichten, die sie lange für wahr gehalten hatte, nicht stimmen, keinen Hass auf Hilde empfand.
Bei mir aber hatte sich der Hass schon eingenistet und fraß an meiner Seele.

14

Marcel nahm mich mit auf Reisen und zeigte mir Teile von Europa, die ich noch nicht kannte. Seine Liebe war Balsam für meine Seele, er pflegte mich und wurde mein einziger Halt. Wie eine Verunglückte, die über eine Klippe gestürzt war, klammerte ich mich an ihn, und langsam gelang es ihm, mich Stück für Stück wieder nach oben zu ziehen.

Er war es auch, der mir, wenn auch unbewusst, etwas über die westliche Kultur erzählte. Durch ihn begann ich vieles über die Menschen, mit denen ich ja schon seit Jahren lebte, die mir aber in vielem fremd und unheimlich geblieben waren, zu verstehen.

Wie in meiner Kindheit lernte ich hauptsächlich durch Beobachten. Langsam verstand ich, wie sogenannte Seilschaften funktionieren, wie wichtig Beziehungen und Geschäftsfreunde sind, ich las regelmäßig Zeitungen und begriff, dass ich eigentlich wenig von dieser Kultur wusste. Obwohl Marcel und ich keine Freundschaften mit anderen Paaren schlossen, luden wir regelmäßig Menschen zum Essen ein, die interessante Berufe oder Hobbys hatten, und unterhielten uns oft bis spät in die Nacht mit ihnen.

Für mich war es so, als käme das Leben zu einem Stillstand, ich konnte um mich schauen und die Menschen und deren Umgebung studieren. Wie anders sie waren im Vergleich zu dem Stamm, bei dem ich aufgewachsen war. Doch sosehr Marcel mich auch liebte, sosehr er sich für mich aufopferte, die Folgen des Schocks saßen noch zu tief, sie schlummerten nur und warteten darauf, sich wieder bemerkbar zu machen.

Eines Abends war es dann so weit.

Seit mein Leben mit Marcel so ruhig verlief, hatten sich sogar die Alpträume allmählich verflüchtigt, bis sie ganz verschwunden waren. Ich hatte mir einen neuen Job gesucht, weil ich in der Privatklinik so wenig verdiente, und eine Stelle in der Marketing-Abteilung einer Hotelkette gefunden. Auch mit meinen Eltern verstand ich mich wieder gut, und ich besuchte sie, sooft ich konnte. Der Alltag nahm also seinen ganz normalen Lauf, bis ich eines Nachts aufwachte und das Gefühl hatte, nicht mehr atmen zu können. Ich schnappte nach Luft, immer wieder, wurde panisch und weckte Marcel. Der beruhigte mich, und nach einigen Minuten war alles vorbei. Doch schon in der übernächsten Nacht passierte es wieder. Und es wurde immer schlimmer. Eines Tages war der Anfall so heftig, dass Marcel mich ins Krankenhaus in die Notaufnahme brachte. Die Untersuchungen ergaben nichts, und wir gingen wieder nach Hause.

Eine Woche später, nach einer weiteren schrecklichen Nacht, suchten wir einen Spezialisten auf. Trotz vieler

Untersuchungen fand auch der keinen Anhaltspunkt für die Atembeschwerden. Wahrscheinlich sei die Ursache im psychischen Bereich zu suchen, sagte er, es sei nicht ungewöhnlich, dass Menschen, die Schweres erlebt haben, später an Atembeschwerden litten.
Ich wusste nicht, was ich machen sollte, spürte nur, dass sich schleichend etwas in mir veränderte, ein Gefühl, das sich mit jedem Tag, der verging, verstärkte. Es war, als ob ich zu groß wurde für die Glaskugel, in der Marcel und ich lebten. Ich wurde immer unruhiger, und die Härte, die ich lange hatte verbergen können, machte sich deutlich bemerkbar.
Ich war zwar körperlich wieder stark und schien auch psychisch gesund zu sein, aber der Schein trog. Ich hatte einfach alles begraben, verschüttet, war stehengeblieben, um mich auszuruhen, um Kraft zu sammeln. Und als dann der Tag kam, an dem ich wieder stark war, entstand etwas wie eine Eruption in mir.
Ich beschloss, Marcel von einem Tag auf den anderen zu verlassen.
Er war schrecklich unglücklich und fragte mich immer wieder nach den Gründen. Es war doch alles so schön gewesen zwischen uns, wir waren doch glücklich. Ich blieb hart, hatte nur noch das Gefühl, dass er mich aufhalte. Ich musste weiter, wollte den Weg, den ich eingeschlagen hatte, fortsetzen.
Heute sehe ich keinen Fehler in meiner brutalen Entscheidung, ich war damals überhaupt nicht in der Lage, eine gesunde Beziehung zu führen. Und Marcel hat einige Zeit später eine sehr nette junge Frau getroffen,

die er später geheiratet hat. Darüber habe ich mich sehr gefreut.

Mein Weg führte in eine andere Richtung. Zuerst suchte ich mir eine neue Wohnung in der Nähe der Kinder. Diesmal jedoch gab es keinen, der mich von der Welt abschirmte, und schon bald spürte ich mich wieder in dieser Spirale gefangen, aus der es kein Entrinnen gab. Oder war ich ihr nie entkommen? Hatte ich sie für kurze Zeit einfach nicht wahrnehmen wollen?
Der einzige Lichtblick waren meine Kinder. Tom und ich verstanden uns wieder ganz gut, und da ich in der Nähe von ihnen wohnte, einigten wir uns darauf, dass die beiden von Montag bis Freitag bei ihm sein würden und von Freitag bis Montag bei mir. In dieser Zeit widmete ich mich ganz den beiden. Es waren diese Tage, für die ich lebte. Im Sommer gingen wir schwimmen, spielten Fußball oder spazierten durch die Wälder. Die Gegend war wunderschön, und wir genossen die Natur, die Seen, die Berge. Im Winter gingen wir ins Kino, liehen uns Filme aus und kochten unser Lieblingsessen. Manchmal bastelten wir oder malten stundenlang.
Seit längerer Zeit hatte ich auch wieder Kontakt mit meiner Schwiegermutter Elisabeth, die sich als Einzige in der verfahrenen Situation neutral verhalten hatte. Sie war es auch, die sich damals um die Kinder kümmerte, als Tom sie zurück in die Schweiz geholt hatte. Ich bin ihr heute noch dankbar dafür, denn sie hat den Kindern in den schweren Zeiten viel Halt gegeben.
Elisabeth kam jetzt regelmäßig zu uns, und gemeinsam

besuchten wir Museen oder Ausstellungen, saßen bei schönem Wetter draußen vor einem Café oder fuhren in die Berge. Diese Tage zwischen Freitag und Montag waren fast idyllisch. Bald hatte ich auch eine Freundin mit Kindern im selben Alter. Sie war auch geschieden, und wir unternahmen viel gemeinsam. Die Sommertage verbrachten wir meist draußen im Schwimmbad. Wir sonnten uns, und die Kleinen spielten im Wasser. Wenn das Bad überfüllt war, gingen wir in den Zoo oder nahmen die Kinder mit zum Rollschuh- oder Fahrradfahren. Es waren schöne Zeiten, die mir fast ein Gefühl von Normalität gaben. Nur mein Leben war alles andere als normal. Nach wie vor mieden mich die meisten Menschen, und außer zu dieser einen Freundin hatte ich zu niemandem Vertrauen. Ich hasste dieses Leben hier und litt nach wie vor schrecklich unter Heimweh nach dem Urwald. Dass ich nicht dem Alkohol oder irgendwelchen Drogen verfiel, ist für mich heute noch ein Wunder. Wie leicht wäre es gewesen, die Schmerzen damit zu betäuben oder zu unterdrücken. Nur an meinen Zigaretten hielt ich fest.

Es gab aber auch eine Zeit, da hatte ich kaum Geld. Das Büro, in dem ich gearbeitet hatte, wurde in eine andere Stadt, weit von uns entfernt, verlegt, und einen neuen Job zu finden, war nicht leicht. Meine Mutter schickte mir hin und wieder etwas, damit ich wenigstens die Miete bezahlen konnte. Aber ich wusste, dass meine Eltern auch nicht viel verdienten, und so verheimlichte ich, wie schlimm es manchmal mit mir stand. Drei Monate lang ernährte ich mich hauptsächlich von Spaghetti. Danach dauerte es Jahre, bis ich wieder Spaghetti essen mochte. In dieser Zeit gab mir Tom am Wochenende Geld, damit ich Essen für mich und die Kinder kaufen konnte. Ich war überrascht von seiner Großzügigkeit und natürlich auch sehr dankbar. Wenn meine Schwiegermutter mich besuchte, lud sie mich zum Essen ein, weil ich immer mehr abnahm und sie sich Sorgen machte.

Heute bin ich froh über diese Erfahrung, denn nur, wer so etwas erlebt hat, weiß, was Wohlstand bedeutet, und kann ihn genießen.

Damals aber litt ich. Einmal stand ich vor einer Bäckerei und schaute hinein. Die Brötchen auf dem Tresen sahen sehr lecker aus, und ich glaubte, sie bis auf die Straße riechen zu können. Seit zwei Tagen hatte ich nichts gegessen. Wenn ich nur genug Geld finden könnte, um mir eines davon zu kaufen. Ich kramte in meinen Taschen und zählte die Pfennige zusammen, doch es reichte nicht. In diesem Augenblick verstand ich zum ersten Mal, was Armut bedeutet. Niemals hätte ich geglaubt, damit hier im Westen konfrontiert zu werden. Und schon gar nicht, dass ich selbst in diesem Zustand leben würde. Da war ich gerade fünfundzwanzig Jahre alt.

Ich saß auf einer Couch. Sie war beige und klein, aber gemütlich. Eine Bekannte hatte sie mir verkauft, als sie das Land verließ. Die Couch stand direkt gegenüber dem Fenster, aus dem ich in die Ferne sehen konnte. Viele Stunden verbrachte ich hier und rauchte eine Zigarette nach der anderen. Ich hatte noch keinen Internetanschluss, keinen Fernseher und soziale Kontakte hatte ich auch nicht. So saß ich also viele Abende alleine da, schaute dem Sonnenuntergang zu und graulte mich vor den Gefühlen, die mich gleich überwältigen würden. Mit der untergehenden Sonne kamen jeden Tag wieder die Erinnerungen zurück. Verschwommene Welten aus ineinandergewobenen Ereignissen. So viele Hochs, so viele Tiefs, so viel Gutes, so viel Böses. Ich versuchte, in die Welt, aus der ich gefallen war, zurückzukehren, und obwohl sie greifbar nah war, entglitt sie mir dauernd aufs Neue. Mit geschlossenen Augen wollte ich das Gute vom Bösen trennen, einen Halt finden, einen Sinn, Zusammenhänge verstehen. Warum ich? Was hatte ich falsch gemacht? Wurde ich für etwas bestraft, oder war ich nur zur falschen Zeit am falschen Ort gewesen?

Meine Hände zittern, meine Seele versucht zu fliegen. Immer wieder falle ich, immer wieder verletze ich mich. Ich verstehe diese Welt nicht, verstehe nicht, wie die Menschen hier denken, wo Gefahren lauern, wo ich Schutz finden kann. So viele Grautöne, ich kann sie nicht auseinanderhalten.

Meine Eltern hatten mir beigebracht, dass es die Liebe ist, die das Böse besiegt, dass man die andere Backe hinhält, wenn man geschlagen wird, dass man etwas dazulegt, wenn man bestohlen wird. Dass man vergeben muss und akzeptieren. Die Fayu hatten damit Erfolg, sie hatten ihren Frieden gefunden. Warum aber funktionierte es hier nicht? Wie könnte ich Menschen vergeben, die mir so viel Leid angetan hatten? So viele

Gesichter, die ich hasste, zogen vor meinen geschlossenen Augen vorbei, wie ein Film in einer Endlosschleife. Menschen, die mich gar nicht kannten, hatten Urteile über mich gefällt, hatten mir meine Kinder entrissen. Ich kann es noch immer nicht verstehen.

Auge um Auge, Zahn um Zahn, hieß es. Doch was könnte ich schon tun? Ich war unbewaffnet in dieser Welt, kannte die Regeln nicht, war schutzlos ausgeliefert. Wo war das Gute, ich spürte es nicht, wo war das Wissen, ich fand es nicht, wo war die Zivilisation, ich erkannte sie nicht. Die wunderbare Welt, die wir uns als Kinder an den regnerischen Tagen ausgemalt hatten, existierte nur in unseren Köpfen. Ja, es gab eine unglaubliche Vielfalt an Essen, es gab buntgekleidete Menschen und technische Errungenschaften, von denen wir nicht einmal geträumt hätten. Doch das waren alles nur Äußerlichkeiten. Wo waren die Gedanken, die Gefühle? Warum habe ich so viel Angst vor diesen Menschen, zu denen ich doch meiner Hautfarbe nach gehören sollte? Ich spüre so viel versteckte Trauer, so viel Schmerz, so viel Hass, und niemand ist da, der mich schützen könnte, keiner, der mit mir weinen, mich tragen und mich heilen würde.

Ich hatte die erste Regel des Urwalds gebrochen, eine Regel, die jedes Kind früh lernt, und das hier war die Konsequenz daraus. Die Regel lautet: Du darfst niemals den Schutz deines Stammes verlassen, nur als Gruppe kann man überleben. Es gibt keine individuelle Freiheit, keine Privatsphäre, nur die Gruppe zählt und nicht der Einzelne.

Wenn ich heute auf diese Zeit zurückblicke, weiß ich, dass ich damals noch wie eine Eingeborene dachte, fühlte und handelte. Denn ohne meine Gruppe war ich verloren. Ja, ich war verloren in dieser fernen Welt, ängstlich und alleine. Aber in mir schlummerten auch eine Jägerin und eine Kriegerin. Ich hatte die Kunst des Jagens sehr früh erworben, hatte die Fähigkeit erlernt, meine Beute zu beobachten, die Schwachstellen zu erkennen, um im richtigen Moment zuzuschlagen – auch wichtige Fähigkeiten für eine Kriegerin. Immer, wenn etwas fehlte, wurde gejagt. Wenn es um Vergeltung oder Schutz ging, zogen die Krieger los. Ich war kein Mann, aber als Kind wurde ich, wegen meiner wilden Eigenschaften, wie ein Junge behandelt.

Hier, in der Stadt, gab es keine Tiere zum Jagen, und sie fehlten mir nicht, weil ich mir meine Nahrung ja kaufen konnte. Was mir fehlte, waren Liebe, Geborgenheit und Wärme, aber genauso Macht und Vergeltung. Das alles besaßen die Feinde, und die kannten keine Regeln, keine Grenzen und keine Moral.

Sie sahen nur die Jägerin. Wie schön sie ist, wie unschuldig sie wirkt, wie geschmeidig sie sich bewegt, wie kindlich ihre Augen einen anschauen. Man erkennt nicht, wer sie ist, man ist von ihr geblendet, bis es zu spät ist.

15

Es war auf einem Flug nach Zürich. Da sah ich ihn, einen älteren, elegant aussehenden Mann in einem teuren Anzug. Er sah mich an, zu lange für einen Zufallsblick. Meine Haare waren damals noch lang, und ich hatte sie am Hinterkopf zu einem Pferdeschwanz zusammengebunden, dazu trug ich Tennisschuhe, wirkte also insgesamt sehr mädchenhaft. Der Kontrast zu dem Anzug war perfekt. Ich bemerkte seine Augen, die mir folgten, die Gier in seinem Blick, der mich nicht losließ. Wie leicht es wieder einmal wäre, wie schnell die Beute sich fangen ließe. Ich setze mich – der Platz neben mir blieb als einziger im ganzen Flugzeug frei. Kurz nachdem wir abgehoben hatten, kam er zu mir, fragte, ob er mir Gesellschaft leisten könne. Mit einem unschuldigen Blick nickte ich. Bald waren wir im Gespräch, und er erzählte mir, dass er Geschäftsmann sei und für irgendwelche neuen Technologien verantwortlich. Als wir in Zürich landeten, stieg ich aus, nahm mein Gepäck und ging mit ihm. Ein Fünf-Sterne-Hotel war unser Ziel, danach ein Essen mit einer Flasche Rotwein. Sie war aus meinem Geburtsjahr, und ich habe nie wieder so einen guten Wein getrunken. Zurück in unserem Zimmer zeigte er mir dann, woran er arbeitete. Ich war vollkommen fasziniert. Seine Firma hatte eine neue Methode entwickelt, Licht, Helligkeit herzustellen, was ungeahnte Möglichkeiten in vielen Bereichen eröffnete. Er präsentierte mir lauter kleine Wunderwerke. Ich fragte ihn, was sie damit vorhätten. Er schaute mich an, überlegte, ob er mir vertrauen könnte. Es war so leicht, so voraussehbar, was dann geschah. Ich verführte ihn, gab ihm das Gefühl, mich erobert zu haben, und erfüllte seine Wünsche. Wie betäubt lag er da, dieser alte Mann, und erzählte mir alles, was ich hören wollte. Für mich war er eine erlegte Beute, in meiner Kultur bedeutet Sex Besitz, Macht und Unterwerfung. Wie ein Fayu-Mann Frauen raubt, raubte ich jetzt Männer. Dabei stand Sexualität für mich nie im Mittelpunkt, sie gehörte einfach zum Spiel, war eine Waffe. Ich versuchte die Probleme der fremden Welt mit »Dschungeltechniken« zu lösen, trat auf wie eine Frau, benutzte meine weiblichen Waffen, doch ich dachte wie ein Mann. Es ging mir nicht um Liebe, um Sex, sondern um Macht und Sicherheit. Am Ende lag der Mann neben mir, waffenlos, ausgeliefert, meine Beute, und für kurze Zeit fühlte ich mich sicher, hatte keine Angst. Jetzt konnte er mir nichts mehr tun, nach dem Gesetz des Dschungels hatte er sich mir unterworfen.

Am nächsten Morgen flog ich weiter und sah ihn nie wieder. Er wurde einer von vielen. Botschafter, Diplo-

maten, Geschäftsmänner, Polizisten und Anwälte. Wenn ich sie interessant genug fand, traf ich sie wieder, bis sie mir nichts mehr geben konnten, dann ließ ich sie fallen. Eiskalt. Perfekt spielte ich für sie die Frau, die sie sehen wollten. Ein unschuldiges Mädchen, eine verführerische Femme fatale, eine sexy Geschäftsfrau, eine Studentin. Wie eine gute Jägerin passte ich mich meiner Umgebung an, tarnte mich und blendete mein Opfer.
Ich lernte schnell, und mit jeder Erfahrung verbesserte ich meine Taktik. Ich wusste nicht, wie ich mich anders hätte schützen können, ich hatte weder Geld noch Macht oder ein funktionierendes soziales Umfeld. Ich dachte nicht an die Vergangenheit, nicht an die Zukunft. Ich lebte nur im Jetzt. Das Verlangen nach Sicherheit wurde eine Sucht, die immer mehr brauchte. Ich hatte Angst, allein zu sein, ritt wilde Attacken, um nicht nachdenken zu müssen, wollte nur verdrängen. Mit jeder Erfahrung gelang es mir für kurze Zeit, der Realität zu entfliehen und die Leere in mir zu füllen.
Je ärger ich es jedoch trieb, desto leerer fühlte ich mich und musste umso eifriger versuchen, diese Leere zu füllen.

Auf diesen Teil meines Lebens bin ich heute nicht stolz, aber er ist natürlich auch nicht auszuradieren. Darüber, mit welcher Kälte ich damals vorging, kann ich nur staunen. Äußerlich sah ich aus wie jede andere Frau, doch in meinem Innern war ich nichts weiter als eine verängstigte Eingeborene, die sich verirrt hat.
Und so ging die Jagd immer weiter.

Ich sehe ihre Gesichter vor mir, den jüdischen Anwalt, dem ich eine falsche Telefonnummer gab, so dass er mich nicht anrufen konnte. Den Wissenschaftler, mit dem ich Marihuana rauchte, während er mir einen Heiratsantrag machte und ich nicht aufhören konnte, darüber zu lachen. Den Börsenhändler, der Heroin schnupfte und wie ein winselnder Hund nackt auf dem Bett saß. Ich schaute ihn an und war froh darüber, dass ich nie harte Drogen genommen hatte. Den Studenten aus Afrika, der von seiner kleinen Wohnung aus eine Revolution in seinem Land organisierte. Den wunderschönen italienischen Geschäftsmann, der nur deshalb eine Geschäftsstelle in der Schweiz eröffnete, damit er mich öfter sehen konnte. Den Waffenhändler, der mir im Detail von seinen Aktivitäten berichtete. Den Botschafter, der mich noch von seinem Todesbett aus anrief, um sich von mir zu verabschieden. Er hatte mir viel über die internen Strukturen der UN erklärt. Den Minister, der sich, wie er mir erzählte, gerne von Dominas auspeitschen ließ und bei mir weinend zusammenbrach wie ein kleines Kind. Julia in ihrer Schönheit und noch viele nach ihr. Sie alle sah ich, spürte ich, und für kurze Zeit konnte ich meine Erinnerungen, den Schmerz, die Angst verdrängen, doch am Ende blieb immer nur Leere zurück. Ich wusste ja, dass diese Partner für einige Stunden oder Tage mich genauso wenig liebten wie ich sie. Ihre Gesichter verschmolzen zu einem Bild, in dem sich mein Inneres spiegelte: Verwirrung, Verzweiflung, Fremdheit.

Ich war in diese Welt gekommen, hatte in kurzer Zeit zwei Kinder und einen Mann, musste mich in die Gesellschaft eingliedern, ohne die Möglichkeit gehabt zu haben, mich mit ihr zu identifizieren. Ich wollte nur kurze Zeit bleiben, die Rückkehr nach Indonesien stand für mich fest. Dann zerplatzten alle Gewissheiten wie eine Luftblase, ich fühlte mich gefangen, wollte einfach nicht ein Teil dieser Welt werden, der Wunsch, zurückzukehren, wurde fast zur Besessenheit und führte letztendlich in eine Sackgasse.

Wie in einem großen Sturm fühlte ich mich, getrieben von großen Wellen, und nur, wenn ich jagte, wenn ich eroberte, konnte ich kurz Luft holen, bis eine neue Welle mich erfasste und nach unten zog. Sosehr ich auch versuchte, Boden unter die Füße zu bekommen, mein Leben unter Kontrolle zu bringen, nichts konnte den Untergang aufhalten.

Tom ging ich in dieser Zeit, soweit es möglich war, aus dem Weg, und es sollte noch Jahre dauern, bis ich meine Angst vor ihm verlor. Die Kinder verbrachten zwar die Wochenenden mit mir, aber ich spürte, dass sie hin- und hergerissen waren und unter einem Druck standen, der sie belastete. Ich lebte in ständiger Angst, die Kinder wieder zu verlieren. Was dazu führte, dass auch sie kein Halt mehr für mich waren.

Natürlich gab es auch Menschen, die versuchten, mich aus meiner Isolation zu befreien, doch ich wimmelte sie alle ab. Dafür, dass ich nachts nicht oft allein war und so für einige Stunden der Angst entkommen konnte, sorgte ich selbst.

Woran ein Mensch letztendlich zerbricht, ist wohl sehr verschieden. Man stellt sich ein schreckliches Ereignis oder eine schlimme Erfahrung vor. Bei mir war das anders. Bei mir sammelte sich wohl vieles an. Es war wie bei einem vollen Sack, der über einen langen Zeitraum immer schwerer geworden ist, weil er mit immer mehr Steinen, manche größer, manche kleiner, gefüllt wird, bis es nur noch eines Steinchens bedarf, um ihn zum Kippen zu bringen.

Wahrscheinlich war dieses Desaster meine Rettung, denn es zwang mich, eine Entscheidung zu treffen, die mich aus dem tiefen Loch, in dem ich mich befand, befreien sollte.

Die Konsequenzen aber, die mein Entschluss nach sich zog, kann ich mir bis heute nicht verzeihen.

III
Eine neue Heimat

Es ist später Nachmittag, als ich in Begleitung meines Bruders am Veranstaltungsort in Hamburg eintreffe. Mein Atem stockt, als ich die Menschenmenge vor dem Eingang sehe. Sie drängen sich am Verkaufsschalter, wollen noch die letzten Karten erwerben. Ich bin sprachlos und gerührt. Dies ist nicht die Welt, die ich geglaubt hatte, hassen zu müssen. Wie anders sie sich hier präsentiert. Die Atmosphäre ist nicht bedrohlich, sondern freundlich. Schnell werde ich von einigen Leuten erkannt, und Sekunden später sind wir von Menschen umgeben. Sie wollen ein Autogramm von mir, wollen meine Hand schütteln, mir zum Erfolg meines Buches »Dschungelkind« gratulieren. Die Veranstalter nehmen mich in ihre Mitte und begleiten mich durch eine Hintertür in das Theater. Christian schaut mich nur an, ist selbst überwältigt von dem, was gerade geschieht.

Dann stehe ich auf der Bühne hinter dem Vorhang, ziehe ihn ein wenig beiseite und schaue hinaus. Der Saal füllt sich mit mehr Menschen, als ich zählen kann. Sie alle sind hier, um mich zu sehen, mir zuzuhören. Christian stellt sich zu mir und beide blicken wir sprachlos in die Menge.

»Sabine«, fragt er mich, »bist du nervös?«

»Nein«, antworte ich, und ich bin es wirklich nicht.

Der Veranstalter kündigt mich an, ich trete hinaus. Applaus brandet mir entgegen, die Scheinwerferlichter blenden meine Augen, nur langsam gewöhnen sie sich daran. Als ich anfange, zu erzählen, wird es im Zuschauerraum fast unheimlich still. Je mehr ich erzähle, desto deutlicher beginne ich den Wind unter meinen Flügeln zu spüren. Und dann fliege ich wieder, nach langen Jahren. Was für ein Gefühl! Es ist Freiheit, Seligkeit und Glück, alles zusammen. Und ich bin nicht allein. Da unten sind diese fremden Menschen, die ich so viele Jahre als meine Feinde betrachtet habe, und sie begleiten mich durch meine Kindheit, durch mein Leben im Urwald. Sie lachen mit mir, weinen und verlieren sich so wie ich in der Schönheit einer Welt, die meine ist. Ich spreche von den emotionalen Erlebnissen meiner Kindheit, von der Hoffnung des kleinen Stammes, von Freuden und Ängsten der Familie, von dem Teil meines Lebens, den ich viele Jahre verborgen gehalten habe und jetzt für alle sichtbar mache.

Als ich die Menschen vor mir sehe, die stehend applaudieren, erwache ich wie aus einem Traum und kämpfe mit den Tränen. Diesmal aber sind es keine Tränen des Schmerzes oder des Hasses, es sind Tränen des Glücks: Ich bin endlich angekommen. Ich habe den Widerstand gebrochen, habe mich aus dem Tal des Unglücks befreit. Doch das Schönste ist, dass ich meine wahre Zugehörigkeit, die ich lange versteckt und verleugnet habe, jetzt ohne Angst, ohne Schmerzen öffentlich gemacht habe, strahlend stolz und stark. Und obwohl ich mich nach meiner alten Heimat sehne, weiß ich tief im Herzen, dass ich an diesem Abend eine neue Heimat bekommen habe. Eine Heimat, die nicht am anderen Ende der Welt tief im Urwald liegt, sondern die genau hier ist, genau vor mir. Und ich bin glücklich.

Es ist nicht die Welt, die sich verändert hat, sondern ich bin es, die einen Wandel durchlebte, und alle meine Schmerzen haben letztendlich dazu geführt, dass ich meinen Platz in dieser Gesellschaft gefunden habe.

16

Es war spätabends, als ich mich langsam auf den Weg nach Hause machte. Meine Beine fühlten sich an wie Blei, meine Arme schienen taub zu sein. Um mich herum war dichter Nebel, und wie in Trance lief ich den Steinpfad entlang zu meiner Wohnung. Wie lange war es her, dass ich gejagt, dass ich mir Sicherheit für ein paar Stunden verschafft hatte? Ich wusste es nicht mehr, Tage, Wochen, einen Monat?

Eine Treppe nach der anderen stieg ich hinauf, war das erst die dritte oder schon die vierte Etage? Doch was machte es denn noch aus, auf welcher Etage ich wohnte. Wie müde ich war, wie dunkel mir die Welt vorkam.

Ich hatte keine Arbeit mehr, kein Geld, keine Kraft, mich zu retten. Sogar die Angst hatte sich versteckt. Meine langen Haare waren kurz geschnitten, ich wog dreiundvierzig Kilo und nahm weiter ab. Meine Haut sah blass aus, meine Wangen wirkten eingefallen, die Ringe unter den Augen waren nicht zu übersehen. Doch das alles war mir egal, es interessierte mich nicht mehr.

Ich trat in die kleine Wohnung, Kälte begrüßte mich,

Dunkelheit zog mich hinein. Ich schloss die Tür zu und sank langsam in mich zusammen. Ich war ganz unten angekommen, es gab kein Entkommen mehr. Ich konnte die Erinnerungen nicht mehr zurückhalten. So vieles war in den letzten Wochen passiert, und dann hatte ich die Kontrolle verloren.

Erst kam eine Träne, dann noch eine und dann immer mehr, wie eine Lawine brach mein Elend aus mir heraus. Die Angst hatte sich zurückgezogen, aber nur um den Schmerzen Platz zu machen. Ohne Erbarmen zwangen mich die Erinnerungen auf die Knie. Ich lebte nicht mehr in der Wirklichkeit, hatte sie durch meine Jagd beiseitegeschoben. Die vielen Rollen, in die ich geschlüpft war, hatten mein wahres Ich verdrängt.

Diese Schmerzen, ich musste sie loswerden, sonst würden sie mich noch in Stücke reißen.

Ich kroch ins Bad und suchte mir eine Rasierklinge. Herausschneiden wollte ich den Schmerz, Erleichterung wollte ich finden. Ich dachte nicht mehr, fühlte nur noch. Und dann überkam mich Leichtigkeit, und ich wollte immer mehr, schnitt immer tiefer, immer fester. Mein Leben, meine Seele sollte frei sein, sollte nicht mehr gefangengehalten werden. Sie sollte wieder fliegen, in ihre Heimat zurückkehren können, denn der Körper, in dem sie wohnte, war zerbrochen.

Ich stand auf, begann am ganzen Körper zu zittern, während Blut auf den Boden unter mir tropfte, von meiner Kleidung aufgesogen wurde und im Waschbecken verschwand. Das, was ich im Spiegel sah, erschreckte mich zutiefst. Ich erkannte mich nicht, ich war mir fremd. Stattdessen tauchte ein kleines Kind auf, das mit seiner Seele im Urwald war, ein unschuldiges Mädchen, das Glück und Liebe erfahren hatte, ein Teenager, der eine andere Welt kennenlernen wollte. Sie alle nahmen diese abgemagerte und blasse Frau, die sie anschaute, nicht mehr wahr. Wie mit einem Schlag wurde mir klar, dass ich nur noch einen kleinen Schritt machen müsste, und alles wäre vorbei. Die Angst, der Schmerz, das Heimweh, das Verlangen nach Sicherheit und Geborgenheit, einfach alles. Ganz leise hörte ich plötzlich eine Stimme, eine junge, unschuldige Stimme, die mich um ein Versprechen bat, das Versprechen, sie niemals zu verlassen.

Ich ließ die Klinge fallen, nahm ein Handtuch, wickelte meine Arme ein und sank zu Boden.

»Gott, bitte hilf mir«, betete ich, »ich kann allein nicht mehr weiter.«

Und ich erinnerte mich an ein Gebet, das ich jahrelang vor dem Einschlafen gebetet hatte: »Wer unter dem Schirm des Höchsten sitzt und unter dem Schatten des Allmächtigen bleibt, der spricht zu dem Herrn: Meine Zuversicht und meine Burg, mein Gott, auf den ich hoffe!«

Da erwachte meine Welt wieder: Ich sah den gigantischen Urwald vor mir, konnte die warmen Sonnenstrahlen auf meiner Haut spüren, hörte den Gesang der Vögel und Insekten. Und dann zogen die Gesichter der Fayu an mir vorbei, lachten mir zu, gaben mir Mut und lockten mich, zu ihnen zu kommen. Ich weinte, konnte nicht aufhören zu weinen, weil ich ihre Welt so lange

verleugnet hatte, und sie in meiner dunkelsten Stunde bei mir waren.
In dieser Nacht träumte ich vom Dschungel und von Ohri. »Ich habe dich nie verlassen«, sagte er zu mir. Diesen Satz hatte er mir als Kind schon einmal gesagt.

Am nächsten Morgen wachte ich auf, wickelte meine Arme aus den Handtüchern und verband sie. Danach war mir schwindlig, und ich ging wieder ins Bett. Den ganzen Tag lag ich da und versuchte nachzudenken. Eines wurde mir schnell klar: Wenn ich nicht bald etwas unternähme, würde ich nicht mehr lange leben. Aber ich hatte meinen Kindern doch versprochen, sie nicht zu verlassen. Sie waren das Wichtigste. Also musste ich überleben, egal, was passierte. Ich musste mich den Einflüssen von außen, die mich immer wieder nach unten zogen, entgegenstellen, durfte nicht mehr nur existieren, sondern am Leben teilhaben. Das Verlangen nach Glück und Freiheit wuchs in mir, wurde von Minute zu Minute größer. Ich wollte wieder spüren, wie es ist, morgens aufzuwachen, sich umzuschauen und zu denken, wie schön das Leben ist. Ich war doch eine Kämpferin, also wollte ich diesen Kampf jetzt gewinnen. Die Entscheidung war gefallen, der erste Schritt getan.
Ich schlief ein, wachte erst am nächsten Morgen wieder auf, und fühlte mich viel besser. Endlich hatte ich ein Ziel, und nichts würde mich davon abhalten, es zu erreichen. Keine Hilde, keine Anwälte oder Gerichte, kein Ex-Mann und auch nicht die Jagd. Alles hatte bis-

her in einer Sackgasse geendet. Es war Zeit, sich daraus zu befreien.

Ich fand diesen Job bei einer Firma in Genf, die Recherchen und Analysen für Wirtschaftsunternehmen machte. Die Arbeit war anstrengend, und ich kam oft erst spät nach Hause. Nach einiger Zeit aber konnte ich mir einen Internetanschluss leisten, so dass ich auch in meiner Wohnung arbeiten konnte.

In dieser Zeit las ich viel, und nachdem ich auf einen Artikel über die politischen Verhältnisse in West-Papua gestoßen war, besorgte ich mir mehr darüber. Was ich las, brach mir fast das Herz. Die Bilder der Toten schockierten mich. Die Bewohner der Insel wehren sich gegen die rücksichtslose Ausbeutung der Rohstoffe ihres Landes und die Zerstörung ihrer Lebensgrundlagen. Doch sie scheitern am indonesischen Militär, das die Interessen der multinationalen Konzerne schützt. Ich beschloss sofort, den Kampf um Freiheit und Gerechtigkeit zu unterstützen, aber zu der Zeit war ich natürlich noch nicht in der Lage, viel zu tun. Später würde sich das ändern.

Von meiner Firma bekam ich den Auftrag, an einem Seminar in Cannes teilzunehmen. Ich freute mich sehr auf die Reise, ohne auch nur zu ahnen, dass der Aufenthalt in diesem Luxusort mein ganzes Leben verändern würde.

Ich hatte mich von den meisten meiner alten Gewohnheiten getrennt, arbeitete viel und gern, litt unter meiner selbstauferlegten Einsamkeit und fühlte mich häufig noch wie in einem Traum. Es sollte noch einige Jahre dauern, bis ich endgültig erwachte. Es war aber nicht ein Krankenhausaufenthalt, ein Psychiater, Freunde, die Familie oder ein Mann, die mich letztendlich erlösten, sondern die Geburt meiner zwei jüngeren Kinder und ein Buch, das zu einem Bestseller werden sollte. Doch angefangen hat alles mit einem Treffen in Cannes.

17

Bei einem Abendessen in Cannes begegnete ich ihm zum ersten Mal. Sein Lächeln bezauberte mich und seine Intelligenz war beeindruckend. Er hieß Marc, war Kanadier und arbeitete für eine amerikanische Firma in der Nähe von New York. Wie ich hatte er eine ungewöhnliche Vergangenheit. Sein Vater war Perser, seine Mutter Engländerin. Er wurde noch in Teheran geboren, aber seine Eltern wanderten mit ihm und seinem kleinen Bruder nach Kanada aus, als er noch sehr klein war. Wir unterhielten uns bis tief in die Nacht und verabredeten uns für den nächsten Tag. Da wir aber beide viele Termine hatten, reichte unser Treffen nur für einen Kaffee. Wir tauschten noch E-Mail-Adressen aus und verabschiedeten uns.

Kurze Zeit später kehrte ich in die Schweiz zurück, und es vergingen noch zwei Monate, ehe ich eine E-Mail von Marc bekam. Ich freute mich, weil ich ihn noch nicht vergessen hatte. Danach schrieben wir uns regelmäßig, und bald tauschten wir unsere Telefonnummern aus. Während eines unserer inzwischen regelmäßigen

Gespräche lud er mich spontan ein, ihn zu Ostern in Amerika zu besuchen. Das passte gut, denn Tom wollte mit den Kindern während der Feiertage aufs Land fahren. Ich nahm also Marcs Einladung an und reiste nach New York.

Als ich die Passkontrolle und Gepäckausgabe hinter mir hatte, stand ich vor vielen wartenden Abholern und schaute mich um. Keine Spur von Marc. Da ich ihn ja kaum kannte, hatte ich mich auf alle Eventualitäten vorbereitet und mir gedacht, wenn es schiefginge, könnte ich immer noch zu meiner Schwester Judith fahren, die mit ihrem Mann in North Carolina lebte. Doch da entdeckte ich ihn. Sein Lächeln! Und wie gut und elegant er aussah!

Unsere Pläne, New York zu besichtigen, waren sofort vergessen. Wir verbrachten die ganze Zeit in seiner Wohnung, und ich fühlte mich so wohl wie lange nicht mehr. Ich verliebte mich in ihn, in seinen Charme und seinen Humor, in seine Fähigkeit, sich exzellent auszudrücken.

Heute weiß ich, dass wir einfach viele Gemeinsamkeiten hatten.

Ich war traurig, als die Tage vorbei waren und ich in die Schweiz zurückmusste. Danach telefonierten wir täglich. Er wurde mein Halt und schien mich besser zu verstehen als je ein Mann zuvor. Doch trotz vieler Gespräche verheimlichte ich ihm, was mir in den letzten Jahren zugestoßen war. Ich erzählte nichts über meinen Aufenthalt in der Klinik, nichts von dem Zusammen-

bruch. Ich wollte, dass er mich als stark und integer empfand.
Und dann kam der Tag, an dem er mich fragte, ob ich ihn heiraten wolle. Er wollte sein Leben mit mir teilen, wollte, dass ich mit ihm nach Japan ginge, wo er wegen eines neuen Auftrags in Zukunft wohnen würde.
Ich lehnte ab, meinte, die Schweiz wegen Sophia und Lawrence nicht verlassen zu können. Diese Entscheidung machte mich zwar sehr traurig, aber ich hatte so hart gekämpft, um in der Nähe der Kinder sein zu können, hatte so viele Grenzen überschritten, um wieder Boden unter die Füße zu bekommen, dass ich keinen anderen Weg sah. Aber stand ich denn wirklich wieder auf festem Boden? Lebte ich nicht nach wie vor wie in Trance und war in diesem Loch gefangen, aus dem ich nicht herauskam? Ich nahm weiter ab, mit der Arbeit lief es nicht besonders gut, und jeder neue Tag brachte neue Qualen. Der einzige Ausweg, wenn auch nur für Momente, waren meine Beutezüge. Immer wieder versuchte ich jemanden zu finden, der mir Halt geben könnte. Vergeblich. Ich isolierte mich von der Außenwelt, war nur noch auf den Gedanken fixiert, meine Kinder nicht verlassen zu dürfen, weil ich mir das selbst nie verzeihen würde.
Verzweifelt rief ich meine Mutter an. Sie gab mir den Rat, mit einem guten Bekannten zu sprechen, der lange als Familienberater tätig gewesen war und unsere Familie viele Jahre begleitet hatte. Also nahm ich Kontakt zu ihm auf, schilderte ihm meine Situation und war sicher, dass er mir davon abraten würde, von der Schweiz und

meinen Kindern wegzugehen. Wahrscheinlich würde er mich sogar dafür verachten, dass ich diesen Weg überhaupt in Erwägung gezogen hätte. Eine gute Mutter verließ ihre Kinder nicht, koste es, was es wolle.

Wir redeten stundenlang miteinander, und dann riet er mir zu gehen. Eine gesunde und glückliche Mutter, sagte er, habe einen viel größeren Wert für ihre Kinder als eine tote oder kaputte Mutter. Es gebe in dieser Situation keine perfekte Lösung, ich könne lediglich zwischen einem kleineren oder größeren Übel entscheiden. Den Kindern gehe es ja gut, sie hätten einen fürsorglichen Vater, der sie nicht vernachlässige oder misshandele, sondern liebe. Und ein Vater sei genauso wichtig wie eine Mutter.

Ich war vollkommen durcheinander, bedankte mich für das Gespräch und ging mit schwerem Herzen ins Bett. Die ganze Nacht lag ich wach, wälzte hundertmal dieselben Gedanken hin und her. Nein, ich kann nicht gehen, die Kinder sind mein Lebensinhalt. Könnte ich mich denn je wieder im Spiegel anschauen, wenn ich es täte, jemals wieder aufrecht gehen? Aber hatte ich denn eine andere Wahl? Tief in meinem Herzen wusste ich, dass der Berater recht hatte.

Ich schaute mich an und sah eine junge Frau, die am Abgrund stand. Es war nur eine Frage der Zeit, bis sie hineinrutschen würde.

Ich musste die Abwärtsspirale aufhalten. So wie die Fayu sich aus dem Zwang, der sie immer weiter in den Krieg getrieben hatte, befreiten, musste ich für mich handeln, und zwar jetzt. An den Preis, den ich dafür

würde zahlen müssen, dachte ich nicht, aber im Rückblick war meine Entscheidung damals die einzig richtige. Ich musste wieder gesund, musste stark werden, denn meine Kinder brauchten mich, nicht nur jetzt, sondern ihr ganzes Leben lang.
Es brach mir fast das Herz, mich von ihnen zu trennen, doch wahrscheinlich konnte ich mich selbst nur durch diesen radikalen Schnitt retten. Mein Gewissen aber quälte mich Tag und Nacht, und was in den Tagen vor meiner Abreise passierte, ist für mich noch heute wie im Nebel.
Sophia war sieben und Lawrence erst sechs Jahre alt, als ich Abschied von ihnen nahm. Ich versprach, sie jede Woche anzurufen und sie jedes halbe Jahr zu besuchen. Außerdem würde ich ja zurückkommen, sie könnten mich Tag und Nacht am Telefon erreichen. Und in meinem Herzen würde ich sie immer bei mir tragen. Sie sahen mich nur an und wirkten beide sehr gefasst, doch ich lag nachts weinend im Bett.

Einige Monate später heiratete ich Marc, und im Herbst 1999 zogen wir dann endgültig nach Tokio. Vorher flogen wir noch nach Kanada, weil ich seine Familie kennenlernen sollte. Seine Mutter und Cousine waren zwar zu unserer Hochzeit nach Deutschland gekommen, aber mit der gesamten großen Familie von Marc wollten wir in Kanada nachfeiern. Vom ersten Treffen mit diesem Clan war ich nicht nur gerührt, sondern regelrecht begeistert. Sie bildeten eine richtige Patchwork-Familie, und dass ich schon Kinder hatte, störte keinen.

Sie nahmen mich mit viel Liebe und Offenheit an und behandelten mich gleich wie ein Familienmitglied.
Für die drei Brüder, davon zwei Stiefbrüder, war ein Mädchen wie ich eine willkommene Abwechslung. Besonders gern hörten sie Geschichten von meiner Kindheit, und ich hatte keine Sekunde lang das Gefühl, irgendwelche Defizite zu haben. Wir lachten viel, und der Zusammenhalt, den ich bei ihnen spürte, war wie der in meinem Stamm. In ihrer Gegenwart empfand ich von Anfang an Geborgenheit, und so ist es bis heute geblieben. Sie gaben mir zu verstehen, dass ich, was immer auch geschehen mag, bei ihnen Zuflucht finden könnte. Auch nachdem Marc und ich uns getrennt hatten, hielten sie zu mir, betrachteten mich weiter als Teil ihrer Familie.
Dass Marc jemals heiraten würde, hatte keiner von ihnen mehr geglaubt, er hatte ein freies Leben geführt und immer Frauen an seiner Seite gehabt. Als er plötzlich mit einer Ehefrau auftauchte, war die Freude groß.

Wir zogen also nach Tokio, und schlagartig überfiel mich der Trennungsschmerz von den Kindern. Es gab Zeiten, wo ich es kaum noch aushalten konnte, und wenn ich die finanziellen Mittel gehabt hätte, wäre ich wahrscheinlich auf der Stelle zurück in die Schweiz geflogen. Aber ich hatte kein eigenes Geld, keine Arbeit und verbrachte die ersten Monate damit, die Tage irgendwie herumzubringen.
Dass Marc und ich uns liebten, daran gab es keinen Zweifel. Aber er hatte kaum Verständnis für meine

Ängste, meine Schmerzen, so dass ich nach einigen Wochen begann, meine Gefühle vor ihm zu verbergen. In diesem ersten Jahr in Tokio weinte ich jede Nacht. Wenn Marc schlief, stand ich auf und verkroch mich, bis die schlimmsten Weinkrämpfe vorbei waren. Meine Schuldgefühle, die sich mit jedem Tag verschlimmerten, drückten wie eine schwere Last auf meine Schultern, und niemand half mir, sie zu tragen. Jeden Samstag rief ich die Kinder an, jeden Monat schickte ich ihnen Pakete und Briefe.

Dieses Gefühlschaos, in das ich hier gestürzt war, führte aber auch, ohne dass es mir damals bewusst wurde, zu so etwas wie Heilung. Ich musste wohl noch einmal sehr tief fallen, ehe ich endgültig erwachen konnte.

Marc hat in diesem Prozess eine große Rolle gespielt. Seine Härte, und zum Teil auch seine Kälte, zwangen mich dazu, endlich selbst zu handeln. Auch wenn er es unbewusst tat, hielt er mir einen Spiegel vor und zeigte mir, wie erbärmlich ich war. Zerfressen von Hass, Selbstmitleid und ohne Perspektive hatte ich mich lange selbst in einem Netz gefangen gehalten.

Heute bin ich ihm sehr dankbar für seine »Therapie«, auch wenn unsere Beziehung daran zerbrach. Er hat mir das Größte geschenkt, was man einem Menschen schenken kann: die Freiheit.

Freiheit, die mir Flügel verleiht, und die Gewissheit: Wo immer es einen Himmel gibt, gibt es auch die Möglichkeit, zu fliegen, man muss es nur wagen.

18

Tokio ... eine Metropole, die widersprüchlicher nicht sein könnte. Als ich sie endlich wahrnahm, faszinierte sie mich sofort. Dieses Nebeneinander von Vergangenheit und Zukunft beeindruckte mich, und ich fühlte mich erstaunlich wohl in der japanischen Kultur.

Tokio sei eigentlich keine Stadt, sondern ein eigenes Land, das mit den Menschen und Landschaften außerhalb wenig zu tun habe, wurde mir von einem Japaner erklärt.

Und genauso empfand ich es auch, als Marc und ich begannen, das Innere dieses Landes zu erkunden.

Tokio besteht aus dreiundzwanzig Stadtbezirken mit über acht Millionen Einwohnern. Zählt man die Bewohner der Randgebiete dazu, dann sind es über vierunddreißig Million. Das ist die größte Metropolenregion der Welt, ein Gebiet, das den Eindruck erweckt, unendlich zu sein. Wir wohnten im Stadtbezirk Minato, im Ortsteil Azabu-Juban, wo viele wohlhabende Japaner leben. Unsere Wohnung lag in einem Gebäude gegenüber der koreanischen Botschaft, das mit vielen Kameras gesichert war. Helle Teppiche bedeckten die Böden in den Zimmern, und für den Innenausbau waren nur die feinsten Materialien verwendet worden. In dem großen Eingangsbereich waren Fliesen aus Marmor – viel Platz für Schuhe und Hausschuhe.

Die erste Regel in Japan heißt nämlich: Geh nie mit Schuhen ins Haus. Man zieht sie am Eingang aus und läuft entweder in Socken oder in Hausschuhen herum. Diese Reglung gilt in jedem Haushalt, und ich habe während meines Aufenthalts in Japan nie etwas anderes erlebt.

Die zweite Regel: Öffne nie die Tür eines Taxis von innen. Der Taxifahrer hat vorne einen Knopf, und wenn er es für sicher genug hält – es könnte ja ein Radfahrer oder ein Passant übersehen werden –, öffnet er die Tür per Knopfdruck von innen. Alles in Japan, was nicht mit Tradition zu tun hat, funktioniert per Knopfdruck. Allein in unserer Wohnung brauchte ich Wochen, um herauszufinden, wie alles funktioniert, von der Toilette bis zum Lüftungssystem, das Heizung und Kühlanlage in einem war. Überall waren japanische Schriftzeichen, und so musste ich die vielen Knöpfe erst einmal ausprobieren, um herauszufinden, was ich wie regulieren oder bewegen konnte. Damit erreichte ich nicht immer, was ich wollte.

Eines Tages wunderte ich mich über den großen roten Knopf an unserer Sprechanlage, drückte probeweise darauf, aber nichts geschah, wenigstens in den ersten paar Minuten nicht. Plötzlich aber klingelte es an unserer Tür, ich machte auf, und vor mir standen zwei sichtlich genervte Polizisten. Zuerst wunderte ich mich über ihren Besuch, aber da ich nicht japanisch sprach und sie nicht englisch, waren unsere Kommunikationsmöglichkeiten ein wenig begrenzt. Schließlich gingen sie an mir vorbei, zogen ihre Schuhe aus, nahmen mich mit in die Küche und blieben vor dem großen roten Knopf stehen. Da begann ich schon zu begreifen. Dann kramte einer der Polizisten ein sichtlich vielbenutztes Wörterbuch heraus und begann, darin zu blättern. Nach einigen Minuten schaute er hoch.

»Not good«, sagte er mit starkem japanischem Akzent. »Do not touch.«

Ich sah mit ihm in das Buch, bemerkte, dass er diese Seite schon oft aufgeschlagen haben musste, und lachte bei dem Gedanken, dass ich nicht die erste dumme Ausländerin gewesen bin, die diesen Knopf gedrückt hat. Die meisten gutausgestatteten Wohnungen verfügten, wie sich herausstellte, über einen Notfallknopf. Ich entschuldigte mich mehrmals, mit dem ersten Satz, den ich gelernt hatte, verbeugte mich, was ich auch seit den ersten Tagen konnte, bis sie, noch immer genervt, die Wohnung verließen.

Auch mit der Toilette, die mit vielen Knöpfen verziert war, hatte ich meine Schwierigkeiten. Ich wollte einfach nur spülen, doch erst nachdem ich mit Wasser bespritzt worden war, der Toilettendeckel mehrmals auf- und zuklappte, die Brille sich selbst reinigte und danach erhitzte, fand ich endlich den richtigen Knopf. Später amüsierten Marc und ich uns über die verzweifelten

Rufe unserer Freunde, die nur mal kurz »verschwinden« wollten, und wenn sie nach längerer Zeit wiederkamen, meistens nass waren. Das war Toilette und Bidet in einem, wie Marc es beschrieb, japanische Genialität.

Wie die Japaner arbeitete auch Marc viel und kam oft erst spät nach Hause. Er war nicht zum ersten Mal lange in Japan und beherrschte die Sprache hervorragend. Ich war also viel allein und begann, meine neue Umgebung in Ruhe zu erforschen.

Was für ein Gegensatz zu Europa oder dem Dschungel! Außerhalb der Parkanlagen war alles mit Beton überzogen, sogar die Flussbecken waren damit »verziert«. Straßen wirkten wie übereinandergestapelt, und die Hochhäuser waren so hoch und nah aneinandergebaut, dass ich, als ich wieder in Europa war, den blauen Himmel wie etwas Neues entdeckte. Die Stadt war erstaunlich sauber, obwohl es fast keine öffentlichen Abfalleimer gab. Die Japaner sind sehr darauf bedacht, ihren Abfall mit nach Hause zu nehmen und dort vorschriftsmäßig zu entsorgen. Was die Organisation des Alltags angeht, sind sie die absoluten Experten. Alles ist geregelt, wie sie leben, wie sie essen, wie sie sprechen, wie sie arbeiten, wie sie ihre Freizeit verbringen, bis ins kleinste Detail ist für alles etwas vorgesehen. Ich fühlte mich wohl damit, es war wie im Urwald, auch dort war alles streng geregelt. Dennoch dauerte es eine Weile, bis ich mich zurechtfand. Immerhin lenkte mich das alles für einige Zeit von der Sehnsucht nach meinen Kindern ab. Marc wollte, dass ich arbeiten und nicht nur herumsitzen sollte. Doch genau das war es, was ich eigentlich brauchte, herumsitzen. In meinem chaotischen Leben hatte ich kaum Zeit gehabt, wirklich zur Ruhe zu kommen. Schon während meiner Schwangerschaft mit Sophia war ich ständig unter Druck gewesen.

Hier war ich weit entfernt von bösen Blicken und Zungen, von Menschen, die mich quälten. Hier kannte mich niemand, hier war ich nur die Frau von Marc, die aus Deutschland kam. Das aber führte dazu, dass mein Leben plötzlich stillzustehen schien. Ich fühlte mich schrecklich alleine, wusste nicht, was ich mit mir anfangen sollte, und wenn ich mit Marc darüber zu reden versuchte, verstand der überhaupt nicht, was ich wollte.

Inzwischen verging fast kein Tag, an dem ich meine Entscheidung, die Schweiz zu verlassen, nicht bereute. Ich stand vor einem Trümmerhaufen und hasste alles, was ich sah. Dabei liebte ich Marc nach wie vor, und er gab sich große Mühe, die Mauern, hinter denen ich mich versteckte, zu durchbrechen. Er fragte mich immer wieder, warum er nie an mich herankäme, warum ich ihm nie zeigte, wer ich wirklich bin. Aber ich wusste ja selbst nicht, wie meine Blockade zu überwinden wäre. Ich wünschte mir so sehr, mich öffnen zu können, aber wann immer ich es versuchte, blieben mir die Worte im Hals stecken.

Irgendwann gab er auf, wandte sich von mir ab. Ich litt darunter, konnte mich aber einfach nicht ändern. In mir selbst gefangen, hatte ich die ganze Welt, auch ihn, ausgeschlossen. Ich hatte jegliches Vertrauen in mich selbst verloren und wusste genau, dass nur ich allein es wieder

aufbauen konnte. Denn wenn man sich selbst nicht liebt, kann man auch niemand anderen lieben, daran glaubte ich.
Nach außen spielten Marc und ich das glückliche Paar, doch in Wahrheit lebten wir uns allmählich auseinander. Trotzdem warf er mir immer wieder vor, dass ich leblos sei und verschlossen, dass er nicht verstehe, warum ich keine Ziele hätte, keine Pläne machte. Ich wollte es ihm erklären, aber ich wusste nicht, wie, denn ich verstand es ja selbst nicht.
Kurz nach Weihnachten machten wir dann unsere erste Reise ins Innere des Landes. Die Landschaft war traumhaft, die Menschen gastfreundlich. Wir besuchten Freunde von Marc, die in einer kleinen Hafenstadt lebten und uns eines Abends in ein Restaurant einluden. Das war ein ganz besonderes Erlebnis. Wenn es ums Essen geht, nehmen die Japaner nämlich alles ganz genau, und es machte mir enormen Spaß, ihre traditionellen Gerichte zu probieren. Die meisten schmeckten mir auch, doch an diesem Abend boten sie mir etwas an, das ich noch nie vorher gesehen hatte. Aus einer großen Muschel nahmen sie etwas Schleimiges, Grünes, Kugelartiges. Als weiblichem Gast boten sie es mir zuerst an, aber ich lehnte höflich ab und versuchte meinen Ekel nicht zu zeigen. Marc jedoch nahm es und steckte es in den Mund. Mitleidig beobachtete ich, wie er kaute. Plötzlich veränderte sich sein Gesichtsausdruck, und ein Lächeln machte sich breit. Und als dann noch seine Augen glasig wurden, wusste ich, was mit ihm geschah. Die nächsten zwei Stunden war er vollkommen high,

und wir amüsierten uns köstlich darüber. Ich entschied, das nächste Mal alles anzunehmen, was man mir anbieten würde.

Die Freundlichkeit der Japaner war Medizin für meine Seele. Sie nahmen mich auf wie eine der ihren, beschenkten mich, waren sanft und fürsorglich. So etwas hatte ich bis jetzt selten erlebt. Ich spürte keine Aggressivität, keine Vorurteile, und das Schönste war: Keiner schrie mich an oder nörgelte an mir herum. Ich war eine Ausländerin, und niemand erwartete von mir, dass ich mich mit ihrer Kultur auskannte. Geduldig erklärten sie mir ihre traditionellen Rituale, zeigten mir, wie sie lebten und wie sie ihre Feste begingen, besonders das Neujahrsfest.

Natürlich gab es auch Situationen, wo ich als Frau zurückstecken musste, doch das störte mich nicht. Jeder hatte seinen Platz in der Gesellschaft, jeder wusste, was er oder sie zu tun hatte, und Höflichkeit, auch wenn sie nicht immer von Herzen kam, war besonders wichtig.

Zur Höflichkeit – und das fand ich besonders interessant – gehörte auch, dass fast alles mit einer Entschuldigung wiedergutzumachen war. Als ich zum Beispiel vergessen hatte, meine Aufenthaltsgenehmigung zu verlängern, was eigentlich eine Formalität war, aber ernst genommen wurde, schickte Marc mich zum Meldeamt, und ich erklärte, dass ich von dieser Bestimmung nichts gewusst hätte. Ohne viel zu sagen, gaben sie mir ein Formular, das ich unterschreiben sollte. Ich musste schmunzeln, als ich das Schreiben las. In wohlgesetzten Worten entschuldigte ich mich darin für meinen Verstoß, teilte mit, dass es mir sehr leidtue, solche Unannehmlichkeiten verursacht zu haben, und versicherte, dass ich es nicht wieder tun würde. Nachdem ich unterschrieben hatte, war alles wieder gut, und ich ging zufrieden nach Hause.

Eines Tages fing ich aus Langeweile an, zu backen. Meine Großmutter hatte mir zu meinem Geburtstag Kochbücher geschenkt, und ich entdeckte die deutsche Backkunst. Bald produzierte ich so viele Plätzchen und Kuchen, dass Marc und ich unmöglich alles alleine aufessen konnten. Und so kamen wir auf die Idee, Back-Partys bei uns zu veranstalten. Wir hatten inzwischen viele japanische Freunde, und unsere Wohnung war groß genug. Diese Partys machten uns beiden Spaß, und mit Japanern waren sie etwas ganz Besonderes. Wir luden zu einer bestimmten Uhrzeit ein, und plus/minus zehn Minuten waren alle pünktlich da. Jeder brachte ein Geschenk mit, etwas zu trinken, zu essen oder Geld in einem speziellen Umschlag, den man für genau solche Anlässe kaufen konnte. Die Frauen kamen in die Küche und halfen mir, die Männer saßen und fingen an, Bier zu trinken. Und wie sie trinken konnten! Genau Viertel vor elf gingen alle wieder, denn um elf fuhr die letzte Bahn. Und jedes Mal halfen sie, die Küche gründlich aufzuräumen, bevor sie gingen. Für den Fall, dass jemand zu betrunken war, um noch laufen zu können, schlief er bei uns, doch am nächsten Morgen war er weg.

Dann aber änderte sich unser Leben radikal. Ich war schwanger. Geplant hatten wir es nicht, aber wir freuten uns sehr. Ganz in unserer Nähe war eine der bekanntesten Geburtskliniken Japans. Ich ging gleich hin und meldete mich an. Es begann eine Zeit mit vielen Hochs, aber immer mehr Tiefs. Und ich musste wohl begreifen, dass unsere Verbindung langsam zu bröckeln begann. Dabei sehnte ich mich doch so sehr nach Geborgenheit und Liebe.

Und dann kam der Abend, an dem ich mich entschied, mein Leben noch einmal komplett zu verändern.

19

Es war an einem Abend kurz vor Frühlingsbeginn. Ich hatte, im zweiten Monat schwanger, meine erste Untersuchung hinter mir, alles war in Ordnung. Und dann stritten Marc und ich so schlimm wie noch nie. Ich weiß nicht mehr, was der Auslöser war, aber er hörte nicht auf, mir Vorwürfe zu machen, weil ich mein Leben wegwerfen würde, weil ich mich nicht anpassen wolle und immer nur an mich denke. Er ließ mich seine Missachtung oder das, was ich dafür hielt, deutlich spüren.

Heute weiß ich, dass Marc immer großen Respekt vor mir hatte, meine vielen Talente, wie er es nannte, und meine Intelligenz bewunderte und nicht verstand, warum ich mich so gehen ließ. Da ich das aber damals selbst nicht wusste, konnte ich es ihm auch nicht erklären und war nur verletzt.

Ich konnte kaum noch atmen, hatte das Gefühl, ich würde gleich ersticken, wollte nur raus, weg, weit weg. Ich rannte aus dem Haus, ohne eine Jacke anzuziehen, nur in einer dünnen Bluse. Tränen liefen mir übers Gesicht. Vor Marc weinte ich nicht mehr, seit er mir einmal gesagt hatte, er habe mein Geheule satt.

Ich begann zu laufen, mir war es egal, wohin oder wie weit, einfach nur weiter und weiter. In die nächste Straße, um die Ecke, in einen anderen Stadtteil, weg von der Wohnung, von dem Schmerz, von dem Menschen, der mir weh tat. Ich sah die Gesichter der Kinder vor mir, fühlte mich schlecht, schuldig. Ich hatte mein Leben vermasselt und nur falsche Entscheidungen getroffen, immer und immer wieder. Ich war erbärmlich mit meinem Hass und meinem Selbstmitleid. Mein Plan, mir ein neues Leben aufzubauen, war gescheitert, meine Ehe am Ende, und alles war meine Schuld.

Ich ging in einen Park. Es war dunkel, nur ein paar Laternen gaben wenig Licht. Es war kein besonders schöner Park, doch ich fand, was ich suchte, Abgeschiedenheit.

Ich setzte mich auf eine alte Bank, zog meine Beine hoch, um mich ein wenig zu wärmen und weinte ununterbrochen. Alle Gefühlsschleusen schienen sich auf einmal zu öffnen. Nach einiger Zeit schaute ich hoch und sah einen Obdachlosen, der in der Nähe sein Nachtquartier aufgeschlagen hatte. Ich beobachtete ihn und versuchte, mir sein Leben vorzustellen. Warum war er hier? Was hatte ihn aus der Bahn geworfen? Hatte auch er aufgegeben und seinem Schicksal nichts entgegengehalten? Ich legte eine Hand auf meinen Bauch. Mein neues Baby! Hatte ich wirklich das Recht, auch über sein Schicksal zu entscheiden? Plötzlich schämte ich mich meiner Gedanken von vorhin. Was war bloß

mit mir, mit diesem glücklichen Kind aus dem Urwald, passiert? Ich war nichts mehr als ein Häufchen Elend.
An diesem Abend, auf der Bank mitten in Tokio, versuchte ich mich selbst zu verstehen. Ich wurde wütend auf mich, kämpfte nicht mehr gegen andere, sondern gegen mich selbst. Ja, man hatte mir unrecht getan, doch statt mich zu wehren, hatte ich Hass und Rache erlaubt, einen Platz in meiner Seele einzunehmen und mich langsam zu vergiften. Ich hatte mich vor der Welt verschlossen, nicht die Welt sich vor mir. Ich hatte mich gegen sie gewehrt, sie verachtet. Wo war die starke Kriegerin geblieben, die ich einmal war, die behauptet hatte, jeder sei selbst für sein Leben verantwortlich? Ich hatte anderen die Schuld für mein Unglück gegeben und niemals mir selbst. Natürlich war ich überfordert gewesen, doch anstatt zu lernen und weiterzukämpfen, hatte ich aufgegeben und war geflüchtet. Wie erbärmlich, wie schwach ich war.
In dieser Nacht erwachte mein altes Ich wieder, stärker und mit mehr Willenskraft als jemals zuvor. Ich spürte das neue Leben in mir, war entschlossen, alles besser zu machen, dafür zu sorgen, dass dieses Kind bekäme, was es verdiente: eine glückliche und starke Mutter. Und nicht nur dieses ungeborene Kind sollte glücklich werden, sondern auch die beiden älteren.

Heute glaube ich, dass es Angst war, die mich noch in Japan festhielt. Aber immerhin spürte ich wieder Lebenskraft in mir. Ich hatte eine neue Chance und diesmal, das versprach ich mir, würde ich kämpfen. Ich wollte leben, nicht nur existieren, wollte endlich selbst über mich bestimmen. Es ging um meine Zukunft, um mein Glück, und dafür wollte ich selbst verantwortlich sein.

Als ich von der Bank aufstand, spürte ich etwas, das ich vorher nicht gekannt hatte, Hoffnung. Ich wusste, dass dieser Abend alles in meinem Leben verändern würde. Und so war es auch.

Ein paar Monate später flog ich zurück in die Schweiz und verlangte vor Gericht noch einmal das Recht, meine Kinder jederzeit sehen zu können. Diesmal hatte ich eine gute Anwältin, und nach kurzer Zeit wurden mir meine Rechte als Mutter zugestanden. Niemand würde mir jemals wieder verweigern können, meine Kinder zu besuchen. Ich hatte sie zur Welt gebracht, sie waren ein Teil von mir. Das konnte mir kein Mensch auf der Welt nehmen, auch nicht Tom.

Was für ein Glück, sie wieder in meinen Armen zu halten. Es ging ihnen gut, und sie waren offensichtlich auch zur Ruhe gekommen. Sie freuten sich auf das Baby, und als ich von ihnen Abschied nahm, versprach ich, sie alle zwei, drei Monate zu besuchen. Das tat ich dann auch.

Ich wusste schon damals, dass die Ehe mit Marc nicht mehr lange halten würde, doch wir mochten uns sehr, und er gab mir Kraft, mein Leben neu zu gestalten. Hier bei ihm hatte ich Zeit, zu überlegen, was ich mit meinem Leben machen wollte. All die Träume aus der Kindheit tauchten wieder auf, und meine Zukunft begann erneut Gestalt anzunehmen. Diesmal wusste ich, dass ich es schaffen würde. Ich war jung, ich war gesund, ich war stark, und ich trug neues Leben in mir. Ich hatte starke Wurzeln, und egal, welchem Sturm ich trotzen musste, diese Wurzeln würden mich festhalten. Ich fürchtete mich nicht mehr.

Auch mein Leben in Japan veränderte sich. Ich bekam Kontakt zu einer Gruppe von Frauen, die alle schwanger waren und sich regelmäßig trafen. Die Gruppe nannte sich Tokyo Pregnancy Group (TPG) und war von ausländischen Frauen gegründet worden, deren Männer in Japan arbeiteten. In einem Land schwanger zu sein, von dem man weder die Sprache noch die Kultur kennt, ist nicht leicht, TPG wollte diese Frauen unterstützen. Ich schloss mich ihnen an, und in kürzester Zeit hatte ich viele Freundinnen. Wir unternahmen jede Woche etwas anderes, besuchten Museen, Ausstellungen, probierten neue Restaurants aus oder engagierten Expertinnen auf verschiedenen Gebieten, die uns etwas Interessantes erzählen oder beibringen sollten. Von Ikebana, der japanischen Kunst des Blumenarrangierens, bis zur traditionellen Teezeremonie versuchten wir so manches.

Dass Marc selten da war, störte mich nicht mehr. Ich fühlte mich in dieser Gruppe gut aufgehoben und war nicht mehr einsam. Ich wusste, dass ich viel zu lernen und großen Nachholbedarf hatte, und war entschlossen aufzuholen.

Während einer Veranstaltung von TPG traf ich eine Amerikanerin, Sharlene, die mit einem Japaner verheiratet war und ihr erstes Kind erwartete. Sie lebte ganz in meiner Nähe. Irgendetwas an ihr beeindruckte mich, es war wohl die Stärke, die sie ausstrahlte. Zwischen uns entwickelte sich eine innige Freundschaft, ich habe von ihr mehr über den Westen gelernt als von irgendjemand anderem. Sie hatte einen sarkastischen Humor, nahm niemals ein Blatt vor den Mund und sagte, was sie dachte. Ihre Ehrlichkeit war erfrischend, und wir haben viel gelacht in dieser Zeit. Ich habe mal ausgerechnet, dass wir mehr Zeit miteinander verbrachten als mit unseren Ehemännern.

Sharlene war es auch, die mich dazu brachte, über etwas wie eine berufliche Karriere nachzudenken. Abhängig von einem Mann zu sein, war für sie undenkbar. Was mich aber am meisten beeindruckte, war ihre Fähigkeit, Entscheidungen zu treffen. Im Gegensatz zu mir hatte sie eine schwere Kindheit gehabt, doch sie nahm alles sehr pragmatisch. »Man kann nicht immer alles auf die Kindheit schieben«, sagte sie mir immer wieder.

Sie redete auch über Marc sehr offen mit mir und schüttelte nur den Kopf über ihn. Er hatte mich beschworen, die Chance, die ich durch seine finanzielle Unterstützung hatte, zu nutzen und etwas für mich aufzubauen. Doch zuerst ging es um mein Baby.

Die Schwangerschaft verlief gut. Wie in Deutschland bekam ich einen Mutterschaftspass, den es jedoch nur auf Japanisch gab. Sharlene konnte die Sprache und übersetzte alles für mich. Durch ihren japanischen Mann kannte sie sich gut aus in diesem fremden Land und erklärte mir vieles, was das Leben in Japan nicht nur interessanter, sondern auch verständlicher für mich machte.

Die Geschichte ihrer Heimat spielt eine große Rolle für die Japaner, und auch wenn sie den Anschein erwecken, sich der modernen Welt angepasst zu haben, halten sie doch streng an bestimmten Traditionen fest. Und auch wenn Sharlene und ich manchmal über Sitten und Gebräuche lachten, hatten wir immer großen Respekt vor den Menschen hier und ihrer Kultur.

Der Geburtstermin rückte näher. Als Sharlene ihre kleine Tochter zur Welt brachte, konnte ich es kaum noch erwarten, bis es bei mir endlich so weit wäre. Wir wussten inzwischen, dass es ein Junge werden sollte, und besonders Marc freute sich auf seinen Erben. Als Marcs Mutter, Christine, anbot, nach Japan zu kommen, um mir nach der Geburt für einige Wochen zu helfen, war ich überglücklich. Sie konnte hervorragend kochen, und da sie schon einmal für einige Zeit in Japan gearbeitet hatte, kannte sie sich hier gut aus.
Der Geburtstermin war für Mitte September ausgerechnet, und Christine kam Anfang September zu uns nach Tokio.
Und das Warten auf das Baby begann …

20

Der Geburtstermin kam, und kein Anzeichen für eine bevorstehende Geburt war zu spüren. Der Kleine wollte einfach nicht heraus in die Welt. Diese Neigung, sich Zeit zu nehmen, es sich bequem zu machen, hat er bis heute. Viele Frauen aus unserer Gruppe hatten schon entbunden, und ich verbrachte jetzt meine Tage damit, sie alle zu besuchen, ihnen zu gratulieren und die kleinen Bündel zu bewundern. Meine Schwiegermutter begleitete mich oft und unterstützte mich, wo sie nur konnte. Ich wurde immer unruhiger, hatte die Schwangerschaft gründlich satt, vor allem, weil ich wegen des großen Bauchs kaum noch schlafen konnte. Täglich wurde ich jetzt im Krankenhaus untersucht, die Ärzte wollten sichergehen, dass mit dem Kind alles in Ordnung war. Als ich dann zehn Tage »drüber« war, entschieden sie, die Geburt einzuleiten. Wir alle waren erleichtert, ich packte meine Tasche, und Marc begleitete mich in die Klinik.

Nachdem ich mein Einzelzimmer mit einem schönen Ausblick bezogen hatte, begannen gleich die ersten Vorbereitungen.

Die japanischen Ärzte plädieren eigentlich für eine natürliche Geburt mit so wenigen Medikamenten wie möglich. Sogar Schmerzmittel werden nur begrenzt eingesetzt, und in manchen Krankenhäusern verzichtet man ganz darauf. Als ich hörte, dass auf meiner Station alles etwas lockerer genommen wurde, war ich sehr erleichtert. Ich wusste ja, wie schmerzhaft eine Geburt sein kann. Hier gab es zwei Möglichkeiten, die Geburt einzuleiten: entweder mit Medikamenten, was schmerzhafter sein würde, oder mit dem natürlichen Laminaria, was länger dauerte, doch den Vorteil hatte, dass es keine Nebenwirkungen für Mutter oder Kind gäbe. Wir entschieden uns für Laminaria. Dabei handelt es sich um eine Art Blatttang, der Stengel hat, die aufquellen, und so zur Erweiterung enger Kanäle, vor allem des Gebärmutterhalses, benutzt werden.

Schmerzhaft war es trotzdem. Mir wurde eine Menge von diesen Stengeln in den Gebärmutterhals eingeführt, die, wie der Arzt erklärte, den Uterus langsam öffnen und so die Geburt auf natürliche Weise einleiten sollten. Das Einführen war nicht so schmerzhaft, das Rausnehmen dafür umso mehr.

Marc blieb die ganze Nacht bei mir, und tatsächlich bekam ich die ersten Wehen. Als der Arzt dann am nächsten Morgen die Stengel entfernte, wurden sie gleich stärker und regelmäßiger.

Acht Stunden später erblickte unser Sohn, Julian, das Licht der Welt.

Was für eine Freude, was für eine Aufregung! Genau wie bei den vorangegangenen Geburten erlebte ich dieses Wunder, dieses unglaubliche Glück, wie einen Strom, der meinen ganzen Körper erfasste.

Ich blieb eine Woche in der Klinik, hatte keine Eile, nach Hause zu gehen. Die Betreuung hier war vorzüglich, das japanische Essen hätte nicht besser sein können – ich fühlte mich wohl. Mein Zimmer wurde zu einem Treffpunkt von Freunden, die mit Geschenken und Glückwünschen kamen. Besonders die Japaner brachten mir viele verschiedene Leckereien und natürlich, wie in Japan üblich, Geld in diesen besonders verzierten Umschlägen.

Geld oder, besser ausgedrückt, Cash spielt bis heute eine große Rolle in Japan. Sogar für die Summe gab es Regeln. Bei der Geburt wurde sozusagen der Grundstein gelegt. Dem Neugeborenen brachte man den Umschlag, und sobald die Mutter das Krankenhaus verlassen hatte, eröffneten die Eltern ein Konto für das Kind. Von da an wurden nach jedem Feiertag, jedem Geburtstag die Geldgeschenke der Freunde und Verwandten auf dieses Konto eingezahlt. Wenn das Kind volljährig wurde, hatte sich eine ganze Menge angesammelt, für den Start ins Leben war also gesorgt. Meist wurden damit Ausbildung, Führerschein oder sogar eine Anzahlung für eine Wohnung finanziert. Auch bei Hochzeiten und Beerdigungen gab es solche Umschläge mit Geld. Wie mir Sharlene erklärte, notierte man jede Gabe und schenkte dem Brautpaar oder der Familie des Verstorbenen später genau die Hälfte der Summe zurück. Das war gut für die Wirtschaft, denn Cash war dauernd im Umlauf, und es handelte sich oft um ziemlich große

Beträge. Positiv kam hinzu, dass in den traditionellen Haushalten die Frauen und nicht die Männer das Geld verwalteten. Der Mann lieferte seinen Verdienst der Frau ab, und sie gab ihm ein »Taschengeld«, das er beliebig ausgeben konnte. Die Männer hatten nur in der Arbeitswelt das Sagen, zu Hause regierten die Frauen. Diese für uns altmodische Familienstruktur schien gut zu funktionieren.

Aber natürlich gab es, wie in jeder Gesellschaft, auch dunkle Seiten. Neid war hier sehr verbreitet, besonders unter den Frauen. Alle wollten sich einen reichen Mann angeln und so einen Platz in der Gesellschaft sichern. Ein moralischer Fehler wurde selten verziehen, und wenn man erst einmal gefallen war, gab es fast keine Möglichkeit mehr, den Verlust seines Gesichts wieder rückgängig zu machen. Ausländer wurden mehr geduldet als akzeptiert, und besonders die Amerikaner waren nicht sehr beliebt. Als Deutsche stand ich besser da, besonders die älteren Japaner hielten viel von Deutschland. Doch wie überall denkt und handelt die junge Generation anders. Besonders die jungen Frauen sind dabei, sich gründlich von alten Zwängen zu befreien. Sie machen in Wirtschaftsunternehmen Karriere und sind mit der Rolle als Hausfrau und Mutter längst nicht mehr zufrieden. Das bedeutet aber nicht, dass sie ihre Traditionen verraten. Japan hat mich auch fasziniert, weil in diesem wunderschönen Land Tradition und Fortschritt nebeneinander existieren können.

Nach einer Woche waren wir wieder zu Hause. Julian war gesund und brachte ein neues, strahlendes Licht in mein Leben. Die ersten Wochen mit ihm waren traumhaft schön. Christine nahm mir die Hausarbeit ab, und ich konnte mich vollständig meiner Regeneration widmen. Marc war ein stolzer Vater und verbrachte viel Zeit mit uns. Als seine Mutter uns verließ, war ich sehr traurig, aber ich hatte ja noch Sharlene, und wir trafen uns fast jeden Tag.

Mit Marc verband mich natürlich unser gemeinsamer Sohn, trotzdem entfernten wir beide uns immer mehr voneinander. Das hatte wohl auch damit zu tun, dass ich, als Julian alt genug war, um fliegen zu dürfen, sofort nach Deutschland reiste, um meine Großmutter und Mutter zu besuchen. Sophia und Lawrence kamen aus der Schweiz dazu, und alle waren von Julian geradezu entzückt. Bei diesem Besuch spürte ich zum ersten Mal, dass ihr Leben sich endlich zum Guten gewendet hatte. Trotzdem hatte ich mit Deutschland und der Schweiz meine Probleme, etwas wie ein bitterer Nachgeschmack war mir geblieben. Ich war einfach lieber in Japan oder in Kanada. Und natürlich hatte meine Sehnsucht nach West-Papua niemals richtig nachgelassen. Das war wohl auch ein Grund dafür, dass ich mich nach wie vor in keiner anderen Kultur wohl fühlte. Ich verdrängte das, so gut es ging, wurde aber den großen Schatten, der über meinem Leben lag, nie richtig los. Nacht für Nacht quälte er mich, trieb sein Spiel mit mir und ließ sich einfach nicht vertreiben.

Ich glaube, Marc war damals in unserer Ehe auch frustriert, sonst hätte er wohl nicht behauptet, er sei kein Mann für eine dauerhafte Bindung. Noch heute ermutige ich ihn immer wieder, sich eine Freundin zu suchen, aber er winkt nur ab. Er sei glücklich, habe zwei tolle Kinder und eine wunderbare Mutter für sie. Er genieße seine Freiheit und sei mit der freundschaftlichen Beziehung, in der wir jetzt leben, äußerst glücklich. Ob es tatsächlich so ist, kann ich nicht beurteilen, denn wir reden wenig über unsere Gefühle.

Wir hatten uns wieder einmal gestritten. Marc war wütend, ich war verletzt. Er hatte mich zum hundertsten Mal aufgefordert, etwas mit meinem Leben anzufangen. Ich hatte ihm vorgeworfen, mich nur loswerden, mich sozusagen aus dem Nest werfen zu wollen.
Heute weiß ich, dass es genau das war, was ich brauchte. Er hatte etwas erkannt, was ich einfach noch nicht sehen konnte: Ich war, wie er, ein freiheitsliebender Mensch, und wie er musste ich kreativ sein dürfen, um so etwas wie Erfüllung zu finden. Manche Frauen, wie meine Schwester, sind mit ihrer Rolle als Mutter und Ehefrau vollkommen zufrieden. Ich jedoch hatte einfach zu viel Energie, war ständig in Bewegung, kam nie richtig zur Ruhe. Der Streit damals führte immerhin dazu, dass ich überlegte, was ich endlich mit meinem Leben anfangen wollte. Sharlene hatte mir ja schon vor einiger Zeit gesagt, dass ich Marcs Angebot, mir etwas aufzubauen, unbedingt annehmen sollte.
Eines Tages dann, als ich in einer Schublade kramte,

fand ich ein altes Tagebuch, das ich als Kind im Urwald geführt hatte. Sofort waren die Erinnerungen wieder da. Nachdem ich einige Ausgaben von »National Geographic« bekommen hatte, träumte ich davon, die Welt zu erforschen und darüber Filme zu machen. Wie besessen hatte ich jede Zeile in diesen Heften gelesen, jedes Foto studiert und entschieden, dass auch ich den Menschen andere Welten, andere Kulturen zeigen wollte. So begann ich im Alter von acht oder neun, verschiedene Stämme in unsere Nähe zu besuchen, und stellte mir vor, ich wäre eine Forscherin. Auch später noch auf der Highschool in der Hauptstadt von West-Papua, Jayapura, hielt ich an diesem Ziel fest. Dort gab es eine Englischlehrerin, die mein Schreibtalent entdeckte und mich sehr förderte. Schon meine Mutter hatte immer gesagt, Geschichten gut zu erzählen, sei mein größtes Talent. Oft war ich von Zuhörern umringt, die mit Spannung und manchmal auch mit Schmunzeln meinen Erzählungen lauschten.

Jetzt sprach ich mit Marc über meine Träume. Er schlug vor, über meine Kindheit zu schreiben. Doch ich winkte ab, wen würde das schon interessieren.

»Mich würde es interessieren«, sagte er.

»Nein«, antwortete ich entschlossen.

Ich hatte so viel Ablehnung im Westen erfahren, dass ich Angst hatte vor den Reaktionen der Menschen. Sie würden mich wahrscheinlich auslachen, meine Geschichten nicht verstehen. Und wo sollte ich das Buch überhaupt veröffentlichen? Mein Deutsch war nicht gut genug, denn ich hatte, außer den paar Stunden im

Internat, nie Unterricht in dieser Sprache gehabt. Also entfiel ein deutscher Verlag. Für Kanada hatte ich keine Aufenthaltsgenehmigung, und nach Amerika wollte ich nicht.
Trotz all dieser offenkundigen Hindernisse wurde an diesem Tag eine Idee geboren, die meine kühnsten Träume übertraf. Ich wollte schreiben, wollte eine Geschichte erzählen, die nicht nur mich mit mir selbst versöhnte, sondern auch mit dem Land, das ich noch immer mit Bitterkeit und Fremdheit betrachtete.

Als Julian sechs Monate alt war, beschlossen wir, noch ein Baby zu bekommen. Wir wollten nicht, dass er als Einzelkind aufwächst. Nur einen Monat später war ich wieder schwanger. Entbinden wollte ich noch in Japan und danach entscheiden, wie mein Leben weitergehen sollte. Sicher wusste ich nur, dass ich wieder in die Nähe von Sophia und Lawrence ziehen wollte. Allerdings bedeutete mir auch meine Großmutter viel, und ich besuchte sie oft, wenn ich in Deutschland war. Leben aber wollte ich dort nicht. Was könnte ich dort tun? Wie mir ohne gute Deutschkenntnisse etwas aufbauen? Ich war ratlos, aber nicht mutlos, der Wunsch, Geschichten zu schreiben, ließ mich nicht mehr los.

21

Noch bevor Julian ein Jahr alt war, merkte ich, dass er sich anders verhielt als meine beiden älteren Kinder. Meist war er ungewöhnlich ruhig und fast apathisch. Wenn ihn aber doch mal etwas interessierte, beschäftigte er sich fast obsessiv damit. Als ihm zum Beispiel jemand fünf kleine Kinder-Frisbees in verschiedenen Farben schenkte, fing er sofort an, die Scheiben auf dem Wohnzimmertisch kreiseln zu lassen, alle gleichzeitig. Stundenlang stand er vor dem Wohnzimmertisch und brachte sie immer wieder in Schwung. Mit ungewöhnlicher Ausdauer schien er diesen Vorgang zu studieren. Damals begann er auch, sich für Dinosaurier und Knochen zu interessieren. Diese Faszination hält bis heute an. Das alles war zwar irritierend für mich, aber zunächst nicht besorgniserregend.
Was mich dann aber beunruhigte, war sein Verhalten anderen Menschen gegenüber. Er schien sie gar nicht wahrzunehmen. Und wenn uns andere Mütter mit ihren Kindern besuchten, beachtete er weder die Kinder noch die Mütter. Bald bemerkten nicht nur Sharlene,

sondern auch die anderen Frauen, dass er besonders ruhig war und sich meist mit sich selbst beschäftigte. Da er dabei aber glücklich wirkte, unternahm ich noch nichts. Als sich sein Benehmen dann aber immer deutlicher von dem anderer Kinder unterschied, ging ich zu einer Kinderärztin in Japan. Sie verstand meine Sorgen überhaupt nicht, sagte nur, ich solle doch zufrieden sein, so ein ruhiges und unkompliziertes Kind zu haben. Ich aber blieb unruhig und beschloss, bei meinem nächsten Deutschlandbesuch einen Kinderarzt aufzusuchen.

Die neue Schwangerschaft war genauso unkompliziert, wie es meine Tochter heute ist. Wir freuten uns auf ein Mädchen und, wie bei Julian, wurde die Geburt eingeleitet. Sie dauerte doppelt so lange wie bei den drei anderen Kindern. Vanessa war von Anfang an ein Sonnenschein. Sie hatte die dunkle Schönheit ihrer Urgroßmutter geerbt, die heute noch in Teheran lebt, und strahlte jeden an, der sich ihr näherte.
Meine Schwester Judith und ihr Mann, die beide bis heute in Amerika leben, bekamen kurze Zeit später ihren ersten Sohn, den sie Elliot nannten.

Als Sharlene mit ihrer Familie nach Amerika zog, hatte ich niemanden mehr, der mir richtig vertraut war. Ich machte mir noch immer Sorgen um Julian, ging wieder zu der Kinderärztin, doch die versuchte mich damit zu beruhigen, dass ich einfach ein guterzogenes Kind hätte.

Meine Ahnungen aber, dass etwas nicht stimmte, ließen sich nicht beruhigen.

Als meine Mutter wieder in Deutschland war, nachdem sie Judith mit ihrem Baby für ein paar Wochen besucht hatte, fragte ich sie, ob ich zu ihr ziehen könne. Ich wollte jetzt unbedingt wegen Julian nach Deutschland. Mein Vater war zu der Zeit noch in Indonesien, doch meine Mutter lebte aus gesundheitlichen Gründen immer länger hier. Außerdem brauchte meine Großmutter Hilfe, und so hatten meine Eltern ihr altes Haus verkauft und ein neues in ihrer Nähe erworben. In dem gab es genügend Platz für mich und meine Kinder. Als Vanessa drei Monate alt war, packte ich unsere Sachen und machte mich auf den Weg. Ich war traurig, Japan zu verlassen, denn nach dem schwierigen Anfang hatte ich dann in diesem fremden Land doch viel für mich erreicht. Ich hatte mein Selbstbewusstsein wiedergefunden, war ruhiger geworden und, obwohl ich noch darunter litt, nicht mit den zwei großen Kindern leben zu können, wusste ich, dass ich damals die richtige Entscheidung getroffen hatte.

Mit zwei Koffern und zwei kleinen Kindern nahm ich den Bus zum Flughafen in Tokio und flog zuerst nach Kanada zu meinen Schwiegereltern. Nach einigen Wochen in Toronto ging es dann weiter nach Deutschland. Ich war sehr froh, wieder bei meiner Mutter und Großmutter sein zu können, auch wenn ich nicht wusste, was ich hier mit mir anfangen sollte.

Auch auf Birgit freute ich mich. Ich hatte sie zuletzt bei meiner Hochzeit mit Marc gesehen. Damals war sie hochschwanger mit ihrem dritten Kind. Sie lebte mit ihrem Mann und ihren Kindern in der Nähe von Hamburg, und so war unser Kontakt bald wieder so eng wie früher. Sie war es auch, die meine Sorgen um Julian verstand und sagte, man solle die Instinkte einer Mutter nie unterschätzen. Besonders nicht, wenn sie schon mehrere Kinder hatte. Sie half mir, eine Kinderärztin in meiner Nähe zu finden, und wir bekamen schnell einen Termin.

Die Ärztin machte einige Tests mit Julian, zumindest versuchte sie es, aber er reagierte auf nichts. Ihr war sofort klar, dass mit ihm etwas nicht stimmte, und tippte auf Autismus. Da sie aber keine Expertin auf diesem Gebiet war, schickte sie uns zu einem Spezialisten nach Hamburg. Der schloss Autismus vorläufig aus und diagnostizierte eher eine Wahrnehmungsstörung. Von der Kinderärztin bekam ich dann die Adresse einer Therapeutin, die schon viel Erfolg mit der Behandlung von Kindern wie ihm gehabt hatte.

Kurze Zeit später begann er mit seiner Therapie, und ich begann, eine neue Seite von Deutschland zu entdecken.

Die Unterstützung, die Julian und ich in Deutschland bekamen, war hervorragend. Zuerst hatten wir viel Glück mit seiner Therapeutin, aber selbst als er dann in einen besonderen Kindergarten in Buxtehude kam, hörte die professionelle Fürsorge nicht auf. Die Ärzte nahmen meine Sorgen ernst, widmeten sich mit viel Mühe seinem Fall und erklärten mir geduldig, was ich darüber wissen wollte. Das alles hat mich tief berührt, und ich glaube, dass uns gar nicht bewusst ist, wie gut wir es hier haben. Ich bin fest davon überzeugt, dass Julian sich nur durch die exzellenten Behandlungen so gut entwickelt hat. Zwei Jahre lang bin ich jede Woche mit ihm zu einer Therapie gegangen. Am Anfang machte er nur kleine Fortschritte, doch bald bemerkten wir eine Veränderung. Er fing an, andere Menschen, nicht nur mich, wahrzunehmen. Er zeigte Gefühle und begann sich langsam in das Leben einzufügen. Er hörte auf, sich gegen harte Gegenstände zu werfen oder vorbeigehende Menschen anzurempeln – was mir manchmal sehr peinlich war –, und ist heute, mit acht Jahren, ein aufgeweckter Junge mit viel Humor, der uns oft zum Lachen bringt. Wir müssen zwar nach wie vor mit ihm arbeiten, aber er ist auf einem guten Weg.

Meiner Mutter wurde es mit den zwei kleinen Kindern bald zu viel, und so fragte ich Birgit, ob sie mir vielleicht helfen könnte. Sie schlug mir gleich vor, in ihre Nähe zu ziehen, so dass sie auf die Kinder aufpassen und ich mir ein Leben hier in Deutschland aufbauen könnte. Marc unterstützte uns zwar finanziell, aber ich wollte unabhängig werden von ihm.
Für mich war das natürlich die ideale Lösung meines Problems, und wir fanden sogar schnell ein neues Zuhause ganz in ihrer Nähe.
Mit der Hilfe von Au-pair-Mädchen konnte ich unser Leben gut bewältigen. Vor allem Agi aus der Mongolei liebten wir vom ersten Augenblick an. Sie gehörte bald zur Familie, machte zwei Umzüge mit, und als sie uns

nach zwei Jahren verlassen musste, empfanden wir das als großen Verlust.
Vorübergehend aber hatte ich endlich Zeit, mich mit meinem Dokumentarfilm über die Fayu zu beschäftigen. Ich versuchte ein Exposé zu schreiben, fand aber nicht den richtigen Einstieg und war schon drauf und dran, alles wegzuwerfen, als ich den Anruf einer Lektorin aus einem Verlag, der hauptsächlich Bücher von Abenteurern und Weltenbummlern verlegte, bekam. Sie fragte, ob ich nicht ein Buch über mein Leben schreiben wolle, sie habe gehört, dass ich viel zu erzählen hätte. Ich lehnte spontan ab. Mir war es ja gerade erst gelungen, meine Erinnerungen tief zu begraben. Allein der Gedanke daran, sie wieder auszugraben, bereitete mir schon Angst. Doch dann fiel ein Satz, der alles änderte.
»Schreiben Sie über Ihre Kindheit und Ihr Leben mit den Fayu im Urwald. Die Entscheidung, worüber Sie im Einzelnen schreiben wollen, liegt alleine bei Ihnen.«

In dieser Nacht blieb ich lange wach. Wie würden die Menschen hier auf meine Geschichte reagieren? Ich hatte doch so vieles vor der Welt, in der ich jetzt lebte, verborgen gehalten, weil ich Angst hatte, nicht verstanden zu werden.
Plötzlich erinnerte ich mich an ein Gespräch, das ich vor Jahren mit einem guten Freund geführt hatte. Darin war es um meine Angst gegangen und darum, dass ich nicht verstand, warum ich so anders reagierte als die

Menschen hier, warum ich anders fühlte und so oft missverstanden wurde.
»Bevor du die Menschen um dich verstehen kannst, musst du erst dich selbst verstehen«, hatte er gesagt.
»Und wie kann ich das, mich selbst verstehen? Wie finde ich heraus, warum ich so bin, wie ich bin?«
»Schreib deine Geschichte auf. Alles, was du erlebt hast, was du fühlst, was dich geprägt hat. Das ist, als würdest du dir selbst einen Spiegel vorhalten. Denn die Antwort darauf, wer du bist, liegt nicht vor dir, sondern in dir.«
Was hatte ich schon zu verlieren, fragte ich mich. Ein paar Leute werden das Buch sicher lesen, und für mich wäre es vielleicht wirklich der Schlüssel zu mir selbst.
Als ich am nächsten Morgen aufwachte, war meine Entscheidung gefallen. Ich würde das Buch schreiben, würde von meiner Kindheit erzählen und alle die wunderschönen Erinnerungen für immer festhalten. Mehr nicht. Was konnte mir schon passieren?
Was dann passierte, hatte keiner erwartet, nicht meine Familie, nicht meine Freunde, nicht mein Verlag und am allerwenigsten ich selbst.

22

Judith, ich habe mich entschieden, ein Buch über unsere Kindheit bei den Fayu zu schreiben«, sagte ich am Telefon zu meiner Schwester.

»Ist das dein Ernst?«

»Ja, und ich brauche deine Hilfe. Du bist älter als ich und kannst dich vielleicht an einige Geschichten besser erinnern.«

»Aber du kannst überhaupt kein Deutsch schreiben. Deine letzte E-Mail war voller Fehler, und deine Grammatik ist mehr Englisch als Deutsch. Dass du gut erzählen kannst, weiß ich ja, aber auf Deutsch?«

»Ich möchte das Buch selbst schreiben, ohne Ghostwriter. Denn es soll von mir kommen, direkt. Sie haben mir gesagt, dass sie gute Lektoren hätten, die meine Sprache verbessern könnten.«

»Wow, das sind vielleicht Neuigkeiten. Doch im Ernst, ich habe immer gesagt, du solltest schreiben. Kannst du dich daran erinnern, dass ich dich, als wir noch klein waren, dazu gedrängt habe, kurze Geschichten für mich aufzuschreiben. Besonders die von den zwei Freundinnen hat mir gefallen. Das mit dem Waisenkind war ein bisschen übertrieben, aber …«, ich unterbrach sie und lachte.

»Hör auf. Ja, ich kann mich erinnern. Aber jetzt im Ernst. Ich weiß, dass du schwanger bist und dich auch noch um deinen Sohn Elliot kümmern musst. Aber Birgit und Agi sind hier, und die würden die Kinder übernehmen. Dann könntest du mir beim Schreiben helfen«, bettelte ich.

»Natürlich komme ich, du bist ja meine kleine Schwester, und ich habe dir immer gesagt, dass ich für dich da bin, wenn du mich brauchst.« Das klang entschlossen.

Und so war es auch. Einige Wochen später holte ich Judith und Elliot vom Flughafen ab. Sie sollten bei meiner Mutter wohnen, weil bei mir nicht genug Platz war. Als mein Vater dann noch ankündigte, aus Indonesien zu kommen, entschieden wir, auch Christian nach Deutschland einzuladen und ein erstes Familientreffen seit Jahren zu veranstalten.

Christian schüttelte nur den Kopf, als ich ihm von dem Buch erzählte, und Judith sagte noch einmal, sie hätte nicht den Mut, ein Buch in einer Sprache zu schreiben, die sie nicht gut beherrschte. Ich aber war entschlossen, und so begannen wir, die vielen Geschichten unserer Kindheit wieder auszubuddeln. Es war das schönste Familientreffen, das wir je hatten.

Bald darauf fand ich einen sehr guten Literaturagenten, und zusammen machten wir uns auf die Suche nach einem Verlag. Am Ende fiel die Entscheidung für den

Droemer Knaur Verlag, und ich bekam eine Lektorin, die mir helfen würde.
Im Spätsommer 2004 richtete ich mir im Keller meiner Wohnung ein Zimmer ein und fing an zu schreiben. Am ersten Tag starrte ich auf den Bildschirm und überlegte, wo ich anfangen sollte. In meinem Kopf war ein einziges Gewimmel von Geschichten. Ich überlegte, welches Ereignis mich am deutlichsten geprägt hatte, und spontan fiel mir die Zugreise in die Schweiz im Oktober 1989 ein. Das war meine erste Begegnung mit der Angst gewesen. Also begann ich, darüber zu schreiben.
Schon bald tauchten ganze Welten aus dem Vergessen auf, Erinnerungen vermischten sich mit Gefühlen, Bilder, Namen und Eindrücke überschwemmten mich regelrecht. Je mehr ich schrieb, desto leichter wurde es, und es trat ein, was mir der Freund gesagt hatte: Ich fing an, mich selbst zu verstehen. Indem ich die Fayu-Kultur beschrieb, erkannte ich meine Wurzeln wieder. Ich verstand plötzlich, warum ich in bestimmten Situationen Angst hatte, auch wenn es keinen Grund dafür gab, zum Beispiel wenn jemand schrie. In der Fayu-Kultur schreit man nur in lebensbedrohlichen Situationen. Ich begriff auch, warum ich auf manche Dinge emotional reagierte, die andere kaltließen und umgekehrt. Deshalb kam wohl auch manches falsch an, was ich sagte oder erklärte. Ich erkannte, wie verschieden die zwei Welten waren, die doch beide meine waren.
Mit einem Wörterbuch neben mir schrieb ich das »Dschungelkind« in weniger als drei Monaten. Manchmal lachten wir über meine Wortwahl oder meine Ver-

gleiche. Zum Beispiel, als ich ausdrücken wollte, dass die Gesellschaft hier sich besonders gern mit Luxus umgibt. Ich schrieb aber, dass die Deutschen ihre Zeit damit verbringen, sich selbst zu befriedigen. Zum Glück hatte ich eine hervorragende Lektorin, die, glaube ich, oft über meine Sätze lachen musste.

Als ich zum Ende kam, wurde mir klar, dass meine Wurzeln tief im Urwald liegen und dass ich, bei aller Gewöhnung an die westliche Welt, trotz aller Versuche, mich zu integrieren, tief im Innern ein Dschungelkind geblieben bin.

Doch erst mit dem Buch, das ich jetzt schreibe, habe ich erkannt, dass mein Festhalten an diesen Wurzeln mich auch daran gehindert hat, ein Leben in Deutschland aufzubauen. In den letzten sieben Jahren bin ich siebenmal umgezogen. Immer wieder verspüre ich den Drang, weiterzuziehen, fast so, als wäre ich auf der Suche nach etwas, das ich nie finde. Mein Wunsch, zurück nach West-Papua zu gehen, war immer so präsent, dass ich meine Koffer nie richtig ausgepackt habe, dass ich mit einem Fuß in Deutschland und mit dem anderen in West-Papua war. Die Wurzeln meiner Kinder aber liegen hier. Und als ich letztes Jahr für drei Wochen in West-Papua war, musste ich traurig feststellen, dass ich meinen Platz im Urwald verloren hatte. Ich sah es in den Augen von Häuptling Kologwoi, erkannte es in der Haltung von Klausu-Bosa und am meisten spürte ich es in mir selbst. Der Urwald hatte sich nicht verändert, die Menschen dort auch nicht; ich hatte mich verändert.

Als das Buch »Dschungelkind« erschien, betrat ich einen

neuen Weg. Ich dachte, dieser Weg würde mich zurück zu meinen Wurzeln führen, zurück in den Dschungel. Aber es war nicht so.

Den Anruf an einem schönen sonnigen Morgen werde ich nie vergessen.

»Sabine, dein Buch ist auf Platz eins der Bestsellerliste«, teilte mir mein Verleger mit. »Wir gratulieren dir zu diesem großen Erfolg.«

Ich war sprachlos, konnte es kaum glauben. Überglücklich rief ich als Erstes meine Mutter an. Ich danke Gott für Mütter, denn sie helfen einem, auf dem Boden zu bleiben.

»Mama, du wirst es nicht glauben, Dschungelkind ist auf Platz eins der Bestsellerliste!«, schrie ich aufgeregt ins Telefon.

»Was ist eine Bestsellerliste?«, fragte Mama.

»Das ist eine Liste der meistverkauften Bücher in Deutschland«, erklärte ich ihr.

»Das ist schön, Sabine. Weißt du, was der Arzt mir heute Morgen gesagt hat«, fuhr meine Mutter fort und erzählte mir die nächste halbe Stunde alles über ihren Besuch beim Arzt.

Ja, sie hielt mich auf dem Boden, sie ist bis heute meine wichtigste Bezugsperson, und ohne ihre Liebe, ohne ihre Zuneigung und Weisheit wäre ich heute nicht das, was ich bin. Als wir Kinder waren, brachte sie uns dazu, alles in Frage zu stellen, uns selbst mit kritischen Augen zu betrachten und Menschen nicht gleich zu verurteilen, sondern zu versuchen, ihre Motivationen und

Beweggründe zu verstehen. Besonders dieser letzte Punkt ist es, der mich davor bewahrt hat, bitter zu werden, der mich dazu gebracht hat, vergeben zu können. Die einzige Person, der ich jetzt noch vergeben muss, bin ich selbst.

Doch der Erfolg des Buches überrumpelte mich natürlich auch. Nur Kritik verstand ich oft überhaupt nicht. Als ich zum Beispiel gefragt wurde, ob es nicht unverantwortlich von meinen Eltern gewesen sei, uns in den gefährlichen Dschungel mitzunehmen, und ob ich ihnen das übelnähme, wunderte ich mich nur. Urwald und gefährlich? Die Gefahr lag doch hier im Westen. Warum sollte ein Kind seinen Eltern Vorwürfe machen, wenn es doch die beste und glücklichste Kindheit, die man sich vorstellen konnte, erlebt hatte? Die meisten Kinder träumen davon, im Dschungel zu leben, mit Tieren zu spielen und Abenteuer zu bestehen. Ich brauchte es nicht zu träumen, für mich war es Realität gewesen. Auch der Vorwurf, den Mythos des edlen Wilden schüren zu wollen, erstaunte mich nur.

»Dschungelkind« ist die Geschichte eines KINDES im Urwald, das Leben dort wird aus der Sicht dieses KINDES erzählt, es ist kein anthropologisches oder ethnologisches Buch. Ich habe aufgeschrieben, was ich erlebt und was ich gesehen habe. Und ich habe immer deutlich gesagt, dass die Fayu kein utopisches Leben führen, im Gegenteil, ihr Leben ist hart und ihr Lebensraum ist, wie der von den meisten Ureinwohnern dieser Welt, bedroht. Doch für mich als Kind war das Leben utopisch, denn ich hatte das Beste aus zwei Welten.

Jetzt aber hatte ich gegen Ängste zu kämpfen, die mit dem Erfolg meines Buches zusammenhingen. Vor meinem ersten großen Fernsehauftritt schlief ich die ganze Nacht kaum.

Nicht, weil ich so nervös war, sondern weil mich die vielen Erinnerungen an das, was ich in diesem Land erlebt hatte, wieder einmal überfielen. Lange hatte ich ihm den Rücken gekehrt, jetzt aber begann ich, mich ihm langsam wieder zuzuwenden. Was aber würde ich sehen, was fühlen? Immer wieder sagte ich mir, ich könnte ja einfach weglaufen. Stattdessen stand ich da, schaute in das Fernsehstudio mit seinen hellen Lichtern und wusste, dass mich nur noch ein Schritt vor dem Unumkehrbaren trennte. Panik brach in mir aus, doch dann dachte ich an meine Familie, die mich beim Schreiben so sehr unterstützt hatte, an Birgit, an meinen damaligen Freund, meinen Agenten, meine Lektorin, den Verlag. Sie alle hatten mir beigestanden und mir ein anderes Deutschland gezeigt. Tief in meinem Herzen spürte ich, dass der nächste Schritt einer der wichtigsten in meinem Leben sein würde.

Jemand tippte mir auf die Schulter, das Zeichen für mich, und dann hörte ich meinen Namen und tat den einen Schritt ins Ungewisse. Es war ein Schritt hin zur Versöhnung, ein Schritt, der mein Leben veränderte.

Am wichtigsten aber waren die vielen Leser, die vielen Briefe von ihnen und die Menschen, die zu meinen Lesungen kamen.

Sie waren es, die mich annahmen, mich so akzeptierten, wie ich war. Statt Ablehnung, Spott oder Verachtung schenkten sie mir Bewunderung, Verständnis und eine Freundlichkeit, wie ich sie bisher selten erlebt hatte. Endlich war ich fähig, mich dieser Kultur hier zu öffnen. Ich entdeckte eine Welt, die vielleicht nicht perfekt war, genauso wenig perfekt wie der Urwald, doch sie begann mich zu faszinieren, ihre Geschichte, ihre Musik, ihre Kunst, ihre Literatur.

Lange hatte ich mich bedrängt, eingeschlossen wie in einem Käfig gefühlt. Es war ein Käfig, den ich mir selbst gebaut hatte. Dann, als ich ausbrach, erlebte ich diese neue Freiheit, die es im Urwald nicht gibt.

Dort wird man in ein Stammessystem hineingeboren, und das Leben ist vorherbestimmt. In einer Gruppengesellschaft hat jeder seinen Platz und seine Aufgaben. Die Aufgaben ändern sich zwar mit dem Alter, aber sie sind immer vorherbestimmt. Man dient dem Wohl des Stammes, ist bis an sein Lebensende an den Stamm gebunden und gibt sich selbst für dieses System auf. Ein Ausbrechen oder die Verfolgung eigener Wünsche oder Träume gibt es selten, denn nur wer in der Gruppe bleibt, hat eine Überlebenschance, besonders als Frau.

Hier aber verläuft das Leben anders. Jeder hat die Möglichkeit, über sein eigenes Leben zu bestimmen. Jeder kann lernen, was er will, heiraten, wen er will, leben, wo er will, und sich Ziele setzen, die er erreichen will. Natürlich gibt es auch hier Grenzen, doch diese Grenzen sind bei weitem nicht so eng wie in einem Stammessystem.

Ich bin heute nur noch froh darüber, dass ich die beiden Welten kennenlernen durfte.

Man muss die Chancen ergreifen, die einem geboten werden, und etwas daraus machen. Das hatte Marc versucht, mir lange zu erklären, und jetzt endlich habe ich es begriffen.

Ich musste erst verstehen, was Selbständigkeit bedeutet, und dann lernen, damit umzugehen.

Es gibt immer noch Tage, an denen ich zu kämpfen habe, an denen ich mich unglücklich fühle und am liebsten wieder weglaufen würde. Doch dann denke ich schnell daran, wie gut es mir eigentlich geht. Ich habe vier glückliche und gesunde Kinder, eine Familie, die zusammenhält, und gute Freunde. Ich habe die Möglichkeit, meine Träume und Ziele zu verfolgen, und die Zeiten, die schwer waren für mich, haben mich nur stärker gemacht. Meine Mutter hat immer gesagt, dass schwere Zeiten uns entweder zerbrechen oder stark machen. Ich habe mich dazu entschieden, stark zu werden. Denn ich fühle mich verantwortlich für mein Leben. Ich habe mich entschieden, glücklich zu sein und meinen Weg weiterzugehen, auch wenn mir manchmal alles zu viel wird. Bis heute entdecke ich Eigenschaften bei mir, die ich der Kultur der Fayu verdanke, und ich bin stolz darauf. Als ich akzeptiert hatte, dass ich immer zwischen zwei Welten leben werde, ist das Leben einfacher geworden.

Wenn mich jemand fragt, wo meine Heimat ist, kann ich diese Frage nicht mit einem Wort beantworten. Ich gehöre zu der inzwischen rasant anwachsenden Gruppe von Menschen, die als Third Culture Kids, als Dritt-Kultur-Kinder, bezeichnet werden. Das sind Kinder, die ihre Entwicklungsjahre außerhalb der Kultur ihrer Eltern verbracht haben. Natürlich hat es die schon immer gegeben, aber durch die Globalisierung und die schnellen weltweiten Verkehrsverbindungen ist deren Zahl im letzten Jahrhundert immer größer geworden. Sie leben zwischen zwei Kulturen und wissen nicht, wohin sie gehören. Wobei es bei den fremden Kulturen nicht nur um so ferne Länder wie Asien, Afrika oder Südamerika geht.

Ich habe in den letzten Jahren viele Briefe von Menschen bekommen, die in anderen europäischen Ländern aufgewachsen sind oder in der ehemaligen DDR. Sie erzählen mir, dass sie mich verstehen, dass auch sie sich verloren fühlten und sich in meinem Buch »Dschungelkind« wiedergefunden haben, auch wenn sie nicht so extreme Veränderungen erlebt haben wie ich.

Kürzlich habe ich ein gutes Buch gefunden, »Third Culture Kids, The Experience of Growing Up Among Worlds«, von David C. Pollock und Ruth E. Van Reken, das mir half, vieles zu verstehen. Ich habe gelernt, dass ein Leben wie meines viele Vorteile haben kann. Man kann sich anderen Kulturen besser anpassen, denkt offener, und was ich besonders wichtig finde, die Wurzeln wachsen nicht nur nach unten, sondern auch in die Breite. Diese verschiedenen Kulturen haben sich im letzten Jahrhundert stärker einander angenähert, und eine neue Generation ist inzwischen erwachsen geworden. Als ich den Urwald verließ, hat sich um solche Probleme noch niemand gekümmert, heute jedoch wird das heftig diskutiert.

Ich fühle mich inzwischen wohl mit meiner Vergangenheit, meiner Gegenwart und meiner Zukunft. Ich habe eine Balance in meinem Leben gefunden, die mir Sicherheit gibt, und ich weiß, wohin ich gehöre.

Meine Kinder sind nach wie vor mein Leben. Doch sie werden eines Tages ihren Weg ohne meine Fürsorge gehen müssen. Ich bin sicher keine perfekte Mutter und habe viele Fehler gemacht, doch meine Kinder wissen ganz genau, dass ich sie mehr als alles auf der Welt liebe und dass sie für mich das Wichtigste sind und bleiben werden. Sophia und Lawrence werden bald ihre Schulausbildung in der Schweiz beenden. Was sie danach machen wollen, werden sie selbst entscheiden, sie sind stark, und ich bin stolz auf sie.
Vor einiger Zeit habe ich einen jungen Mann kennengelernt, der sehr traurig war und mir erzählte, dass er zwei Söhne habe, und seine Ex-Frau alles tut, um sein gutes Verhältnis zu den Söhnen zu zerstören.
Ich habe seinen Schmerz gesehen, und erst da wurde mir bewusst, dass nicht nur Frauen, sondern auch Männer unter dem Verlust ihrer Kinder schrecklich leiden können. Kinder brauchen Mutter und Vater, und keiner hat das Recht, den Kindern einen von beiden zu entziehen. Rache oder Wut auf einen ehemaligen Partner über die Kinder auszuspielen ist in meinen Augen nicht nur unmoralisch, sondern brutal. Denn Kinder lieben ihre Eltern, und wenn sie hin- und hergezerrt werden zwischen beiden, kann vieles in ihnen zerstört werden. Als Eltern haben wir die Pflicht, sie, so gut es geht, zu

beschützen, nicht nur körperlich, sondern auch seelisch.

Die Welt ist nicht perfekt, das Leben auch nicht, aber man kann sich auf das Gute oder auf das Schlechte konzentrieren, diese Entscheidung wird uns überlassen. Ich habe in den letzten Jahren bei meinen Reisen in ferne Länder viel Leid gesehen. Diese Reisen bringen mich aber auch immer wieder auf den Boden der Tatsachen und zeigen mir, was wirklich zählt im Leben.

Besonders der Kampf gegen die Zerstörung des Regenwaldes ist mir wichtig. Aber ich glaube, wir haben trotzdem nicht das Recht, den Menschen, die dort leben, zu sagen, was sie zu tun oder zu lassen haben. In Gesprächen mit Häuptlingen und Stammesangehörigen wurde mir oft klar gesagt, dass wir uns nicht anmaßen dürften, über sie, ihr Leben und ihre Ressourcen zu bestimmen. Was wir aber tun können, ist ihnen zu helfen, ihr Land zu schützen und seine Menschen zu fördern. Mit größerer Bildung hätten sie auch größere Chancen, ihre Kultur und Lebensweise selbst bestimmen zu können. Viele Stämme, die ich kennengelernt habe, identifizieren sich mit dem Land, das sie besitzen. Wird es ihnen weggenommen, werden sie auch ihrer Lebensgrundlage beraubt. Bei mir hat es fast achtzehn Jahre gedauert, bis ich mich wiederfand.

Wenn ich heute in West-Papua bin, fühle ich mich in der Kultur dort wohl und habe das Gefühl, ich bin zu Hause. Wenn ich in Deutschland bin, fühle ich mich auch hier wohl und habe das Gefühl, ich bin zu Hause angekommen. Das größte Geschenk, das ich hier bekommen habe, ist, Teil dieser Gesellschaft zu werden. Meine innere Unruhe werde ich wahrscheinlich nie los, aber ich habe einen Weg gefunden, erfolgreich in beiden Welten leben zu können, und ich bin glücklich.

23

Ich sitze wieder vor ihm, dem Arzt, der mich vor Jahren mit seiner Kälte hatte erstarren lassen, mir mit seiner harten, leisen Stimme erklärt hatte, dass es für mich keinen Ausweg gebe. Doch diesmal bin ich keine verängstigte junge Frau, sondern eine starke Mutter von vier Kindern, die ihren Platz im Leben gefunden hat. Plötzlich kommt er mir nicht mehr bedrohlich vor, nur noch wie ein alter, gebrochener Mann.

Warum haben Sie mich in die Psychiatrie eingewiesen?

Er schaut mich an, und tief in seinen Augen sehe ich nur Schmerz und Trauer. Er erzählt mir von seinem Sohn, den er über alles geliebt hat und der sich eines Tages das Leben nahm. Ein Verlust, den er, der Vater, nie überwinden konnte. Der Schmerz quält ihn jeden Tag und raubt ihm jegliche Lebensfreude.

Aber was hatte das mit mir zu tun?

Er habe sich geschworen, alles in seiner Macht Stehende zu tun, um anderen Eltern dieses Schicksal zu ersparen. Der Verlust eines Kindes sei das Schrecklichste, was Eltern erleiden könnten. Mit dem Tod seines Sohnes sei auch ein Teil von ihm gestorben.

Ich schaue ihn an und empfinde weder Wut noch Hass, sondern einfach nur Mitleid.

Epilog

Die Wüste! Wie wunderschön sie ist, lautlos, endlos, fremd, überwältigend.
Ich sehe mich um, bleibe stehen und erlebe den Gegensatz zu allem, was ich aus meiner Kindheit kenne. Der Urwald war voller Gesang, dem Zwitschern von Vögeln, von tausenden Insekten, den dunklen Stimmen von Wildschweinen und Kasuaren. Über der Wüste aber liegt eine große Stille. Der Urwald ist feucht und bis in den kleinsten Winkel voll von exotischen Tieren, Bäumen, Sträuchern, Lianen und vielen Flüssen. Die Wüste ist gnadenlos trocken, der Blick reicht bis weit in die Ferne, keinerlei Vegetation lenkt ihn ab.
Eines jedoch verbindet diese beiden Gegensätze, sie strahlen eine archaische Macht aus und verleihen den Gedanken Flügel.
Ich habe den Sonnenaufgang in der Wüste gesehen, ein Bild, das sich mir für immer eingeprägt hat. Ich bin im Sudan, einem Land, dessen Geschichte, dessen Menschen mich schon seit einigen Jahren faszinieren. Dieses Land ist geschüttelt von gewaltsamen Konflikten, ter-

roristischen Anschlägen, von Bürgerkrieg. Und wie immer ist die zivile Bevölkerung, sind die Menschen, die einfach nur in Frieden leben wollen, die Leidtragenden.

Das Manuskript, in dem ich meine Erinnerungen der letzten Jahre aufgeschrieben habe, ist abgegeben. Vieles ist beim Erzählen wieder zum Leben erwacht, und ich musste mich neu damit auseinandersetzen. Ein schmerzhafter Prozess, dem ich mich entziehen wollte. Ich bin in die Wüste geflüchtet. Meine Gefühle und Gedanken sind ein einziges Chaos. Hier, in dieser endlosen Stille, ordnen sie sich wie von selbst.

Wie ein Film laufen Vergangenheit und Gegenwart vor mir ab. Ich sehe mein Leben aus einer neuen Perspektive, wie eine Fremde, die in eine bekannte, aber dennoch fremde Welt blickt. Ich merke, dass ich angefangen habe, vieles zu verarbeiten, dass ich Mauern niedergerissen, Grenzen überschritten habe. Stille kehrt ein in mein Gemüt, lautlos wie die Wüste, in der ich mich jetzt befinde. Wie heilend sie auf mich wirkt, wie befreiend. Langsam lege ich die Ketten, die mich jahrelang gefesselt haben, ab, Ketten, die ich mir selbst angelegt hatte, Ketten aus Angst, aus Schuldgefühlen, aus der Weigerung, mich der Welt, in der ich lebte, anzupassen. Es war nicht meine Kindheit, die mich zurückhielt, nicht die schöne Erinnerung, es war das Gewicht aus Angst, aus Hass und aus dem schlechten Gewissen, versagt zu haben. Schuldgefühle hatten mich abgehalten, mein Leben so zu verändern, wie ich es mir wünschte.

An diesem Morgen in der Wüste begriff ich den Unterschied zwischen Verantwortung und Kontrolle. Lange hatte ich versucht, alles und alle zu kontrollieren, glaubte, dass nur dann mein Leben sicher wäre. Verantwortlich gefühlt für mein eigenes Leben habe ich mich jedoch nie. Erst waren es meine Eltern, dann mein Stamm und zuletzt meine Ehemänner und die Menschen, mit denen ich lebte, die dafür zuständig waren. Immer wieder schob ich die Verantwortung von mir, im Privatleben wie im Beruf. Immer wieder fiel ich tief, wurde enttäuscht und verletzt. Jetzt aber, mit sechsunddreißig Jahren, habe ich endlich begriffen, was ich ändern muss.

In einem Stammessystem ist die Verantwortung auf viele verteilt, hier aber liegt sie bei jedem Einzelnen. Ich bin verantwortlich für meine Entscheidungen, muss selbst die Konsequenzen für das tragen, was ich tue. Es gibt Menschen, die mich beraten oder mir helfen können, aber am Ende werde ich das ernten, was ich gesät habe. Ich war es, die erlaubt hat, Menschen in mein Leben zu lassen, die es nicht gut mit mir meinten. Ich war es, die viele Fehlentscheidungen getroffen hat, aber ich bin auch die Einzige, die jetzt entscheiden kann, ob ich aus meinen Erfahrungen lerne oder mich weiter von negativen Gefühlen und Erinnerungen zurückwerfen lasse. Ich entscheide selbst, ob ich die Verantwortung für mein eigenes Leben übernehme oder sie weiter anderen überlasse. Natürlich gibt es Umstände, die man selbst nicht beeinflussen kann, aber wir leben in einer Zeit, in einer Gesellschaft, mit großen Freiräumen, wir können unser Leben weitgehend so gestalten, wie wir wollen.

Wenn wir uns von Negativem entmutigen, von scheinbaren Grenzen oder Ängsten zurückhalten lassen, dann sind wir für die Konsequenzen selbst verantwortlich. Ich habe mich entschieden, die Verantwortung für mein Leben zu übernehmen, dafür zu sorgen, dass ich mich von meinen Schuldgefühlen und Ängsten befreie. Nur so kann es mir gelingen, so zu leben, wie ich es mir wünsche. Alles geschieht mit dem Bewusstsein, dass jeder Tag ein neuer Tag ist und mir neue Möglichkeiten bietet.
Kürzlich hat mir jemand gesagt: Greif nach dem Mond, dann erreichst du den Mond, greif nach den Sternen, dann erreichst du die Sterne, greif über die Sterne hinaus, dann sind deine Möglichkeiten unendlich.

Und wieder die Wüste. Sie ist nicht karg, sie ist auch nicht leer. In dieser trockenen Öde strotzt es nur so von Leben, man muss nur genau hinsehen. Dann entdeckt man es, das Leben in seiner ganzen Pracht.

Sabine Kuegler

Dschungelkind

Was uns unvorstellbar erscheint – Sabine Kuegler hat es erlebt. Unter archaischen Bedingungen wuchs sie im Dschungel West-Papuas auf. Heute lebt sie in Deutschland. Und sie weiß, dass sie zurückkehren wird. Sabine Kueglers Geschichte beginnt, als sie mit fünf Jahren als Tochter deutscher Sprachforscher und Missionare nach West-Papua kommt. Mitten im Urwald lebt die Familie mit dem Fayu-Stamm, der für Kannibalismus und unvorstellbare Brutalität steht und dessen Menschen erst langsam lernen, zu lieben statt zu hassen, zu vergeben statt zu töten. Für die heranwachsende Sabine wird der Stamm jedoch zum Teil ihrer selbst, der Dschungel zur Liebe ihres Lebens: Sie ist keine Deutsche mehr, kein weißes Mädchen aus Europa, sie wird eine Eingeborene, die schwimmt und jagt, fühlt und handelt wie eine Fayu. Mit 17 Jahren wird Sabine auf ein Schweizer Internat geschickt, um ihren Schulabschluss zu machen – ein katastrophaler Einschnitt für sie. »Angst habe ich erst hier gelernt«, sagt sie. Und immer spürt sie Heimweh, eine Sehnsucht, die ständig in ihr brennt. Sie wird zurückkehren in den Dschungel, um für sich herauszufinden: Wo gehöre ich hin? Wer bin ich eigentlich, Fayu oder Europäerin?

Der Weltbestseller

Knaur Taschenbuch Verlag

